POESÍAS

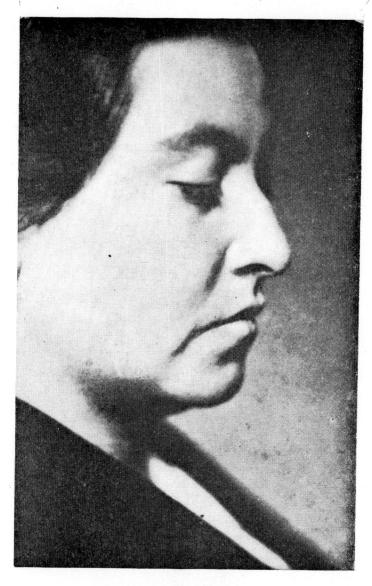

GABRIELA MISTRAL
(Fotografía de Silva)
(México, 1922)

GABRIELA MISTRAL

Desolación - Ternura Tala - Lagar

INTRODUCCIÓN

POR

PALMA GUILLÉN DE NICOLAU

Octava edición,

EDITORIAL PORRÚA
AV. REPÚBLICA ARGENTINA, 15
MÉXICO, 1998

Primeras ediciones: *Desolación*, New York, 1922; *Ternura*, Madrid, 1925;
Tala, Buenos Aires, 1938; *Lagar*, Santiago de Chile, 1954.
Primera edición en la Colección "Sepan Cuantos...", 1973.

ISBN 968-432-280-1 (Rústica)
ISBN 970-07-0249-9 (Tela)

IMPRESO EN MÉXICO
PRINTED IN MEXICO

INTRODUCCIÓN

Es una cosa muy difícil escribir sobre una persona a la que se ha conocido muy de cerca, cuando, como en este caso, no se va a hacer una biografía. Mi objeto no es hacer una crónica, más o menos anecdótica de la vida de Gabriela Mistral tejiéndola en torno de su poesía para interesar al lector. No deseo tampoco hacer un juicio crítico de su obra señalando en ella los antecedentes, las influencias, las particularidades del estilo, el lenguaje, los logros y los fracasos, etc. El propósito de estas líneas es acercar al lector a la poesía de Gabriela Mistral considerada en sí misma, es decir: hasta donde esto es posible, desprendida del accidente de la vida diaria o transformada ésta, por la química sobrenatural del poeta, en zumo y esencia: vuelta el mar, el árbol, la nieve o el pan, la tarde o la dicha; el despojo, la traición o la muerte.

Para el que conoció al poeta, la mitad de su poesía, cuando menos, está en su vida cotidiana; pero la poesía es, casi siempre, mucho más que la vida. Personas que no saben nada de la vida de Gabriela, interpretan muy diversamente las Rondas Infantiles, por ejemplo, o las Canciones de Cuna y es porque las reciben fuera de lo transitorio del poeta —ya sea en lo transitorio de su propia vida, que, de pronto, se ilumina y cobra sentido— o dentro del sentido eterno y permanente que, a veces, adquieren las cosas. Hay que intentar tomar la poesía en sí misma como se toma un pedazo de cuarzo para ver en él las líneas, las sombras y los colores. En ella pueden estar el amor, el dolor causado por la muerte o por la pérdida de las cosas que eran nuestra dicha; la esperanza, la alegría, todas esas cosas que parecen absolutas, pero que sólo son dentro de las circunstancias y que, a la vez, anulan las circunstancias al realizarse... Muy ambicioso es este deseo y muy difícil de lograr también, yo bien lo sé.

Otra cosa que impide acercarse a lo que un poeta *es* realmente, son sus comentadores y sus críticos, ya sean censores o panegiristas. Algunos de éstos, para entender a Gabriela Mistral, se han forjado una novela o una historieta... Alguno cuenta, con todos sus pelos y señales, siguiendo los poemas de DESOLACIÓN, una novela que va del principio al fin, paso a paso, desarrollándose, como quien dice de poema en poema, en una serie de capítulos: el encuentro con el amado; lo que ella se queda diciendo, pensando o sintiendo; lo que para ella es ese amor —lazo terrible, hallazgo predestinado—; los deseos de la enamorada; sus miedos, sus ansias; la necesidad de eternizarse y de eternizar al amado en un hijo... Y luego, la infidelidad, los celos, el amor vuelto una especie de odio; la muerte del infiel deseada y aun pedida a Dios como un rayo sobre el hombre, mísero mortal,

que no supo ver lo que era, en esta Tierra, su destino... La muerte
real; el sepulcro; ella uniéndose con él en la fosa donde él la espera:

> ...Sólo entonces sabrás el porqué no madura
> para las hondas huesas tu carne todavía... [1]

Allí la está esperando él para que ella vaya en la muerte a dormir a
su lado ya que no lo pudo hacer en la vida... La historia sigue
y termina con el juramento de fidelidad más allá de todo y con la vida
sacrificada entera al muerto. Los comentadores (no sé cuántos libros
y artículos se han escrito sobre G. M. machacando sobre esta imagen
que tan bien satisface el orgullo varonil) nos imponen la silueta sim-
plificada de una mujer haciéndose pedazos al borde de un sepulcro
en un amor único y terrible. Seguramente esos comentadores han soñado con un amor así para ellos mismos y han querido una mujer así
—parecida a una fuerza de la Naturaleza— que se destroza en un
nudo fatal de amor y muerte del que ellos mismos son motivo y
objeto... Esos comentadores nos han ido imponiendo una imagen
de G. M. que es o la Medea que no vacila en destruir y en destruirse
a sí misma, o la Maestra rural, aleccionadora dulce y pura, que ama a
Dios, a la Naturaleza y a los niños y que enseña a amar la Creación
entera como la ama ella: religiosamente.

> Corro de las niñas
> corro de mil niñas
> a mi alrededor:
> ¡oh Dios! yo soy dueña
> de este resplandor
> ....
>
> En vano quisieron
> romperme la estrofa
> con tribulación:
> ¡el corro la canta
> debajo del sol! [2]

Gabriela Mistral fue, en un momento de su vida, algo parecido a
lo que esos críticos suyos desean; pero no lo fue siempre ni vivió sólo
en esos extremos. En algún extremo estaba constantemente porque fue
excesiva y apasionada —hiperbólica, como dicen algunos— en todos
los momentos de su vida. Léase la poesía *Al oído de Cristo* de DESO-
LACIÓN. Allí está lo que ella pensaba —lo pensó siempre— de los
tibios, de los desapasionados, que le parecían muertos en vida. La que
está en esas estrofas que muchos hoy encuentran grandilocuentes, es
la misma del tan admirable, depurado y fino poema de TALA, su segundo libro, que se llama *Poeta:*

---

[1] Sonetos de la Muerte.—*Desolación.*
[2] *Ternura.*

... "En la luz del mundo
yo me he confundido.
Era pura danza
de peces benditos
y jugué con todo
el azogue vivo.
Cuando la luz dejo
quedan peces lívidos
y a la luz frenética
vuelvo enloquecido".
....
... En la red que llaman
la noche fui herido
en nudos de Osas
y luceros vivos...
....
...En mi propia carne
también me he afligido.
Debajo del pecho
me daba un vagido.
Y partí mi cuerpo
como un enemigo,
para recoger
entero el gemido.
....
En los filos altos
del alma he vivido:
donde ella espejea
de luz y cuchillos,
en tremendo amor
y en salvaje ímpetu,
en grande esperanza
y en rasado hastío.
Y por las cimeras
del alma fui herido.[3]
....

Pero los extremos en que vivió son muy variados y por eso mismo lo es tanto su poesía. Por esta razón hay que procurar hacer "tabla rasa" y borrar imágenes y comentarios a fin de encarar la obra con los ojos limpios, lo mismo de lágrimas, aunque sean cristalinas y puras, que de legañas.

El ambiente actual no es muy favorable para el goce de la poesía y menos aún de la poesía lírica. Los poetas líricos no están de moda. Sus motivos parecen falsos o fútiles: literarios —se dice para despreciarlos. ¿El amor-pasión? ¡Qué inútil pérdida de tiempo! Hoy los que son algo —un poco— apasionados, buscan sentir horror, espanto o

_____
[3] *Tala*.

asco; pero la mayoría busca sólo la distracción o el regodeo vicioso. ¿Cuitas y esperanzas? Eso no. ¿Para qué? ¿Y para qué torturarse por lo que no sabemos o por lo que no podemos saber? Hablar de la belleza, de lo absoluto, del "después" de esta vida, de lo eterno, es, para muchos, tontería simple y pura. ¿Qué son esas cosas? Palabras, sólo palabras, valores falsos que están reñidos con el sentido práctico y utilitario y con el ritmo actual de la vida y, sobre todo, con el "cientificismo" que corre, como papel moneda, de mano en mano...

Hemos hecho la vida tan complicada que no tenemos tiempo para nada. La gente vive de prisa, sin mirar, casi sin respirar. Tenemos tantas cosas que hacer que no nos queda tiempo para leer. Los jóvenes no pueden vivir sin ruido y para estudiar Física o Lógica, conectan la radio...

La poesía —Horacio como Saint John Perse— exige calma, pausa, recogimiento. Para entrar en un libro de poesía hay que hacer en el alma como una cueva de silencio. Entonces la poesía, si la oímos y la repetimos "cantándola" dentro de nosotros o fuera de nosotros, si la leemos o la decimos, ya en voz alta, ya en voz baja, se vuelve lo que nosotros somos o nos vuelve lo que ella es.

Hoy se necesitaría tal vez, dado el momento que vivimos, que hubiera recitadores o buenos lectores de poesía en la Radio y en la Televisión. Tal vez así podría lograrse que los que se sientan horas y horas delante de la pantalla para oír y ver idioteces, escucharan alguna vez el "Madrigal" de Cetina o la "Balada" de Gabriela Mistral.[4] Por allí podrían llegar al público, que no tiene tiempo para leerlos, los grandes líricos que son los que soplan con su aliento el polvo y la escoria de la vida y nos ponen un día delante de la realidad o de la belleza y delante de nosotros mismos.

Gabriela Mistral dejó publicados antes de morir cuatro (que primitivamente fueron tres) grandes libros de poesía. Digo grandes porque cada uno es un volumen de 250 a 300 páginas. No publicó folletos ni ediciones de lujo como ahora se estila; al contrario: dio muchas de sus poesías a diarios y revistas antes de reunirlas en libros.

Los tres libros son: DESOLACIÓN (Primera edición, 1922. Instituto de las Españas, New York).

Con las poesías infantiles de este libro, Calleja hizo en Madrid, en 1924, una edición reducida con el nombre de TERNURA.

El segundo libro, TALA, apareció en 1938 publicado por la Editorial Sur de Buenos Aires.

En 1945, Gabriela decidió reunir en un solo libro la poesía infantil de TALA y de DESOLACIÓN y entonces la Editorial Losada, S. A., de Buenos Aires, publicó la segunda edición, corregida y aumentada, de TERNURA. Para hacerla, Gabriela mutiló la primera edición de TALA quitándole cuatro secciones: *La Cuenta Mundo, Albricias* que en TERNURA se llama *Jugarretas, Canciones de Cuna* y *Cuentos.*

---

4 *Desolación.*

La misma Editorial Losada, S. A., Buenos Aires, publicó en 1947, una segunda edición de TALA sin los versos infantiles. Esta segunda edición es un libro de unas 180 páginas, es decir, unas 100 menos que la de *Sur*.

El tercer libro de Gabriela, LAGAR, apareció en Santiago de Chile, Editorial Pacífico, S. A., en 1954. Contiene este libro material poético acumulado entre 1938 y 1954. Es un libro muy construido en el que, en mi opinión, Gabriela retorna a la intensidad dolorosa de DESOLACIÓN.

Cuando murió, Gabriela estaba escribiendo otro libro que pudo haber sido publicado durante su vida, porque ese libro, llamado RECADO DE CHILE, es un poema *abierto*, digamos, que puede ser cortado en cualquier punto y que, aun dado por terminado y completo, puede o podía, en todo momento, alargarse con otros poemas. Este libro, que es un viaje imaginario por toda la tierra chilena, G. M. nunca lo consideró terminado porque siempre tenía algo que añadirle y por esa razón lo dejó inédito. Fue publicado en Chile como libro "incompleto" después de su muerte.

De DESOLACIÓN se hicieron, mientras ella estaba viva, 4 ediciones; de TALA, dos o tres; de TERNURA, 9 o 10. Muchas Antologías de su poesía y de su prosa, fueron publicadas a lo largo de sus más de cincuenta años de escritora, especialmente después del PREMIO NOBEL, algunas muy bien seleccionadas. Un volumen de la Colección PREMIO NOBEL de la Editorial Zig-Zag de Chile, apareció en 1947 y otro (con el nombre, éste, de "Poesías Completas") se publicó, dentro de la Colección igualmente titulada, de la Editorial Aguilar, S. A., de Madrid, en 1958. Este volumen —según está dicho en la Nota Preliminar—, fue ordenado y corregido por la propia Gabriela en 1956.

Intencionalmente no hago referencia a la abundantísima obra en prosa de Gabriela que está dispersa en numerosos diarios y revistas de América y de España y con la que se pueden formar, cuando menos, 3 o 4 libros de unos 250 a 300 páginas cada uno. Tengo noticias de que algunos amigos de G. M. han empezado ya este trabajo en Chile.

*

Los grandes temas de la poesía de Gabriela Mistral son los mismos de todos los verdaderos poetas líricos: el amor, el dolor, el deseo o la angustia de la muerte (que son los temas humanos por excelencia) y, además, el misterio y la belleza de la Naturaleza, de las cosas que son y pasan. El tema místico o religioso frecuente en los poetas líricos aparece en ella y alcanza en su obra un puesto señalado. Desde este punto de vista se puede decir que el único tema original y distinto, es, en ella, el infantil, en el que están la madre en potencia y la maestra en acción que fue ella toda su vida.

Su diferencia con otros poetas no está, por tanto, en los temas, sino en la forma absolutamente personal con que dichos temas son tratados y en la intensidad del acento que los anima. Su vocabulario tiene un realismo, una fuerza —a veces una dureza— y una novedad, sorprendentes. Esa dureza y esa violencia son voluntarias: quiere decir con la misma intensidad con la que siente y trata de que sus palabras quemen o hielen y se hinquen y hieran y lo logra, sobre todo en las mejores poesías de Desolación, de Tala o de Lagar, un poco menos, acaso, en Tala, libro más sereno, en el que el lenguaje se adapta a la emoción fina y depurada de los temas que aborda.

Dice uno de los críticos de Gabriela (Rafael Cardona) que pocos poetas son tan iguales a sí mismos como Gabriela, y esto es verdad. Desde el principio hay en ella dos venas poéticas (tres con la infantil) que reaparecen a través de los años, algunas veces con el mismo acento, otras asordinadas... Los mismos temas están en sus libros aunque aparezcan bajo diversos rubros: *Amor, Dolor* y *Muerte*, están en las secciones *Dolor* y *Naturaleza* de Desolación, reaparecen en *Muerte de mi Madre, Nocturnos* y *La Ola Muerta* de Tala, y en *Luto, Locas Mujeres* y *Religiosas* de Lagar. La tendencia que anima muchas poesías de la sección *Vida* de Desolación, es la que, en forma mucho más bella y perfecta, está en *Alucinación, América, Materias, Saudade* y *Criaturas*, de Tala y en las secciones *Naturaleza, Guerra, Oficios* y *Vagabundaje* de Lagar. La vena religiosa de la sección *Dolor* en Desolación, se continúa en los *Nocturnos* de Tala y Lagar, así como en *Desvarío* y *Religiosas* de este último libro.

La vena infantil, recogida en Ternura, nace en *Escuela* e *Infantiles* de Desolación, sigue por *Canciones de Cuna, La Cuenta Mundo, Albricias* y *Cuentos* de Tala, se prolonga en *Rondas* de Lagar y anima casi todo el Recado de Chile. (Este paralelismo es, naturalmente, incompleto, artificial e imperfecto. Un poeta no puede ser metido en un esquema sin ser mutilado o destruido. Las correspondencias señaladas son apenas aproximadas y no deben tomarse al pie de la letra porque sólo señalan tendencias y en modo alguno semejanzas ni mucho menos identidades.)

Examinemos un poco más de cerca la sección *Dolor* de Desolación que es la preferida de la mayoría de sus críticos y comentaristas: Esta sección consta de 25 poemas de diversa inspiración y se continúa en la sección *Naturaleza* que está toda penetrada del mismo sentimiento doloroso. Digo que los 25 poemas de amor no se refieren a un amor único, no porque Gabriela me lo haya dicho. Aquí no habla la amiga que traicionara una confidencia. Gabriela no hacía confidencias. Los poetas no necesitan confidentes: para eso tienen la poesía. Pero si esos poemas se examinan, se ve que en ellos no está el mismo sentimiento; son de diversa factura, el lenguaje y la inspiración son diferentes; son, seguramente, de diversas épocas. Se puede formar con ellos tres grupos. En el primero quedarían "El Encuentro", "Dios lo quiere", "Balada", los "Sonetos de la Muerte", "Interrogaciones", "Ceras eternas", "Volverlo a ver", "El Ruego", y algún otro. Está en ellos el deslumbramiento y la dicha del primer amor; su llamado, su promesa y también su engaño; la traición y la muerte del amado y, sobre todo, está en ellos la muchacha de 17 o 18 años que creía en la transmigración de las almas y en la predestinación; en el reencuentro en otra vida y en ésta, de los muertos; la muchacha a la vez profunda y

cándida con el fervor de su alma ardorosa y pura y con el hervor
ciego de su sangre.

EL ENCUENTRO

Lo he encontrado en el sendero.
No turbó su ensueño al agua
ni se abrieron más las rosas;
pero abrió el asombro mi alma.
¡Y una pobre mujer tiene
su cara llena de lágrimas!

Llevaba un canto ligero
en la boca descuidada
y al mirarme se le ha vuelto
hondo el canto que entonaba.
Miré la senda y la hallé
extraña. y como soñada.
. . . .

Siguió su marcha cantando
y se llevó mis miradas.
Detrás de él no fueron más
azules y altas las salvias.
¡No importa! Quedó en el aire
estremecida mi alma.
¡Y aunque ninguno me ha herido
tengo la cara con lágrimas!
. . . .

DIOS LO QUIERE

La tierra se hace madrastra
si tu alma vende a mi alma.
Llevan un escalofrío
de tribulación las aguas.
El mundo fue más hermoso
desde que yo te fui aliada,
cuando junto de un espino
nos quedamos sin palabras,
¡y el amor como el espino
nos traspasó de fragancia!

Pero te va a brotar víboras
la tierra si vendes mi alma;
. . . .

Se apaga Cristo en mi pecho
¡y la puerta de mi casa
quiebra la mano al mendigo
y avienta a la atribulada!

Beso que tu boca entregue
a mis oídos alcanza,
porque los grutas profundas
me devuelven tus palabras.
. . . .

A la que tú ames, las nubes
la pintan sobre mi casa.
Ve cual ladrón a besarla
de la tierra en las entrañas;
mas, cuando el rostro le alces,
hallas mi cara con lágrimas.
. . . .

Dios no quiere que tú tengas
sol, si conmigo no marchas.
Dios no quiere que tú bebas
si yo no tiemblo en tu agua.
No consiente que tú duermas
sino en mi trenza ahuecada.

Si te vas hasta en los musgos
del camino rompes mi alma;
te muerden la sed y el hambre
en todo valle o llanada
y en cualquier país las tardes
con sangre serán mis llagas.

Y destilo de tu lengua
aunque a otra mujer llamaras,
y me clavo como un dejo
de salmuera en tu garganta;
y odies, o cantes, o ansíes,
¡por mí solamente clamas!

Si te vas y mueres lejos,
tendrás la mano ahuecada
diez años bajo la tierra
para recibir mis lágrimas,
sintiendo cómo te tiemblan
las carnes atribuladas,
¡hasta que te espolvoreen
mis huesos sobre tu cara!

BALADA

Él pasó con otra;
yo le vi pasar.
Siempre dulce el viento
y el camino en paz.
¡Y estos ojos míseros
le vieron pasar!

Él va amando a otra
por la tierra en flor.
Ha abierto el espino;
pasa una canción.
¡Y él va amando a otra
por la tierra en flor!

Él besó a la otra
a orillas del mar;
resbaló en las olas
la luna de azahar.
¡Y no untó mi sangre
la extensión del mar!

Él irá con otra
por la eternidad.
Habrá cielos dulces
(Dios quiere callar).
¡Y él irá con otra
por la eternidad!

SONETOS DE LA MUERTE

I

Del nicho helado en que los hombres te pusieron
te bajaré a la tierra humilde y soleada.
Que he de dormirme en ella los hombres no supieron
y que hemos de soñar sobre la misma almohada.
. . . .

II

Este largo cansancio se hará mayor un día
y el alma dirá al cuerpo que no quiere seguir

arrastrando su masa por la rosada vía,
por donde van los hombres, contentos de vivir.

Sentirás que a tu lado cavan briosamente,
que otra dormida llega a la quieta ciudad.
Esperaré que me hayan cubierto totalmente...
¡y entonces hablaremos por una eternidad!

Sólo entonces sabrás el porqué no madura
para las hondas huesas tu carne todavía,
tuviste que bajar, sin fatiga, a dormir.

Se hará luz en la zona de los sinos, oscura;
sabrás que en nuestra alianza, signo de astros había
y, roto el pacto enorme, tenías que morir...

III

Malas manos tomaron tu vida, desde el día
en que, a una señal de astros, dejará su plantel
nevado de azucenas. En gozo florecía.
Malas manos entraron trágicamente en él...

Y yo dije al Señor: "Por las sendas mortales
le llevan. ¡Sombra amada que no saben guiar!
Arráncalo, Señor, a esas manos fatales
o le hundes en el largo sueño que sabes dar!
. . . .

Se detuvo la barca rosa de su vivir...
¿Qué no sé del amor, que no tuve piedad?
Tú, que vas a juzgarme, lo comprendes, Señor!

INTERROGACIONES

¿Cómo quedan, Señor, durmiendo los suicidas?
¿Un cuajo entre la boca, las dos sienes vaciadas,
las lunas de los ojos albas y engrandecidas,
hacia un ancla invisible las manos orientadas?

¿O Tú llegas, después que los hombres se han ido,
y les bajas el párpado sobre el ojo cegado,
acomodas las vísceras sin dolor y sin ruido
y entrecruzas las manos sobre el pecho callado?
. . . .

CERAS ETERNAS

¡Ah! Nunca más conocerá tu boca
la vergüenza del beso que chorreaba
concupiscencia, como espesa lava!
....

¡Ah! Nunca más conocerán tus brazos
el nudo horrible que en mis días puso
oscuro horror: el nudo de otro abrazo!

Por el sosiego puros,
quedaron en la tierra distendidos,
¡ya, Dios mío, seguros!
....

¡Benditas ceras fuertes,
ceras heladas, ceras eternales
y duras, de la muerte!
....

VOLVERLO A VER

¿Y nunca más, nunca más, ni en noches llenas
de temblor de astros, ni en las alboradas
vírgenes, ni en las tardes inmoladas?

¿Al margen de ningún sendero pálido
que ciñe el campo, al margen de ninguna
fontana trémula, blanca de luna?

¿Bajo las trenzaduras de la selva
donde llamándolo me ha anochecido,
ni en la gruta que vuelve mi alarido?

¡Oh! ¡No! Volverlo a ver no importa dónde
en remansos de cielo o en vórtice hervidor
bajo una luna plácida o en cárdeno horror!

¡Y ser con él todas las primaveras
y los inviernos, en un angustiado
nudo, en torno de su cuello ensangrentado!

Pero hay otro grupo de poemas ("Íntima", "Amo Amor" —acaso "La Condena") cuando menos, en los que se siente un segundo amor: un hombre diferente y una mujer diferente también más ma-

dura y menos desdichada; un episodio distinto, acaso de los años 1915
o 1916, vaciado en palabras que ya no son sollozo ni alarido, ni
siquiera gemido. La palabra es ahora dulce y hasta juguetona y aca-
riciadora. En la misma sección que Gabriela tituló "Dolor", suena el
canto ligero de

AMO AMOR

Anda libre en el surco, bate el ala en el viento,
late vivo en el sol y se prende al pinar.
No te vale olvidarlo como al mal pensamiento:
¡le tendrás que escuchar!

Habla lengua de bronce y habla lengua de ave,
ruegos tímidos, imperativos de mar.
No te vale ponerle gesto audaz, ceño grave:
¡lo tendrás que hospedar!
. . . .

Y la dulce melancolía de

ÍNTIMA

Tú no oprimas mis manos.
Llegará el duradero
tiempo de reposar con mucho polvo
y sombra, en los entretejidos dedos.

Y dirás: "No puedo
amarla, porque ya se desgranaron,
como mieses, sus dedos."

Tú no beses mi boca.
Vendrá el instante lleno
de luz menguada, en que estaré sin labios
sobre un mojado suelo.

Y dirás: "La amé, pero no puedo
amarla más, ahora que no aspira
el olor de retamas de mi beso."

Y me angustiara oyéndote,
y hablaras loco y ciego,
que mi mano será sobre tu frente
cuando rompa mis dedos,
y bajará sobre tu cara llena
de ansia, mi aliento.
. . . .

Y el amor reprimido de

LA CONDENA

¡Oh fuente de turquesa pálida!
¡Oh rosal de violenta flor!
¡Cómo tronchar tu llama cálida
y hundir el labio en tu frescor!

Profunda fuente del amar,
rosal ardiente de los besos,
el muerto manda caminar
hacia su tálamo de huesos.

. . . .

¡Oh fuente, el fresco labio cierra,
que si bebiera se alzaría
aquel que está caído en tierra!

Afilando el análisis puede encontrarse en la misma sección, un tercer episodio, el más profundo: el amor de los treinta años, intenso y desesperado, sabio y amargo, el amor que está en "Éxtasis", "Amor que calla", "Vergüenza", "Tribulación", "Desvelada", "Poema del Hijo", "Nocturno"... Estos poemas son los más bellos de la Sección *Dolor* y el "Poema del Hijo" es, sin duda, con dos o tres de TALA y con tres o cuatro de LAGAR, lo mejor de la obra poética de Gabriela. Ella decía —me lo dijo a mí— que su mejor verso era el "Poema del Hijo". No copio de él ni de los otros ninguna estrofa porque tendrían que citarse enteros —cosa que no debo hacer para no alargar desmesuradamente estas líneas. Ruego al lector que vaya a ellos y que los lea.

El "Poema del Hijo" fue escrito entero, de un golpe, en Punta Arenas en la noche del día en que ella llegó a hacerse cargo de su puesto como Directora del Liceo, en el año 1918. En Punta Arenas fueron escritos también los poemas de la Sección *Naturaleza* de los cuales el más hermoso es "Desolación", el que da el nombre al libro. Todos esos poemas destilan una misma amargura y pueden ser considerados como una prolongación de la Sección que se señala. Por todas estas cosas pienso que las poesías de este que yo llamo "tercer grupo", no deben ser consideradas como formando un todo con las otras. Yo estoy segura de que G. M. hizo el ordenamiento de las poesías de DESOLACIÓN —porque fue ella quien lo hizo— mezclando intencionalmente las de los años 1908, 1909 y 1910 con las de 1916 y 1917 y con las de 1918 y 1919. Corrigió también algunos versos. En el "Poema del Hijo" hay una estrofa que hace clara alusión al suicida —*muerto en 1909*— como si el Poema escrito en 1918 se refiriera a él. Esta estrofa, estoy segura, fue añadida después de escrito el Poema. ¿Hizo esto a fin de que, el que estaba vivo, no se reconociera a sí mismo en la poesía? ¿Lo hizo, digamos, por venganza? Parece que estuvo con alguien inmediatamente antes de partir para la Patagonia... ¿Lo hizo para crear o para afirmar el mito romántico de la mujer de un solo amor? No puedo creer esto de una persona que como ella odiaba la mentira, aunque sé que le molestaba mucho que la gente hurgara en su vida... Honradamente tengo que decir que no sé por qué lo hizo. Me digo, para entender, que tal vez ella quiso mezclar a los diversos hombres a los que amó porque en ellos buscaba a uno al que no encontró y que era el que amaba en ellos... Pero todo esto son conjeturas sin importancia: lo importante es el poema.

*

Dieciséis años después de la publicación de su primer libro, Gabriela hizo una selección de las poesías escritas entre 1924 y 1938 y entregó TALA. La Tala "llameante" —que dijo Gabriel Méndez Plancarte— no satisfizo a algunos de sus críticos. Libro "hermético", lo llamó uno de ellos que declara no entender de él ni el nombre... ¿Qué es lo que queda en TALA del mar revuelto de DESOLACIÓN? Queda lo que Gabriela misma llamó "La Ola Muerta". ¿Se calmó verdaderamente el mar de alto oleaje parecido al del Estrecho de Magallanes? No vamos a creer que Gabriela, que en 1924 tenía 35 años y en 1938, cuando dio a la estampa TALA, 50, no volvió "a mirar su corazón" como ofreció en el Voto de Desolación; pero tal vez no volvió a escribir poemas de amor o los destruyó o están por ahí, inéditos, en algún viejo cuaderno de pastas de cartón y hojas rayadas que era en los que escribía... Sea como sea, en "La Ola Muerta" no hay sino seis poemas de amor. Los dos primeros *Día* y *Adiós,* son el encuentro y la despedida —una despedida que no parece definitiva... Los dos tienen el mismo tono, la misma mano que da la bienvenida es la que se agita en el adiós. El ritmo, las palabras, el sentimiento, son muy diversos de los que vibran en *Éxtasis* y en el *Nocturno;* pero ambos son muy bellos. *Viejo León* y *Enfermo* parecen un rezago de DESOLACIÓN. No quiero decir con esto que sean poemas escritos en los años de DESOLACIÓN, sino que son como un eco lejano de ella porque se refieren a sucesos de ella. El mejor de la Sección es el que dice lo que el amor, aquella fusión mística, aquel despedazarse y destruirse en otro ser, se ha vuelto en G. M. al cabo de los años, porque ese desolado poema que se llama *Muro,* es el poema de la soledad en el amor y de la imposible comunicación de los seres:

MURO

Muro fácil y extraordinario,
muro sin peso y sin color:
un poco de aire en el aire.

Pasan los pájaros de un sesgo,
pasa el columpio de la luz,
pasa el filo de los inviernos

como el resuello del verano;
pasan las hojas en las ráfagas
y las sombras incorporadas.

¡Pero no pasan los alientos,
pero el brazo no va a los brazos
y el pecho al pecho nunca alcanza!

Los otros dos motivos, dolor y muerte, están en TALA en la sección *Muerte de mi Madre*, en *La Fuga*, en la que está logrado en forma extraordinaria el ambiente de angustia de ciertos sueños que solemos tener con nuestros muertos, y en los *Nocturnos* —especialmente en el *Nocturno de la Derrota*, en el de *José Asunción* y en el de la *Consumación*.

En la sección entera está contada la crisis religiosa que la muerte de su madre causó en Gabriela y, a propósito de ella, no nos queda más remedio que referirnos a lo que la religión o el sentimiento religioso fue en la vida suya y a sus etapas y transformaciones. Como en los casos anteriores trataremos de verlo en la obra y sólo en ella.

El tema propiamente religioso, tiene en Gabriela forma de oración, imprecación o loa. Muchos de sus críticos la han llamado mística y todos están de acuerdo en que hay en su poesía un misticismo "que se advierte no sólo en los temas subjetivos que ella trata, sino que pasa como una racha de misterio y religiosidad en los temas objetivos que canta" (A. Donoso). Ella se ha llamado a sí misma "cristiana total"; pero ¿lo era? Durante muchos años se interesó por el budismo y por las filosofías orientales y su religiosidad tiene siempre algo de panteísmo o en el mejor de los casos de franciscanismo. Su misticismo no fue nunca especulativo. No intentó nunca, ni en prosa ni en verso, una explicación de lo divino, ni tampoco se la puede llamar mística a la nueva manera de Santa Teresa o de San Juan de la Cruz, maestros de la experiencia religiosa. Su llamado a Dios reviste dos formas: la de la plegaria de *La Virgen de la Colina* o *El Ruego* en DESOLACIÓN, y la de la invocación o imprecación que empieza en el *Nocturno* de esta misma obra y sigue en *La Fuga* y los *Nocturnos* de TALA. Hay un ensayo y a veces una realización de contacto con lo sobrenatural, si no con lo divino, en *La Gracia*, en *La Memoria de la Gracia*, en *Lámpara de Catedral* y acaso en *Los Dos*.

Durante largos años (esto se ve en DESOLACIÓN) y a pesar de que el nombre de Cristo va y viene en ella, Gabriela abrigó creencias que no pueden decirse muy ortodoxas. El cristianismo era para ella una moral, fundamentalmente una norma casi heroica de vida. Era cristiana y quería serlo en su trato con los seres, pero ¿*creía* realmente a la manera cristiana? Reduciéndonos tan sólo a la poesía en esa zona tan oscura del alma, hay allí muchas cosas que no pueden ser consideradas como simples figuras o recursos poéticos. Gabriela creía que el alma eterna no vive una sola vida terrena, sino varias a través de las cuales ella es una y esencialmente la misma, pero revestida de cuerpos que no tienen, además, por qué ser necesariamente humanos... Desde luego le parecen muy pocos los sesenta u ochenta años, que podremos, a lo sumo, estar en la Tierra; muy pocos para conocer bien y amarla y gustarla, nuestra "posada —como la llama a menudo— y muy pocos para hacernos dignos y para merecer por ellos llegar a *La Patria,* que es para ella la *otra vida;* la eternidad desde la que venimos y hacia la que vamos. La Tierra, nuestra Posada, con las bellas cosas que contiene y con las dichas intensas que da o que promete, tiene para ella un sentido maravilloso, secreto y religioso también. Era criatura muy terrestre en el mejor sentido de la palabra. La dualidad cristiana, la separación de la Tierra y el Cielo, y la del cuerpo y del alma, eran cosas contra las que instintivamente se rebelaba. La Tierra, y el cuerpo también, como el tronco, la hoja y el aroma, no le parecían necesariamente malos o pecaminosos. Todo lo existente era para ella *divino,* en todo estaba el misterio de Dios, y si hubiera vivido en tiempo y gente de ritos paganos, es seguro que entre los altares de su casa habría estado el de Deméter. Cuando habla del alma aun en sus versos más espirituales y religiosos, el alma tiene siempre una cierta corporeidad, una cierta cara que es, espiritualizada, la que tuvo en la Tierra. En la otra vida seguimos siendo:

> Lolita Arriaga, de vejez divina,[5]
> Luisa Michel sin humo y barricada,
> maestra parecida a pan y aceite
> que no saben su nombre y su hermosura
> pero que son los "gozos de la Tierra".
> ....

> Encuentro tuyo en la tierra de México,
> conversación feliz en el patio con hierbas,
> casa desahogada como tu corazón
> y escuela tuya y mía que es nuestro largo abrazo.
> ....

> Los cuentos que en la Sierra a darme no alcanzaste
> me los llevas a un ángulo del cielo.
> En un rincón sin volteadura de alas,
> dos viejas blancas como la sal diciendo a México
> con unos tiernos ojos como las tiernas aguas
> y con la eternidad del bocado de oro
> en nuestra lengua sin polvo del mundo.

Y en la Tierra la muerte no es sólo polvo y ceniza. Cuando habla de quedarse —porque siempre quiere quedarse o volver— quiere estar en un árbol al que "humaniza", quiere *ser él* y darle lo que trajo a esta vida y lo que aquí aprendió:

---

[5] "Recado a Lolita Arriaga en México". *Tala.*

...Le dejaré lo que tuve [6]
de ceniza y firmamento,
mi flanco lleno de hablas
y mi flanco de silencio;
....

...mi juego de toma y daca
con las nubes y los vientos
y lo que supe, temblando,
de manantiales secretos.

Humaniza al árbol o se "animaliza" ella:

OCHO PERRITOS

Los perrillos abrieron sus ojos
del treceavo al quinceavo día
....
....
Y yo quería nacer con ellos.
¿Por qué otra vez no sería?
Saltar de unos bananales
una mañana de maravilla,
en can, en coyota, en venada;
mirar con grandes pupilas,
correr, parar, correr, tumbarme
y gemir y saltar de alegría,
acribillada de sol y ladridos
hija de Dios, sierva oscura y divina.

En el Poema o Recado de Chile (no sé cuál nombre le dejó al fin) ella, después de muerta, en sombra que no se ve, es decir, en forma corpórea que no puede tocarse, pero que existe y habla, va recorriendo la tierra chilena y la va mostrando y describiendo con todas sus bellezas, a un cervatillo y a un niño que la siguen. Admitir la muerte como la separación total del cuerpo y como el alejamiento definitivo de la Tierra, es algo que le cuesta mucho aceptar. Sus muertos vienen a ella transfigurados, pero enteros: "íntegros y verdaderos".

A la muerte de su madre, aunque su dolor fue muy grande, la pena no la anuló borrando en ella todo lo demás, sino que pudo, no obstante su sufrimiento y a causa de él, enfrentarse con el problema de su propia fe. Necesitó, entonces, saber qué era lo que en verdad creía y esperaba y si podía, en rigor, decirse cristiana porque, para el cristiano, la muerte es la puerta de la verdadera vida. Tuvo que

_____
[6] "Último árbol". *Lagar*.

aclarar y que darse cuenta de cuáles de los elementos de su religiosidad cabían realmente en lo que el cristianismo es. Pensando en si volvería o no volvería nunca más a ver a su madre, consideró entonces los altibajos de su fe y las escapadas de su alma hacia otras concepciones y hacia otras promesas que en ciertos momentos de su vida estuvieron en consonancia más estrecha con las necesidades de su corazón. Los altibajos de su fe están dichos en el "Nocturno de la Derrota".

Yo no he sido tu Pablo absoluto
que creyó para nunca descreer,
una brasa violenta tendida
de la frente con rayo a los pies.
Yo le quise el tremendo destino,
pero no merecí su rojez.

Brasa breve he llevado en mi mano,
llama corta ha lamido mi piel.
Yo no supe, abatida del rayo,
como el pino de gomas arder.
Viento tuyo no vino a ayudarme
y blanqueo antes de perecer.

Caridad no más ancha que rosa
me ha costado jadeo que ves.
Mi perdón es sombría jornada
en que miro diez soles caer;
mi esperanza es muñón de mí misma
que volteo y que ya es rigidez.

Yo no he sido tu Santo Francisco
con el cuerpo en un arco de "amén"
sostenido entre el cielo y la tierra
cual la cresta del amanecer,
escalera de limo por donde
ciervo y tórtola oíste otra vez.
. . . .

Va analizando a los grandes santos y trazándolos con pinceladas magistrales para sentir cuán lejos ha vivido de la enseñanza de Cristo, y termina poniéndose entre "los que no resucitan y van, en la muerte, a deshacerse

con las cosas que a Cristo no tienen
y de Cristo no baña la ley...

Se siente ser como los *Viejos Tejedores* que lo único que saben es que han venido a esta vida a padecer y a tejer y a tejer

... porque nunca han sabido de dónde
fueron hechos y a qué volverán...

....

Levantando la blanca cabeza
ensayamos tal vez preguntar
de qué ofensa callada ofendimos
a un demiurgo al que se ha de aplacar
como leños de hoguera que odiasen
el arder, sin saberse apagar.

El *Nocturno de la Consumación* tiene el mismo acento y hasta el
mismo ritmo del *Nocturno* de DESOLACIÓN:

Te olvidaste del rostro que hiciste
en un valle a una oscura mujer;
olvidaste entre todas tus formas
su alzadura de lento ciprés;
cabras vivas, vicuñas doradas
te cubrieron la triste y la fiel.

Como tú me pusiste en la boca
la canción por la sola merced;
como tú me enseñaste este modo
de alargarte mi esponja con hiel
yo me pongo a cantar tus olvidos,
por hincarte mi grito otra vez.

En éste, como en el admirable *Nocturno de José Asunción,* está el
amor de la nada, idea anticristiana por excelencia: "apetito del nunca volver",

voluntad de quedar con la tierra
mano a mano y mudez con mudez
despojada de mi propio Padre,
rebanada de Jerusalem!

En esta sección de TALA vienen, después de éstos tan dolorosos,
el *Nocturno del Descendimiento* en el que el alma compara y mide
sus penas y sus sacrificios con los dolores de Cristo, y ya no se atreve
a quejarse, y termina con las *Locas Letanías* que es una muy hermosa
oración en la que la que tantos reclamos hizo al Señor por los dolores
que le ha dado, ya no se siente a sí misma. Ahora le pide que salga
al encuentro de su muerte y que la reciba y la ayude "en los repe-
chos" y en los "vados":

...abájate a ella, siente
otra vez *que te tocaron;*
vuélvete a su voz que sube

por los aires extremados,
y si su voz no la lleva,
toma la niebla de su hálito!

y llama a Cristo "dueño de ruta y de tránsito"

...gozo que llaman los valles!
¡Resucitado, Resucitado!

Hay que preguntarse, sin embargo, si de esta crisis Gabriela salió con un concepto nuevo y diferente del anterior y si "la otra vida" tiene ahora para ella un sentido más apegado al Evangelio. En LAGAR llama a su muerto y lo siente en sus brazos con su forma y su mirada y sólo así halla sosiego. En el mismo libro, en la sección *Religiosas,* ensaya otra forma de contacto. Maritain gustaba mucho de una poesía de esta sección que se llama *Lámpara de Catedral.* La lámpara que unas veces alumbra y otras oscila y casi se apaga, es la oración o la gracia —que dicen los místicos. Pero en su alma poética, G. M. no pudo nunca hacer una separación entre lo natural y lo sobrenatural y divino. ¿Por qué no hemos de pensar que es ésta, tal vez, la verdadera esencia del misticismo?

Desde este punto de vista toda su poesía "descriptiva" (decimos así por darle un nombre) lo mismo *Pan,* que *Herramientas, Amapola de California* que *Pinares; Palomas* que *La Gracia* o *El Aire,* verdaderas cimas poéticas en la obra de Gabriela; la bellísima serie de las *Rondas* o *La Cuenta Mundo,* están penetradas de este sentimiento. Todos los poemas en que aborda las cosas naturales y muchas también de las fabricadas por el hombre, están tocados de ese misticismo esencial que dice Donoso y que corresponde a la conciencia religiosa y al maravillamiento que presidía su visión de este mundo. Sin buscarlo, y por el lazo interno que los liga, he pasado de los motivos Dolor y Muerte a través del motivo Religioso, a las secciones que en los diversos libros de Gabriela se llaman Naturaleza, y esto es porque todos ellos están indisolublemente unidos en ella.

Me queda por considerar la veta de la poesía infantil. ¿Qué diré que no haya sido dicho ya? La mejor comentadora y explicadora de su poesía infantil es ella misma en el *Colofón con cara de excusa* de TERNURA. No hay, en verdad, nada que añadir a él si no es, acaso, una cosa. Mientras Gabriela fue maestra de escuela primaria y rural, escribió con la intención de que sus Rondas y sus Canciones fueran entonadas en los patios de la escuela o cantadas por madres verdaderas. Toda la literatura infantil de la Gabriela de este tiempo, está penetrada del sentido moral y religioso que ella ponía en la enseñanza. El maestro, y sobre todo la maestra, debía tener las virtudes del santo y enseñar el amor a la Creación, la hermandad y la paz entre los hombres y la unión con Dios. Los niños que conoció entonces eran pequeños de 6, 7 o 10 años a los que enseñaba a leer y a cantar y a jugar y en los que quería despertar, a través de la canción o de la poesía, el amor al bien y a la belleza y sobre todo el ritmo, el ritmo profundo que une todo lo creado. ¡Qué fines tan distantes de los que hoy se dan como fines de la enseñanza! Desde este punto de vista, Gabriela, que jamás vendió su pluma ni su alma y que habría pensado y sentido que las vendía si hubiera, alguna vez, dado como fin primero de la enseñanza en la escuela primaria, la utilidad y el aprovechamiento, es la educadora más inactual que existe. Se cae por su peso y no hay, por tanto, ni qué hablar de ello, que la escuela primaria *tiene* que enseñar a leer, a escribir y a manejar un poco los números y que debe introducir a los niños en el conocimiento de la naturaleza que los rodea y en el amor de su país, y que debe, además, darles hábitos de orden y de trabajo; pero lo más importante en la escuela era para Gabriela en ese tiempo —y creo que lo fue siempre— enseñar con el juego y con el canto la unión de todos los seres, la paz y el amor y el respeto de la Naturaleza.

De ese tiempo son las *Rondas* de DESOLACIÓN, que después pasaron aumentadas a TERNURA, y muchas de sus más conocidas *Canciones de Cuna*. Esas *Canciones de Cuna,* las de ese tiempo, mecen siempre a un niño irreal y soñado y aunque a veces alcanzan una gran belleza, se siente en ellas que tal vez no es así como le cantaría a un niño dormido en sus rodillas, una madre verdadera... Nada es espontáneo en estos bellos versos tan bien trabajados; hay en ellos un propósito deliberado, una búsqueda artística que a veces se siente claramente en ellos: Gabriela tantea, se propone vencer una dificultad, hallar un género; lucha contra el lenguaje, busca vocablos... Más que la madre que arrulla a un niño, está en ellos la poetisa que ensaya un canto y la maestra que busca un fin moral o social. Ejemplo de esta tendencia son, entre otras, algunas Canciones hechas aquí en México durante su primera estancia:

CANCIÓN AMARGA

¡Ay, juguemos, hijo mío,
a la reina con el rey!
Este verde campo es tuyo
¿de quién más podría ser?
Las oleadas de la alfalfa
para ti se han de mecer.

Este valle es todo tuyo
¿de quién más podría ser?
Para que los disfrutemos
los pomares se hacen miel.

(¡Ay, no es cierto que tiritas
como el niño de Belem
y que el seno de tu madre

se secó de padecer!)
....
¡Sí! ¡Juguemos, hijo mío,
a la reina con el rey!

Y la *Canción del Maizal,* tan bella, y en la que hay tanto amor a México:

El maizal canta en el viento
verde, verde de esperanza.
Ha crecido en treinta días:
su rumor es alabanza.
....

Las mazorcas del maíz
a niñitas se parecen:
diez semanas en los tallos
bien prendidas que se mecen...
....

Esta canción no es Canción de Cuna, pero sí una canción que podría entonarse en los patios escolares y como tal la da Gabriela haciéndola entrar en la sección que llama "Casi escolares".

Más tarde, cuando Gabriela estaba en Europa y ya no era maestra de escuela, supo lo que es un niño, un niño pequeño, casi recién nacido, que no tiene más voz que su llanto y al que hay que hacer dormir y con el que hay que jugar juegos realmente infantiles y entonces escribió sus Canciones de Cuna más bellas y las "Jugarretas" que primero llamó con el nombre justísimo de "¡Albricias!" —porque eso fueron: una ¡Albricia!, un encuentro, un hallazgo verdadero: el hallazgo de la forma realmente infantil, el premio de su largo esfuerzo, que, al fin, floreció en un lenguaje infantil verdadero y en los motivos, juegos y ritmos infantiles que están en *Jugarretas,* especialmente.

LA PAJITA

Esta que era una niña de cera;
pero no era una niña de cera,
era una gavilla parada en la era.
Pero no era una gavilla
sino la flor tiesa de la maravilla.
Tampoco era la flor sino que era
un rayito de sol pegado a la vidriera.
No era un rayito de sol siquiera:
Una pajita dentro de mis ojitos era.

¡Alléguense a mirar cómo he perdido entera
en este lagrimón mi fiesta verdadera!

EL PAVO REAL

Que sopló el viento y se llevó las nubes
y que en las nubes iba un pavo real,
y que el pavo real era para mi mano
y que la mano se me va a secar,
y que la mano le di esta mañana
al rey que vino para desposar.
¡Ay que el cielo, ay que el viento, y la nube
que se van con el pavo real!

Gabriela juega y cuenta cuentos, inventa y logra preciosos ritmos. Yo pienso en ella en esos años de Francia, la miro al lado del niño que jugaba con ella, que la seguía por la casa y por el jardín, que la miraba con ojos tiernos y asombrados y que, más tarde, cuando tenía 9 o 10 años, la llamaba Buda...
Encontrado el camino, Gabriela sigue por él: es la madre que mece a su niño y es la Tierra que mece a sus criaturas. En las *Rondas* que antes fueron para los corros escolares, entra, jugando como una madre verdadera, la Naturaleza.

RONDA DE LOS COLORES

Azul loco y verde loco
del lino en rama y en flor.
Mareando de oleadas
baile el lino azuleador.

¡Vaya hermosura
vaya el color!
. . . .

...Bailan uno tras el otro
no se sabe cuál mejor,
y los rojos bailan tanto
que se queman de su ardor.

RONDA DE LOS AROMAS

Albahaca del cielo
malva de olor,
salvia dedos azules
anís desvariador.

Bailan atarantados
a la luna o al sol,
volando cabezuelas
talles y color.
. . . .
. . . .

Después o al mismo tiempo que los cuentos (Madre Granada, El Pino de Piñas) aparece *La Cuenta Mundo.* La Cuenta Mundo abre una veta nueva en el género, que va a encontrarse en el fondo, con los poemas de las secciones llamadas Naturaleza en los diversos libros. La Cuenta Mundo es una madre o una mujer que va mostrando el mundo a un niño:

LA CUENTA MUNDO

Niño pequeño, aparecido,
que no viniste y que llegaste,
te contaré lo que tenemos
y tomarás de nuestra parte.

EL AIRE

Esto que pasa y que se queda,
esto es el Aire, esto es el Aire,
y sin boca que tú le veas
te toma y besa, padre amante.
¡Ay, le rompemos sin romperle;
herido vuela sin quejarse,
y parece que a todos lleva
y a todos deja, por bueno el Aire...

LA LUZ

Por los aires anda la luz
que para verte, hijo, me vale.
Si no estuviese, todas las cosas
que te aman no te mirasen;
en la noche te buscarían,
todas gimiendo y sin hallarte.
....

La *Cuenta Mundo* entrega el aire, la luz, el agua, las bestezuelas, las frutas... Siguiendo el nuevo camino y el nuevo "tono", Gabriela llega al *Poema* o *Recado de Chile* que dejó inconcluso y en el que recorre su tierra chilena, con un niño quechua y con un cervatillo. Caminando de Norte a Sur les va mostrando el desierto de la sal, la Cordillera, la niebla, los Lagos, las mil Islas del Sur y, al pasar, los árboles, los animales, las piedras, los metales escondidos, las aguas... Hay en este poema una magia verdadera, un aliento extraño que no es lo que se llama inspiración, sino algo como el alucinamiento, que va animando las cosas. La Cordillera está viva y endereza su lomo lleno de criaturas; la Ruta se mueve; el Mar respira con su ancho aliento; los Metales se acendran, se asoman y hacen guiños; la Niebla marcha... El nombre de Recado no fue, sin embargo, aplicado por primera vez por Gabriela en este poema: lo aplicó primero a Notas que enviaba a EL MERCURIO, diario de Chile en el que escribió mucho tiempo, escritas en prosa, y en las que *apuntaba* cosas que le parecían útiles o utilizables en su país. Lo utilizó después en verso: *Recado a Lolita Arriaga, en México; Recado a Rafaela Ortega, en*

Castilla; Recado de nacimiento para Chile; Recado para La Residencia de Pedralbes, en Cataluña; Recado a Victoria Ocampo, en la Argentina, etc. De estos Recados, el que a mí más me gusta y el que me parece el mejor logrado, es el *Recado a Lolita Arriaga, en México,* del que José Vasconcelos decía, comparándolo con los frescos de Diego Rivera en los muros de la Secretaría de Educación Pública, que era el mejor "fresco" que se había hecho de la Revolución Mexicana... De los "Recados" ha dicho Gabriela todo lo que se puede decir para explicarlos en las "Notas" de TALA. Son realmente las poesías en las que se siente más el "tono" de su charla y el "dejo" de su voz. Para los que la conocimos, es en ellos en los que ella está entera, con su modo, con su habla y hasta con su risa.

Para terminar, quiero llevar la atención del lector a algunos "autorretratos" en los que la verdadera Gabriela, la Gabriela de carne y hueso, asoma la cara —su cara de niña, su cara de joven, su cara de mujer— en su poesía. Todos los escritores se pintan en general a sí mismos en algunas partes o en la totalidad de su obra y esto ocurre en Gabriela como en otros escritores o poetas; pero, algunas veces, la pincelada es más precisa y nos permite mirar al poeta en un momento determinado de su vida como vemos a Rembrandt en sus diversos auto-retratos a lo largo de su vida.

Muchos consideran la poesía *La Maestra Rural* como un retrato en el que ella se pintara a sí misma... No. La Maestra Rural contiene su ideal en materia de educación: dice lo que ella querría que fuera la maestra; no traza, aunque algunos así lo crean, rasgos de su propia vida. Ella ha precisado, además, que no quiso en ese poema pintarse a sí misma, sino pintar un poco a su hermana Emelina, a la que vio vivir y enseñar y de quien tanto aprendió. Pero haciendo a un lado ése (que intencionalmente es un retrato), hay muchas poesías en las que vemos a Gabriela con sus rasgos físicos o morales, en diversas épocas de su vida.

La "Lucila" de siete años asoma en *Todas íbamos a ser reinas:*

Todas íbamos a ser reinas
de cuatro reinos sobre el mar.
Rosalía con Efigenia
y Lucila con Soledad.

En el Valle de Elqui, ceñido
de cien montañas o de más,
que como ofrendas o tributos
arden en rojo o azafrán.

Lo decíamos embriagadas,
y lo tuvimos por verdad,
que seríamos todas reinas
y llegaríamos al mar.

Cuenta la historia de cada una de aquellas niñas de siete años vestidas de "batas claras de percal" y luego dice de sí misma:

....

...Y Lucila, que hablaba a río,
a montaña y cañaveral,
en las lunas de la locura
recibió reino de verdad.

En las nubes contó diez hijos
y en los salares su reinar,
en los ríos ha visto esposos
y su manto en la tempestad.

....
....

A esa Lucila de los siete años "que en los ríos ha visto esposos", yo la he oído decirle una tarde al mar en Veracruz en 1948: ¡Adiós, buen mozo! Los que estábamos con ella nos volvimos para mirar a quién decía aquellas palabras tan inusitadas... El mar, sólo el mar dando tumbos, estaba a nuestro lado y ella había estado allí mirándolo sin hablar, largo rato.

La Gabriela enamorada que quisiera ser hermosa y que tiene miedo de no serlo, asoma en *Vergüenza* (DESOLACIÓN).

VERGÜENZA

Si tú me miras, yo me vuelvo hermosa
como la hierba a que bajó el rocío,
y desconocerán mi faz gloriosa
las altas cañas, cuando baje el río.

Tengo vergüenza de mi boca triste
de mi voz rota y mis rodillas rudas;
ahora que me miraste y que viniste,
me encontré pobre y me palpé desnuda.

Ninguna piedra en el camino hallaste
más desnuda de luz en la alborada
que esta mujer a la que levantaste,
porque oíste su canto, la mirada.

....

Es noche y baja a la hierba el rocío;
mírame y habla con ternura,
¡que ya mañana al descender al río
la que besaste llevará hermosura!

Retratos suyos son los sucesivos que están trazados en *Beber*. Es ella la que bebe en la cascada donde nace el río Aconcagua; es ella la que bebe en Mitla con su cabeza "como un fruto" entre las manos de un indio que acude a sostenerla sobre el agua; es ella la que bebe en Puerto Rico "en la siesta de azul colmada", "agua de palma" en un coco de agua; es ella la que bebe, niña, en la jarra que su madre sostenía en su boca.

Su alma, uno de los mejores retratos de su alma, que vivía en perpetua nostalgia, está hecho en *País de la Ausencia*, poesía que recomiendo leer y que no cito porque habría que transcribirla entera...

Retrato suyo es *La Extranjera*, esa extraña poesía que está en Tala entrecomada, como si fuera lo que, en aquel pueblo de la Provenza donde vivió en 1927/28, pensaba de ella la gente; pero que, en verdad, corresponde a lo que ella era en esos años en los que vivió en una soledad terrible:

LA EXTRANJERA

Habla con dejo de sus mares bárbaros,
con no sé qué algas y no sé qué arenas;
reza oración a Dios sin bulto y peso,
envejecida como si muriera.
En huerto nuestro que nos hizo extraño,
ha puesto cactus y zarpadas hierbas.
Alienta del resuello del desierto
y ha amado con pasión de que blanquea,
que nunca cuenta y que si nos contase
sería como el mapa de otra estrella.
Vivirá entre nosotros ochenta años,
y siempre será como si llega
hablando lengua que jadea y gime
y que le entienden sólo bestezuelas.
Y va a morirse en medio de nosotros,
en una noche en la que más padezca,
con sólo su destino por almohada.
de una muerte callada y *extranjera*.

Retrato suyo es el de la mujer de *La Flor del Aire*, poema en el que G. M. quiso decir lo que la poesía era para ella; pero en la que la que vive en el extraño reino de la Mujer de la Pradera, es ella, que es, a la vez, la que pide las flores y la que las corta:

Yo la encontró por mi destino
de pie en mitad de la pradera,
gobernadora del que pase,
del que le hable y que la vea.
. . . .

Retratos suyos son todos los de las *Locas Mujeres* de LAGAR, en las que describe con minuciosa lucidez todos los estados de ánimo por los que fue pasando después de la muerte del último de los suyos. "Esta Antígona entregada apasionadamente a un rito funeral" —como dice de ella en su libro *"Gabriela Mistral", Persona y Poesía* (Ed. Asomante, 1958) la doctora Margot Arce de Vázquez [7]— está en *La Abandonada:*

> ...Ahora voy a aprenderme
> el país de la acedía,
> y a desaprender tu amor
> que era la sola lengua mía,
> como un río que olvidase
> lecho, corriente y orillas.
>
> ....

y en *La Desasida:*

> En el sueño yo no tenía
> padre ni madre, gozos ni duelos,
> no era mío ni el tesoro
> que he de velar hasta el alba,
> edad ni nombre llevaba,
> ni mi triunfo ni mi derrota.
> Mi enemigo podía injuriarme
> y negarme Pedro, mi amigo,
> que de haber ido tan lejos
> no me alcanzaban las flechas:
> para la mujer dormida
> lo mismo daba este mundo
> que los otros no nacidos...
>
> ....

Ella es *La Granjera* —poesía en la que está dicha, como en ninguna otra, su soledad en aquella casa de Petropolis en la que pasó varios años.

LA GRANJERA

> Para nadie planta la lila
> o poda las azaleas
> y carga el agua para nadie
> en los baldes que la espejean.
>
> Vuelta a uno que no da sombra
> y sobrepasa su cabeza,

---

[7] Margot Arce de Vázquez, portorriqueña, Doctora en Letras de la Universidad de Madrid y profesora de la Universidad de Puerto Rico.

estira un helecho mojado
y a darlo y a hurtárselo juega.

   Abre las rejas sin que llamen,
sin que entre nadie, las cierra
y se cansa para el sueño
que la toma, la suelta y la deja.

   Háganla dormir, pónganla a dormir
como el armiño o la civeta.
Cuando duerma bajen su brazo
y avienten el sueño que sueña.
. . . .

Es ella la que vela en *La Desvelada:*

      En cuanto engruesa la noche
y lo erguido se recuesta,
y se endereza lo rendido,
le oigo subir las escaleras.
Nada importa que no le oigan
y solamente yo lo sienta.
. . . .

      En un aliento mío sube
y yo padezco hasta que llega
—cascada loca que su destino
una vez baja y otras repecha
y loco espino calenturiento
castañeteando contra mi puerta—.

      No me alzo, no abro los ojos
y sigo su forma entera.
Un instante, como precitos,
bajo la noche tenemos tregua;
pero le oigo bajar de nuevo
como en una marea eterna.

      Él va y viene toda la noche
dádiva absurda, dada y devuelta
medusa en olas levantada
que ya se ve, que ya se acerca.
Desde mi lecho yo lo ayudo
con el aliento que me queda,
porque no busque tanteando
y se haga daño en las tinieblas.
. . . .

Y ella *La que camina:*

> Aquel mismo arenal, ella camina
> siempre, aunque ya duerman los otros
> y aunque para dormir caiga por tierra
> ese mismo arenal sueña y camina.
> La misma ruta, la que lleva al Este
> es la que toma aunque la llama el Norte,
> y aunque la luz del sol le dé diez rutas
> y se las sabe, camina la *Única.*
> Al pie del mismo espino se detiene
> y con el mismo además lo toma
> y lo sujeta porque es su destino.
>
> Aquellos que la amaron no la encuentran,
> el que la vio la cuenta como fábula...
> ...Yo que la cuento ignoro su camino
> y su semblante de soles quemado,
> no sé si la sombrean pino o cedro
> ni en qué lengua ella mienta a los extraños.
>
> Tanto quiso olvidar que ya ha olvidado,
> tanto quiso mudar que ya no es ella,
> tantos bosques y ríos se ha cruzado
> que al mar la llevan ya para perderla...

Un retrato suyo completo está en *La Otra:*

LA OTRA

Una en mí maté:
yo no la amaba.

Era la flor llameando
del cactus de montaña;
era aridez y fuego;
nunca se refrescaba.

Piedra y cielo tenía
a pies y espaldas
y no baja nunca
a buscar "ojos de agua"

Donde hacía su siesta
las hierbas se enroscaban
de aliento de su boca
y brasa de su cara.

En rápidas resinas
se endurecía su habla
por no caer en linda
presa soltada.

Doblarse no sabía
la planta de montaña,
y al costado de ella
yo me doblaba.

La dejé que muriese
robándole mi entraña.
Se acabó como el águila
que no es alimentada.

Sosegó el aletazo,
se dobló, lacia,

y me cayó a la mano
su pavesa acabada...

Por ella todavía
me gimen sus hermanas
y las gredas de fuego
al pasar me desgarran.

Cruzando yo les digo:
Buscad por las quebradas
y haced con las arcillas
otra águila abrasada.

Si no podéis, entonces
¡ay! olvidadla.
Yo la maté. ¡Vosotras
también matadla!

Esta que aquí Gabriela dice haber matado en ella es la que sufre padece y gime en su poesía dolorosa o desesperada, sobre todo en los poemas de DESOLACIÓN, pero que estuvo en ella siempre. Muchos "apuntes" o esbozos hay de ella en la obra entera, muchas caras distintas —unas sonrientes y llenas de esperanza; otras placenteras y casi dichosas; otras sombrías y desesperadas; otras extasiadas y como perdidas en la contemplación de lo divino... Hay que encontrarlas. Yo invito al lector a buscarlas en las páginas de este libro.

PALMA GUILLÉN DE NICOLAU.

México, D. F. Junio, 1973.

DATOS BIOGRÁFICOS

Lucila Godoy Alcayaga es el verdadero nombre de la escritora Gabriela Mistral.

Hija de Jerónimo Godoy Villanueva y de Petronila Alcayaga de Godoy, nació en Vicuña, pequeña población de la Provincia de Coquimbo (Chile), el 7 de abril de 1889.

Pasó su infancia primero en el pequeño pueblo de La Unión donde su padre era maestro, y luego en Monte Grande, en el Valle del Elqui, lugar que Gabriela consideró siempre como su tierra natal.

Su padre, que era originario de la Provincia de Atacama, abandonó la casa familiar cuando Gabriela tenía tres años. Volvió alguna vez por una corta temporada, y se fue de nuevo. Murió en 1915.

Gabriela Mistral vivió en Monte Grande hasta los doce años. Su media hermana materna, Emelina Molina de Barraza, maestra rural como ella lo fue más tarde, era la que sostenía con su trabajo la casa. Emelina era 15 años mayor que Gabriela. Fue ella su única maestra.

En 1901 la familia (la madre y las dos hijas) se fue a vivir a La Serena, ciudad marítima de la Provincia. En La Serena vivía la abuela paterna de Gabriela, doña Isabel Villanueva, a quien ella, desde que tenía 6 o 7 años, iba a visitar desde Monte Grande. Fue ella quien, desde entonces, la introdujo en el conocimiento o más bien en la lectura de la Biblia que tan grande influencia tuvo más tarde lo mismo en su vida que en su obra. A los 11 años Gabriela escribía ya versos y pequeños poemas en prosa. (Su padre fue un poeta popular, especie de "payador", hacedor de versos y canciones.)

A los 14 años G. M. empezó a publicar artículos en prosa y poemas en El Coquimbo y La Voz de Elqui, periódicos de La Serena y de Vicuña, respectivamente. Estudiaba entre tanto sola y con su hermana y, en 1903, presentó sus exámenes a título de suficiencia para ser admitida como alumna en la Escuela Normal de La Serena. Fue aprobada en ellos, no obstante lo cual no fue aceptada porque el Capellán de la Escuela la rechazó considerándola un "elemento subversivo" a causa de sus escritos publicados en los diarios que se señalan —artículos escritos con tendencia que hoy se diría socialista...

Siguió estudiando sola, orientada por su hermana y ayudada por los libros de la biblioteca provincial o por los que compraba a veces. A los 15 años entró a trabajar como escribiente en el Liceo de La Serena, de donde salió por la misma causa: porque seguía escribiendo y publicando.

El Gobernador de la Provincia a quien encontró el día en que la despidieron del Liceo, cuando iba caminando, muy triste, hacia la playa, al verla tan preocupada inquirió la causa de su pena. Fue él quien le dio su primer puesto docente, haciéndola maestra rural de La Compañía, población situada a tres kilómetros de La Serena. Después de cierto tiempo, fue trasladada a la escuela rural diurna y nocturna de La Cantera, pueblo situado entre La Serena y Coquimbo, donde enseñaba, de día, a niños y de noche, a obreros. Estuvo allí de 1906 a 1908. Tenía entonces 18 años. Era una joven alta, de cabellos casi rubios, delgada, de ojos verdes y muy hermosas manos; tímida y a la vez resuelta.

Se supone que fue entonces cuando conoció a un joven ferrocarrilero con quien tuvo relaciones amorosas —que en ella fueron cosa muy seria y profunda—, y que terminaron pronto, se ignora por qué.

En 1909 este joven, que andaba metido en otros amores, pero que no había dejado de buscarla, se suicidó en Coquimbo, donde vivía, por causas que no tuvieron nada que ver con la joven Lucila Godoy Alcayaga... Pero en el bolsillo del suicida se encontró una tarjeta de ella escrita hacía tiempo —cosa que causó una fuerte impresión en la joven maestra que no había olvidado a su enamorado y que había escrito ya muchos versos de amor inspirados por él. El suceso la removió profundamente y fue entonces cuando, sin darlos a la estampa, escribió muchos de los poemas que habrían de darle, más tarde, fama y gloria.

Estaba enseñando en el pequeño poblado llamado Barrancas, cuando, animada por personas amigas de Santiago, adonde iba con frecuencia a buscar libros en las bibliotecas públicas, se decidió a presentar sus exámenes a título de suficiencia, de Lengua Castellana, Matemáticas, Geografía, Historia, Botánica y Ciencias Naturales, etc., en la Escuela Normal número 1 de Santiago. Habiendo sido aprobada con muy buenas notas pudo entrar a los 21 años, en 1910, como enseñante a la enseñanza secundaria.

Fue primero Secretaria y profesora de Higiene en el Liceo de Traiguen. Pasó de allí, en 1911 como Profesora de Historia, al Liceo de Antofagasta, en la zona cercana al desierto y muy lejos de su Valle de Elqui.

En 1912, ocupó el puesto de maestra de Historia, de Geografía y de Castellano, en el Liceo de la ciudad de Los Andes, cerca de Santiago, donde permaneció hasta 1918.[1]

Durante estos años —parece que desde 1907 o 1908— se puso en relación con la Sociedad Teosófica de Chile que tenía su sede en Santiago, y entró de lleno en el estudio de la Teosofía y de las Filosofías orientales —cosa, por lo demás, muy de moda en aquellos años. En 1913 y 1914 era colaboradora de diversas revistas editadas por el movimiento teosófico chileno. De esos tiempos son sus escritos (poemas en prosa sobre todo) con sentido simbólico y religioso. Al mismo tiempo escribía poesía y se adiestraba sola, ayudada por manuales e imitando entonces, naturalmente,

---

[1] El Liceo en Chile corresponde a lo que era la Escuela Preparatoria nuestra antes de que se creara lo que hoy se llama la Escuela Secundaria.

a otros poetas, para vencer las dificultades y adquirir el "oficio" y la técnica de la poesía.

De los años inmediatos al suicidio de su enamorado son muchos de los poemas publicados más tarde en DESOLACIÓN. "Los Sonetos de la Muerte" están fechados en 1909, justamente en el año en que ocurrió el suceso que los inspiró.

En Los Andes conoció a don Pedro Aguirre Cerda y a su esposa. Aguirre Cerda, que era en ese momento Ministro de Justicia y Educación, fue más tarde —de 1938 a 1941— Presidente de Chile. El señor Aguirre Cerda y su esposa ayudaron grandemente a Gabriela en su carrera.

En 1912 G. M. era colaboradora de la Revista SUCESOS de Valparaíso.

En 1913 publicó varios poemas en la Revista ELEGANCIAS de Rubén Darío.

Empezó a usar el pseudónimo *Gabriela Mistral* por esos años. Antes había publicado con su nombre o con otros pseudónimos (*Alma, Soledad, Alguien*...). Su pseudónimo se volvió, con el tiempo, su verdadero nombre, porque nadie la llamó después con otro, a partir de la publicación de los "Sonetos de la Muerte" con los que, en 1914, obtuvo la Flor Natural en los Juegos Florales organizados por la Sociedad de Escritores de Chile, en Santiago.

Fue entonces cuando entró en la fama. Conoció a Enrique González Martínez, nuestro gran poeta, que era en esos años Ministro de México en Chile y al escritor Antonio Castro Leal, Secretario de nuestra Legación. Con Amado Nervo, como con Rubén Darío, tenía correspondencia desde hacía unos dos años. Del tiempo de su estancia en Los Andes data también su amistad con los componentes del grupo *Los Diez* de Chile: con Pedro Prado, con Manuel Magallanes Moure, con Eduardo Barrios, con Ángel Cruchaga Santa María, etc.

En 1917 colaboró activamente en una colección de libros de texto que se desparramó por toda la América y en la cual sus, cuando menos, 55 escritos o poemas, contribuyeron grandemente a su popularidad.

Iba frecuentemente en ese tiempo desde Los Andes a Santiago para comprar libros, para asistir a conferencias o para dictarlas, para ver a sus amigos, etc.

En 1918 fue nombrada Directora de Liceo, es decir, de una Escuela Preparatoria, ella, la antigua maestra rural sin título... La mandó el Ministerio de su país a un Liceo nuevo que acababa de fundarse en Punta Arenas (hoy Magallanes) en el extremo sur del Continente, en la tierra de la lluvia, de la nieve y de la "larga noche"... De ese año es la que ella misma considera su mejor poesía: "El Poema del Hijo". De 1918 y de 1919 son los mejores versos tanto de la Sección *Dolor* como de la Sección *Naturaleza* en DESOLACIÓN.

En 1920 pasó, como Directora, al Liceo de Temuco que es la ciudad en donde nació —ya había nacido entonces— el otro gran poeta de Chile: Pablo Neruda.

En 1921 fue trasladada al Liceo número 6 de Santiago de Chile, capital de la República. En ese mismo año, Federico de Onís, Profesor de

Literatura Española en la Universidad de Columbia de los Estados Unidos, dio una conferencia sobre la poesía de aquella escritora tan diversa de los otras de su tiempo y de cualquier otro tiempo, y los profesores y estudiantes del Instituto de las Españas, entusiasmados por la poesía de G. M., decidieron publicar en un libro las poesía dispersas e inéditas de la maestra chilena —cosa que le propusieron y que ella, conmovida, aceptó.

Siendo Directora del Liceo número 6 de Santiago, recibió de México, a través del Ministro González Martínez, la invitación que el Presidente de la República, General Obregón, le hizo para venir a trabajar con José Vasconcelos, Ministro de Educación Pública, en la reforma educativa de México.

Vino a México como invitada y, a la vez, comisionada por el Gobierno de Chile, para estudiar dicha reforma, a mediados de 1922. En ese mismo año apareció en Nueva York su libro de poesía y prosa titulado DESOLACIÓN.

En México trabajó en la organización de las Misiones rurales y en la de las bibliotecas populares y ambulantes, hasta mediados de 1924. A lo largo de 1923 y principios de 1924, preparó una magnífica Antología —en la que hay muchos escritos suyos— la cual, con el nombre de LECTURAS PARA MUJERES, fue editada por la Secretaría de Educación Pública y que ella concibió como libro complementario, para uso de las alumnas de la Escuela Hogar que, con su nombre, fue creada en México.[2]

A fines de 1924 y hasta principios de 1925, estuvo en Europa. Visitó, por primera vez, España, Francia, Italia, Suiza y Bélgica. Desarrolló entonces una actividad periodística importantísima publicando en los mejores diarios y en las revistas de letras de América y España, entrevistas con los más famosos hombres de letras de esos países, así como comentarios y observaciones muy valiosos y muy bien escritos. Puede decirse que fue entonces cuando, propiamente, aprendió a escribir en prosa. sin abandonar, naturalmente, la poesía.

Regresó en 1925 a Chile. Jubiló entonces: tenía un poco más de 20 años de servicios en la enseñanza y 36 de edad.

Al fundarse en Francia, en ese mismo año, el Instituto de Cooperación Intelectual, dependiente de la Sociedad de las Naciones y antecesor de la actual UNESCO, Gabriela Mistral fue invitada para encargarse en él de la Jefatura de la Sección de Letras Ibero Americanas.

Eran miembros del Instituto: Henri Bergson, Paul Claudel, Paul Valéry, etc., y Director Julián Luchaire. En la Sección de Letras Latino Americanas estaban Francisco y Ventura García Calderón, Eduardo Santos, Luis Nieto Caballero, Gonzalo Zaldumbide, Mariano Brull, Ruy Ribeira Couto, Andrés Belaúnde... Gabriela Mistral conoció entonces también a Alfonso Reyes.

Organizó allí la publicación en francés e inglés, por de pronto, de los Clásicos Ibero Americanos y trabajó activamente en ella. Era, al mismo

---

[2] Las *Lecturas para Mujeres* han sido publicadas en la Colección "Sepan Cuantos..." núm. 68, de la Editorial Porrúa, S. A., en el año 1966.

tiempo, representante de Chile en el Instituto de Cinema Educativo y en el Instituto Internacional de Ciencias de la Educación. Sus comisiones, muy honrosas todas, eran honorarias. No tenía para vivir sino su modesta pensión de 1,000 pesos chilenos que valían poco en moneda europea. Completaba sus gastos con lo que recibía por sus colaboraciones en diversos diarios de América.

Un Gobierno militar que hubo en Chile por aquellos años, le ofreció el cargo de Embajadora de Chile en toda la América Central. Ella no sólo no aceptó, sino que escribió contra aquel gobierno, el cual, irritado, le suspendió su modesta pensión dejándola sin recursos.

Eduardo Santos, dueño de EL TIEMPO, de Bogotá, le ofreció entonces una cantidad equivalente por un artículo mensual en su periódico. Tenía además, una colaboración bien pagada en LA NACIÓN, de Buenos Aires, y otras en EL UNIVERSAL, de México, en el REPERTORIO AMERICANO, de Costa Rica y en el ABC, de Madrid. Hasta 1929 o 1930, vivió solamente de sus artículos, lo cual le imponía un gran trabajo.

Había alquilado una casita en Fontainebleau, a una hora de París, y allí vivió hasta 1928. En 1928, buscando el sol, se fue a vivir a la Provenza, primero a un pequeño pueblo llamado Bedarrides, cerca de Avignon, y después a un chalet lleno de flores a la entrada de Aix-en-Provence.

En 1929 murió en Chile, su madre.

Buscando el sol y el mar, en 1930 se instaló en pequeños pueblos de la costa ligure donde la vida era entonces muy barata. En ese mismo año fue invitada a dictar unas conferencias en Barnard College de la Universidad de Columbia, en Nueva York. Pasó de allí, al año siguiente, con un curso de verano, al Middlebury College de Vermont.

En 1931 dictó conferencias y después cursos breves en la Universidad de Puerto Rico. Así vivió hasta 1933, dividiendo su tiempo entre sus cursos o conferencias de este lado del Atlántico y su trabajo en el I. C. I., que ya entonces había publicado, en francés, los dos primeros volúmenes de la Colección planeada por ella.

En 1933, al cambiar la situación política en Chile, el Gobierno le devolvió su jubilación y la nombró cónsul honorario en Madrid. Como cónsul no tenía sueldo, pero tenía la representación oficial de su país, la cual socialmente valía mucho. Vivió en Madrid hasta mediados de 1935.

Durante ese año fueron lanzadas al mercado tres ediciones de DESOLACIÓN. Antes, en 1924, Calleja había hecho en Madrid una edición de los versos infantiles con el nombre de TERNURA. Además, se publicó en España un libro clandestino con el título de NUBES BLANCAS que contenía una selección de poemas tomados de los otros dos.

En 1935 un grupo de escritores europeos que conocían y estimaban mucho a Gabriela y que sabían, más o menos, la situación insegura y precaria en que vivía, dirigieron, sin que ella lo supiera, una petición a don Arturo Alessandri, en esos momentos Presidente de Chile, solicitando para Gabriela un cargo de *cónsul pagado* que estuviera en consonancia con su enorme prestigio y con el trabajo que desde hacía unos 10 años venía ella desarrollando en Europa. Estos escritores fueron, entre otros: Miguel de Unamuno, Guglielmo Ferreiro, Romain Rolland, Georges Duhamel, Maurice Maeterlinck, Ernest Curtius...

El Presidente Alessandri presentó, apoyándola, la petición al Senado, y el 17 de septiembre de 1935, el Senado chileno creó para G. M. un puesto de cónsul *per vita* que no podía ser anulado, suspendido o modificado sino por otra nueva ley del Senado. A partir de entonces G. M. fue cónsul de Chile con un sueldo suficiente para vivir en Europa o en América (donde ella quisiera) sin más obligación que la de avisar a su Gobierno el lugar en el que deseaba instalarse.

Como G. M. era persona muy digna y muy honrada, no aceptó esto como una canongía, sino que trabajó siempre desempeñando su cargo de cónsul —despachando barcos, haciendo pasaportes y facturas y actuando como agente comercial en donde quiera que estuvo. La mejor habitación de su casa era para el consulado; de su sueldo pagó siempre un empleado para que atendiera la oficina y le ayudara en el trabajo y hacía informes y despachaba la correspondencia oficial, al igual que otro cónsul cualquiera.

Se instaló primeramente en Lisboa, donde estuvo hasta 1937; fue después cónsul en Niza; de allí partió, en 1939, al comenzar la segunda Guerra Mundial, para el Brasil. Más tarde fue cónsul (en 1946/1948) en Santa Bárbara, EE. UU.; en Veracruz (México) en 1949; en Rapallo y en Nápoles (Italia) en 1950/1952. Cuando se decidió a vivir definitivamente en Nueva York (1943) pidió a su Gobierno, para no interferir con el cónsul chileno de carrera allí establecido, ser comisionada en las Naciones Unidas. Este puesto era el que desempeñaba aún en 1957, cuando murió.

Siendo cónsul en Lisboa, fue a París en 1936 y en 1937 para atender su trabajo en el I. C. I. y para asistir a la reunión del Comité de Artes y Letras que presidía Paul Valéry. Con su mismo carácter, en 1937/38 fue a la América del Sur, invitada para dictar conferencias o para hacer visitas oficiales. Estuvo en Brasil, en la Argentina, en Uruguay, Perú, Cuba, y en el mismo Chile, donde fue recibida con grandes honores.

En el mismo año 1938, a su regreso a Europa, hizo, ayudada por Palma Guillén, entonces Miembro de la Delegación de México ante la Sociedad de las Naciones, en Ginebra, una selección de las poesías escritas entre 1924 y 1938 y publicó, en Buenos Aires, en la Editorial SUR de Victoria Ocampo, su segundo libro de poesías: TALA, cuyo producto entero —porque la edición fue hecha gratuitamente por Victoria Ocampo— fue cedido por G. M. para auxiliar a los niños españoles desplazados de sus hogares por los bombardeos alemanes e italianos durante la guerra civil.

Siendo cónsul de Chile en Niza, en 1939, se vino con su sobrino Juan Miguel Godoy, que entonces tenía 13 años, al Brasil. Fue cónsul primero en Niteroi y luego en Petrópolis. Juan Miguel, a quien ella llamaba Yin Yin, vivía con ella desde su más tierna infancia. Era la única persona de su familia que le quedaba una vez muertas su madre y su hermana Emelina. Era el último de su raza y de su gente. Hijo de un hermano suyo de padre, fue su alegría y su fortaleza moral en medio de las dificultades de la vida. En el Brasil, en Petrópolis, el 13 de agosto de 1943, murió Juan Miguel cuando tenía 17 años. Su muerte fue el triste resultado de uno de esos oscuros dramas de la adolescencia de que muchos jóvenes son víctimas en esos difíciles años. Instigado, al parecer, por compañeros suyos, en una pugna entre estudiantes del Liceo, Juan Miguel se suicidó "por no matar a uno de sus compañeros de escuela" que lo había ofendido gravemente en uno de esos conflictos que agiganta la imaginación a los 17 años y que, en esos momentos, a causa de la guerra europea, fue particularmente grave porque era también una pugna entre aliadófilos (Juan Miguel era aliadófilo) y estudiantes pro-nacistas... Juan Miguel murió en el hospital con Gabriela a su lado, y del dolor de aquella noche, ella enfermó de una grave diabetes que fue la que, al final, acabó con su vida.

Durante toda su estancia en el Brasil, G. M. siguió escribiendo en los periódicos y haciendo poesía. En LAGAR, libro que se publicó muchos años después —en 1954— están los versos escritos en la cruel etapa de su dolor por la muerte de Juan Miguel además de muchos otros —porque LAGAR, como antes TALA y DESOLACIÓN, contiene poesía escrita a lo largo de quince o dieciséis años.

El Premio Nobel.—Desde 1942, a iniciativa de escritores y amigos del Ecuador, fue presentada la candidatura de G. M. al Premio Nobel de Letras. Ella no le dio ninguna importancia a esta iniciativa y consideró siempre como inaccesible para ella tamaña distinción. Pensaba, y así lo dijo en repetidas ocasiones, que había en América otros escritores (Alfonso Reyes, Borges, Asturias) más merecedores que ella del galardón de Estocolmo, sin contar a los numerosos que podían ser dignamente presentados por los países europeos.

Los Premios Nobel fueron suspendidos durante la guerra. Cuando, al terminar ésta, en 1945, la Academia Nobel reanudó su entrega, la Sociedad de Escritores de Chile y el propio Gobierno presentaron de nuevo la candidatura de Gabriela. Numerosas traducciones al inglés, al francés y al sueco, habían sido hechas ya de poesías y artículos de la escritora chilena, además de que su nombre era ampliamente conocido, lo mismo que su persona, tanto en Europa como en las Américas. Por premiar, tal vez, la "unidad de la vida con el pensamiento", o por parecerles a los especialistas convocados para el caso, más significativa o más bella la obra, el Premio Nobel de 1945 fue otorgado a Gabriela Mistral. Ella lo supo por la radio en su solitaria casa de Petrópolis.

El Gobierno chileno le dio orden de ir a Estocolmo a recibirlo. Se embarcó y después de una terrible tempestad en el mar del Norte, llegó a Suecia. El día 10 de diciembre de 1945 recibió el Premio. Después de la ceremonia fue a París, a Londres y a Roma invitada oficialmente por los gobiernos de Francia, Inglaterra e Italia.

No regresó ya a su casa de Petrópolis, sino que de Europa se fue directamente a Nueva York, donde estaba también invitada, y de allí a California, zona en la que decidió quedarse a vivir en adelante.

Con el dinero del Premio Nobel compró una casa en Monrovia, cerca de Los Angeles, y después otra en Santa Bárbara. En esta segunda ciudad abrió su consulado y allí vivió, enferma y muy sola y muy triste, hasta 1948.

En ese año vino a México por segunda vez, invitada ahora por el Presidente Alemán y siendo Secretario de Educación Pública Jaime Torres Bodet, que fue quien le transmitió la invitación. Llegó a Yucatán en noviembre de 1948. Tuvo allí, al bajar del avión, un colapso que duró tres horas y estuvo a punto de morir. La salvó un médico norteamericano que fue el que la atendió; pero todo Mérida estuvo a su lado y en torno suyo.

Vivió en el Estado de Veracruz, en Jalapa, en el puerto mismo, o en El Lencero o en La Orduña, moradas maravillosas que le ofreció, para que descansara y se repusiera en ellas, la inigualable hospitalidad de don Rafael Murillo y de su señora. Vivió también en Fortín de las Flores y después abrió su consulado en Veracruz. Como invitada del Gobierno estuvo en esa ocasión solamente durante dos meses a partir de los cuales vivió en nuestro país por sus propios medios.

No subió a la capital porque después del colapso de Mérida, los médicos opinaron que no debía vivir en lugar tan alto; pero a su casa de El Lencero o de Fortín, bajaban todas las semanas sus amigos de México para ir a verla: los hermanos Méndez Plancarte y todas las jóvenes colaboradoras de ÁBSIDE: Margarita Michelena, Rosario Castellanos, Lola Castro. Iban también Alfonso Reyes y Manuela; los Cosío Villegas; el doctor Ignacio Chávez y Celia su esposa; el General Cárdenas; Diego Rivera, Alfonso Junco... Políticos, escritores, músicos y poetas, iban a acompañarla y a charlar con ella. El Presidente Alemán le ofreció, para que se quedara, tierras en el Estado de Veracruz; tierras que, al final, cuando ya había construido de su peculio una casita en ellas, no le fueron entregadas porque están en un lugar que se llama Miradores y que queda dentro de la franja de no sé cuántos kilómetros, en la que por mandato constitucional, no pueden tener propiedades los extranjeros... Entristecida por ésta y por otras cosas, se fue de México el último día del año 1949 en un barco petrolero que salía para los Estados Unidos. En Washington tenía compromiso con la Academia Franciscana de la Historia para hacer un discurso en una ceremonia.

No volvió ya a su casa de California. En 1950 regresó a Europa y se instaló en Italia, primero en Rapallo, en la dulce costa ligure, y después en Nápoles, en la Avenida Tasso, sobre el Posillipo, donde abrió su consulado.

Le ofrecieron la jefatura del UNICEF en América. No la aceptó; pero aceptó ser asesora de la UNESCO.

En 1951 Chile le otorgó el Premio Nacional de Letras, aumentándolo, en honor suyo, a 100,000 pesos. No fue a recibirlo porque estaba muy enferma y lo cedió entero a beneficio de los niños del Valle de Elqui.

Volvió en 1953 a los EE. UU. Yo la puse en Génova en el barco que la llevó a Nueva York, el día 5 de enero de 1953. Tenía que ir a La Habana adonde estaba invitada para las fiestas del centenario de José Martí y a las que fue acompañada por Margaret Bates, la profesora de español que, más tarde, hizo con ella el ordenamiento de las poesías que con el título de POESÍAS COMPLETAS publicó la Editorial Aguilar en su Biblioteca Premio Nobel. Este libro, que fue corregido por ella en 1956, apareció después de su muerte, en 1958.

En agosto de 1954, por invitación especial del Gobierno de Chile, volvió a su país en una gira de mes y medio acompañada por la norteamericana Doris Dana. Fue a su Valle de Elqui. La recepción oficial fue una verdadera apoteosis. La Universidad de Chile le concedió el Doctorado Honoris Causa. Volvió a los Estados Unidos (vivía en Roslyn, Long Island) en el mes de octubre y entonces recibió, juntamente con Konrad Adenauer, con Aldai Stevenson y con Dag Hammerskjold, el Doctorado Honoris Causa de la Universidad de Columbia.

En 1954, cuando ella estaba allí, apareció en Santiago de Chile, la cuarta edición de DESOLACIÓN, y unos meses más tarde, en diciembre del mismo año 1954, la Editorial Pacífico publicó su último libro, LAGAR, que contiene una muy importante selección de las poesías escritas en los 16 años que median entre 1938 —año de la publicación de TALA— y 1954.

Su salud decayó terriblemente en el año 1955 y se hizo enteramente precaria en 1956. Ya casi no comía. Los médicos decían que tenía arterioesclerosis además de diabetes; pero lo que tenía era un cáncer en el páncreas que le fue descubierto después de una terrible hemorragia. Estuvo primero en Flower and Fifth Av., Hospital de New York, en noviembre de 1956, y en diciembre —el 19— ingresó en el Hempstead General Hospital de Long Island, donde murió. Cayó en estado de coma el 2 de enero de 1957 y murió el día 10 del mismo mes a las 4:18 de la mañana, a los 67 años.

Ese mismo día, en sesión extraordinaria, las Naciones Unidas le tributaron un solemne y conmovido homenaje.

El 14 de enero se celebraron sus honras fúnebres en la Catedral de San Patricio de New York, después de las cuales su cuerpo fue llevado en solemne cortejo presidido por el Embajador de Chile y por las autoridades de la ciudad, al aeropuerto militar de Bethpage, donde una escuadrilla de aviones militares la llevó a su patria. El cortejo se detuvo en Lima y llegó a Santiago el 19 de enero. Su funeral se celebró el 22 con gran solemnidad en el Cementerio General de Santiago, donde estuvo su cuerpo, temporalmente, instalado en el nicho número 97, hasta 1960, año en que los restos de G. M. fueron por fin llevados, conforme a su voluntad, a Monte Grande.

Su cuerpo embalsamado fue recibido en La Serena el 22 de enero, por el pueblo en masa presidido por el Arzobispo, porque Gabriela no tenía ya familia alguna. Después fue llevado a Vicuña y por fin a Monte Grande, donde el 23 de enero lo pusieron en su tumba, que es una bóveda cavada en la tierra con un monolito delante en el que hay una inscripción con su nombre y las fechas de su nacimiento y su muerte. La tumba es monumento nacional y fue erigida por subscripción popular bajo los auspicios de la Sociedad de Escritores de Chile.

P. G. N.

México, D. F. Junio 1973.

DESOLACIÓN

V I D A

EL PENSADOR DE RODIN

A Laura Rodig.

Con el mentón caído sobre la mano ruda,
el Pensador se acuerda que es carne de la huesa,
carne fatal, delante del destino desnuda,
carne que odia la muerte, y tembló de belleza.

Y tembló de amor, toda su primavera ardiente,
y ahora, al otoño, anégase de verdad y tristeza.
El de morir tenemos pasa sobre su frente,
en todo agudo bronce, cuando la noche empieza.

Y en la angustia, sus músculos se hienden, sufridores.
Los surcos de su carne se llenan de terrores.
Se hiende, como la hoja de otoño, al Señor fuerte

que le llama en los bronces... Y no hay árbol torcido
de sol en la llanura, ni león de flanco herido,
crispados como este hombre que medita en la muerte.

LA CRUZ DE BISTOLFI

Cruz que ninguno mira y que todos sentimos,
la invisible y la cierta como una ancha montaña:
dormimos sobre ti y sobre ti vivimos;
tus dos brazos nos mecen y tu sombra nos baña.

El amor nos fingió un lecho, pero era
solamente tu garfio y tu leño desnudo.
Creímos que corríamos libres por las praderas
y nunca descendimos de tu apretado nudo.

De toda sangre humana fresco está tu madero,
y sobre ti yo aspiro las llagas de mi padre,
y en el clavo de ensueño que le llagó, me muero.

¡Mentira que hemos visto las noches y los días!
Estuvimos prendidos, como el hijo a la madre,
a ti, del primer llanto a la última agonía.

AL OÍDO DEL CRISTO

A Torres Rioseco.

I

¡Cristo, el de las carnes en gajos abiertas;
Cristo, el de las venas vaciadas en ríos:
estas pobres gentes del siglo están muertas
de una laxitud, de un miedo, de un frío!

A la cabecera de sus lechos eres,
si te tienen, forma demasiado cruenta,
sin esas blanduras que aman las mujeres
y con esas marcas de vida violenta.

No te escupirían por creerte loco,
no fueran capaces de amarte tampoco
así, con sus ímpetus laxos y marchitos.

Porque como Lázaro ya hieden, ya hieden,
por no disgregarse, mejor no se mueven.
¡Ni el amor ni el odio les arrancan gritos!

II

Aman la elegancia de gesto y color,
y en la crispadura tuya del madero,
en tu sudar sangre, tu último temblor
y el resplandor cárdeno del Calvario entero,

les parece que hay exageración
y plebeyo gusto; el que Tú lloraras
y tuvieras sed y tribulación,
no cuaja en sus ojos dos lágrimas claras.

Tienen ojo opaco de infecunda yesca,
sin virtud de llanto, que limpia y refresca;
tienen una boca de suelto botón

mojada en lascivia, ni firme ni roja,
¡y como de fines de otoño, así, floja
e impura, la poma de su corazón!

III

¡Oh Cristo!, el dolor les vuelva a hacer viva
l'alma que les diste y que se ha dormido,
que se la devuelva honda y sensitiva,
casa de amargura, pasión y alarido.

¡Garfios, hierros, zarpas, que sus carnes hiendan
tal como se parten frutos y gavillas;

llamas que a su gajo caduco se prendan,
llamas como argollas y como cuchillas!

¡Llanto, llanto de calientes raudales
renueve los ojos de turbios cristales
y les vuelva el viejo fuego del mirar!

¡Retóñalos desde las entrañas, Cristo!
Si ya es imposible, si tú bien lo has visto,
si son paja de eras... ¡desciende a aventar!

AL PUEBLO HEBREO

(Matanzas de Polonia.)

Raza judía, carne de dolores,
raza judía, río de amargura:
como los cielos y la tierra, dura
y crece aún tu selva de clamores.

Nunca han dejado orearse tus heridas;
nunca han dejado que a sombrear te tiendas,
para estrujar y renovar tu venda,
más que ninguna rosa enrojecida.

Con tus gemidos se ha arrullado el mundo,
y juego con las hebras de tu llanto.
Los surcos de tu rostro, que amo tanto,
son cual llagas de sierra de profundos.

Temblando mecen su hijo las mujeres,
temblando siega el hombre su gavilla.
En tu soñar se hincó la pesadilla
y tu palabra es sólo el *¡miserere!*

Raza judía, y aun te resta pecho
y voz de miel, para alabar tus lares,
y decir el Cantar de los cantares
con lengua, y labio, y corazón deshechos.

En tu mujer camina aún María.
Sobre tu rostro va el perfil de Cristo;
por las laderas de Sión le han visto
llamarte en vano, cuando muere el día...

Que tu dolor en Dimas le miraba
y Él dijo a Dimas la palabra inmensa
y para ungir sus pies busca la trenza
de Magdalena ¡y la halla ensangrentada!

¡Raza judía, carne de dolores,
raza judía, río de amargura:
como los cielos y la tierra, dura
y crece tu ancha selva de clamores!

VIERNES SANTO

El sol de abril aún es ardiente y bueno
y el surco, de la espera, resplandece;
pero hoy no llenes l'ansia de su seno,
porque Jesús padece.

No remuevas la tierra. Deja, mansa
la mano y el arado; echa las mieses
cuando ya nos devuelvan la esperanza,
que aún Jesús padece.

Ya sudó sangre bajo los olivos,
y oyó al que amaba, negarlo tres veces.
Mas, rebelde de amor, tiene aún latidos,
¡aún padece!

Porque tú, labrador, siembras odiando
y yo tengo rencor cuando anochece,
y un niño va como un hombre llorando
¡Jesús padece!

Está sobre el madero todavía
y sed tremenda el labio le estremece.
¡Odio mi pan, mi estrofa y mi alegría,
porque Jesús padece!

RUTH

A González Martínez.

I

Ruth moabita a espigar va a las eras,
aunque no tiene ni un campo mezquino.
Piensa que es Dios dueño de las praderas
y que ella espiga en un predio divino.

El sol caldeo su espalda acuchilla,
baña terrible su dorso inclinado;
arde de fiebre su leve mejilla,
y la fatiga le rinde el costado.

Booz se ha sentado en la parva abundosa.
El trigal es una onda infinita,
desde la sierra hasta donde él reposa,

que la abundancia ha cegado el camino...
¡Y en la onda de oro la Ruth moabita
viene, espigando, a encontrar su destino!

II

Booz miró a Ruth, y a los recolectores.
Dijo: "Dejad que recoja confiada"...
Y sonrieron los espigadores,
viendo del viejo la absorta mirada...
Eran sus barbas dos sendas de flores,
su ojo dulzura, reposo el semblante;
su voz pasaba de alcor en alcores,
pero podía dormir a un infante...

Ruth lo miró de la planta a la frente,
y fue sus ojos saciados bajando,
como el que bebe en inmensa corriente...

Al regresar a la aldea, los mozos
que ella encontró la miraron temblando.
Pero en su sueño Booz fue su esposo...

III

Y aquella noche el patriarca en la era
viendo los astros que laten de anhelo,
recordó aquello que a Abraham prometiera
Jehová: más hijos que estrellas dio al cielo.

Y suspiró por su lecho baldío,
rezó llorando, e hizo sitio en la almohada
para la que, como baja el rocío,
hacia él vendría en la noche callada.

Ruth vio en los astros los ojos con llanto
de Booz llamándola, y estremecida,
dejó su lecho, y se fue por el campo...

Dormía el justo, hecho paz y belleza.
Ruth, más callada que espiga vencida,
puso en el pecho de Booz su cabeza.

LA MUJER FUERTE

Me acuerdo de tu rostro que se fijó en mis días,
mujer de saya azul y de tostada frente,
que en mi niñez y sobre mi tierra de ambrosía
vi abrir el surco negro en un abril ardiente.

Alzaba en la taberna, honda, la copa impura
el que te apegó un hijo al pecho de azucena,
y bajo ese recuerdo, que te era quemadura,
caía la simiente de tu mano, serena.

Segar te vi en enero los trigos de tu hijo,
y sin comprender tuve en ti los ojos fijos,
agrandados al par de maravilla y llanto.

Y el lodo de tus pies todavía besara,
porque entre cien mundanas no he encontrado tu cara
¡y aun te sigo en los surcos la sombra con mi canto!

LA MUJER ESTÉRIL

La mujer que no mece a un hijo en el regazo,
cuyo calor y aroma alcance a sus entrañas,
tiene una laxitud de mundo entre los brazos;
todo su corazón congoja inmensa baña.

El lirio le recuerda unas sienes de infante;
Del Ángelus le pide otra boca con ruego;
e interroga la fuente de seno de diamante,
por qué su labio quiebra el cristal en sosiego.

Y al contemplar sus ojos se acuerda de la azada;
piensa que en los de un hijo no mirará extasiada,
al vaciarse sus ojos, los follajes de octubre.

Con doble temblor óye el viento en los cipreses.
¡Y una mendiga grávida, cuyo seno florece
cual la parva de enero, de vergüenza la cubre!

EL NIÑO SOLO

A Sara Hübner.

Como escuchase un llanto, me paré en el repecho
y me acerqué a la puerta del rancho del camino.
Un niño de ojos dulces me miró desde el lecho
¡y una ternura inmensa me embriagó como un vino!

La madre se tardó, curvada en el barbecho;
el niño, al despertar, buscó el pezón de rosa
y rompió en llanto... Yo lo estreché contra el pecho,
y una canción de cuna me subió, temblorosa...

Por la ventana abierta la luna nos miraba.
El niño ya dormía, y la canción bañaba,
como otro resplandor, mi pecho enriquecido...

Y cuando la mujer, trémula, abrió la puerta,
me vería en el rostro tanta ventura cierta
¡que me dejó el infante en los brazos dormido!

CANTO DEL JUSTO

Pecho, el de mi Cristo,
más que los ocasos,
más, ensangrentado:
¡desde que te he visto
mi sangre he secado!

Mano de mi Cristo,
que como otro párpado
tajeada llora:
¡desde que te he visto
la mía no implora!

Brazos de mi Cristo,
brazos extendidos
sin ningún rechazo:
¡desde que os he visto
existe mi abrazo!

Costado de Cristo,
otro labio abierto
regando la vida:

¡desde que te he visto
rasgué mis heridas!

Mirada de Cristo,
por no ver su cuerpo,
al cielo elevada:
¡desde que te he visto
no miro mi vida
que va ensangrentada!

Cuerpo de mi Cristo,
te miro pendiente,
aún crucificado.
¡Yo cantaré cuando
te hayan desclavado!

¿Cuándo será? ¿Cuándo?
¡Dos mil años hace
que espero a tus plantas,
y espero llorando!

EL SUPLICIO

Tengo ha veinte años en la carne hundido
—y es caliente el puñal—
un verso enorme, un verso con cimeras
de pleamar.

De albergarlo sumisa, las entrañas
cansa su majestad.
¿Con esta pobre boca que ha mentido
se ha de cantar?

Las palabras caducas de los hombres
no han el calor
de sus lenguas de fuego, de su viva
tremolación.

Como un hijo, con cuajo de mi sangre
se sustenta él,
y un hijo no bebió más sangre en seno
de una mujer.

¡Terrible don! ¡Socarradura larga
que hace aullar!
El que vino a clavarlo en mis entrañas
¡tenga piedad!

IN MEMORIAM

Amado Nervo, suave perfil, labio sonriente;
Amado Nervo, estrofa y corazón en paz:
mientras te escribo, tienes losa sobre la frente,
baja en la nieve tu mortaja inmensamente
y la tremenda albura cayó sobre tu faz.

Me escribías: "Soy triste como los solitarios,
pero he vestido de sosiego mi temblor,
mi atroz angustia de la mortaja y el osario
y el ansia viva de Jesucristo, mi Señor."

¡Pensar que no hay colmena que entregue tu dulzura;
que entre las lenguas de odio eras lengua de paz;
que se va el canto mecedor de la amargura,
que habrá tribulación y no responderás!

De donde tú cantabas se me levantó el día.
Cien noches con tu verso yo me he dormido en paz.
Aun era heroica y fuerte, porque aún te tenía;
sobre la confusión tu resplandor caía.
¡Y ahora tú callas, y tienes polvo, y no eres más!

No te vi nunca. No te veré. Mi Dios lo ha hecho.
¿Quién te juntó las manos?, ¿quién dio, rota la voz,
la oración de los muertos al borde de tu lecho?
¿Quién te alcanzó en los ojos el estupor de Dios?

Aún me quedan jornadas bajo los soles. ¿Cuándo
verte, dónde encontrarte y darte mi aflicción,
sobre la Cruz del Sur que me mira temblando,
o más allá, donde los vientos van callando,
y, por impuro, no alcanzará mi corazón?

Acuérdate de mí —lodo y ceniza triste—
cuando estés en tu reino de extasiado zafir.
A la sombra de Dios, grita lo que supiste:
que somos huérfanos, que vamos solos, que tú nos viste.
¡Que toda carne con angustia pide morir!

FUTURO

El invierno rodará blanco,
sobre mi triste corazón.
Irritará la luz del día;
me llagaré en toda canción.

Fatigará la frente el gajo
de cabellos, lacio y sutil.
¡Y del olor de las violetas
de junio, se podrá morir!

Mi madre ya tendrá diez palmos
de ceniza sobre la sien.

No espigará entre mis rodillas
un niño rubio como mies.

Por hurgar en las sepulturas,
no veré ni el cielo ni el trigal.
De removerlas, la locura
en mi pecho se ha de acostar.

Y como se van confundiendo
los rasgos del que he de buscar,
cuando penetre en la Luz Ancha,
no he de encontrarlo nunca más.

A LA VIRGEN DE LA COLINA

A beber luz en la colina
te pusieron por lirio abierto,
y te cae una mano fina
hacia el álamo de mi huerto.

Y he venido a vivir mis días
aquí, bajo de tus pies blancos.
A mi puerta desnuda y fría
echa sombra tu mismo manto.

Por las noches lava el rocío
tus mejillas como una flor.
¡Si una noche este pecho mío
me quisiera lavar tu amòr!

Más espeso que el musgo oscuro
de las grutas, mis culpas son;
es más terco, te lo aseguro,
que tu peña, mi corazón.

¡Y qué esquiva para tus bienes
y qué amarga hasta cuando amé!
El que duerme, rotas las sienes,
era mi alma ¡y no lo salvé!

Pura, pura la Magdalena
que amó ingenua en la claridad.
Yo mi amor escondí en mis venas.
¡Para mí no ha de haber piedad!

¡Oh, creyendo haber dado tanto
ver que un vaso de hieles di!
El que vierto es tardío llanto.
Por no haber llorado, ¡ay de mí!

Madre mía, pero tú sabes:
más me hirieron de lo que herí.
En tu abierto manto no cabe
la salmuera que yo bebí;

en tus manos no me sacudo
las espinas que hay en mi sien.
¡Si a tu cuello mi pena anudo
te pudiera ahogar también!

¡Cuánta luz las mañanas traen!
Ya no gozo de su zafir.
Tus rodillas no más me atraen
como al niño que ha de dormir.

Y aunque siempre las sendas llaman
y recuerdan mi paso audaz,
tu regazo tan sólo se ama
porque ya no se marcha más...

Ahora estoy dando verso y llanto
a la lumbre de tu mirar.
Me hace sombra tu mismo manto.
Si tú quieres, me he de limpiar.

Si me llamas subo el repecho
y a tu peña voy a caer.
Tú me guardas contra tu pecho.
(Los del valle no han de saber...)

La inquietud de la muerte ahora
turba mi alma al anochecer.
Miedo extraño en mis carnes mora.
¡Si tú callas, qué voy a hacer!

A JOSELÍN ROBLES

(En el aniversario de su muerte.)

¡Pobre amigo, yo nunca supe
de tu semblante ni tu voz;
sólo tus versos me contaron
que en tu lírico corazón
la paloma de los veinte años
tenía cuello gemidor!

(Algunos versos eran diáfanos
y daban timbre de cristal;
otros tenían como un modo
apacible de sollozar.)

¿Y ahora? Ahora en todo viento
sobre el llano o sobre la mar,
bajo el malva de los crepúsculos
o la luna llena estival,
hinchas el dócil caramillo
—mucho más leve y musical—

¡sin el temblor incontenible
que yo tengo al balbucear

la invariable pregunta lívida
con que araño la oscuridad!

Tú, que ya sabes, tienen mansas
de Dios el habla y la canción;
yo muerdo un verso de locura
en cada tarde, muerto el sol.

Dulce poeta, que en las nubes
que ahora se rizan hacia el Sur,
Dios me dibuje tu semblante
en dos sobrios toques de luz.

Y yo te escuche los acentos
en la espuma del surtidor,
para que sepa por el gesto
y te conozca por la voz,
¡si las lunas llenas no miran
escarlata tu corazón!

CREDO

Creo en mi corazón, ramo de aromas
que mi Señor como una fronda agita,
perfumando de amor toda la vida
y haciéndola bendita.

Creo en mi corazón, el que no pide
nada porque es capaz del sumo ensueño
y abraza en el ensueño lo creado:
    ¡inmenso dueño!

Creo en mi corazón, que cuando canta
hunde en el Dios profundo el flanco herido,
para subir de la piscina viva
    como recién nacido.

Creo en mi corazón, el que tremola
porque lo hizo el que turbó los mares,
y en el que da la Vida orquestaciones
    como de pleamares.

Creo en mi corazón, el que yo exprimo
para teñir el lienzo de la vida
de rojez o palor, y que le ha hecho
    veste encendida.

Creo en mi corazón, el que en la siembra
por el surco sin fin fue acrecentado.
Creo en mi corazón siempre vertido,
    pero nunca vaciado.

Creo en mi corazón en que el gusano
no ha de morder, pues mellará a la muerte;
creo en mi corazón, el reclinado
en el pecho de Dios terrible y fuerte.

MIS LIBROS

           (Lectura en la Biblioteca mexicana
           Gabriela Mistral.)

¡Libros, callados libros de las estanterías,
vivos en su silencio, ardientes en su calma;
libros, los que consuelan, terciopelos del alma,
y que siendo tan tristes nos hacen la alegría!

Mis manos en el día de afanes se rindieron;
pero al llegar la noche los buscaron, amantes
en el hueco del muro donde como semblantes
me miran confortándome aquellos que vivieron.

¡Biblia, mi noble Biblia, panorama estupendo,
en donde se quedaron mis ojos largamente,
tienes sobre los Salmos las lavas más ardientes
y en su río de fuego mi corazón enciendo!

Sustentaste a mis gentes con tu robusto vino
y los erguiste recios en medio de los hombres,
y a mí me yergue de ímpetu sólo el decir tu nombre;
porque yo de ti vengo, he quebrado al Destino.

Después de ti, tan sólo me traspasó los huesos
con su ancho alarido, el sumo florentino.
A su voz todavía como un junco me inclino;
por su rojez de infierno, fantástica, atravieso.

Y para refrescar en musgos con rocío
la boca, requemada en las llamas dantescas,
busqué las Florecillas de Asís, las siempre frescas
¡y en esas felpas dulces se quedó el pecho mío!

Yo vi a Francisco, a Aquel fino como las rosas,
pasar por su campiña más leve que un aliento,
besando el lirio abierto y el pecho purulento,
por besar al Señor que duerme entre las cosas.

¡Poema de Mistral, olor a surco abierto
que huele en las mañanas, yo te aspiré embriagada!
Vi a Mireya exprimir la fruta ensangrentada
del amor y correr por el atroz desierto.

Te recuerdo también, deshecha de dulzuras,
versos de Amado Nervo, con pecho de paloma
que me hiciste más suave la línea de la loma,
cuando yo te leía en mis mañanas puras.

Nobles libros antiguos, de hojas amarillentas,
sois labios no rendidos de endulzar a los tristes,
sois la vieja amargura que nuevo manto viste:
¡desde Job hasta Kempis la misma voz doliente!

Los que cual Cristo hicieron la Vía-Dolorosa,
apretaron el verso contra su roja herida,
y es lienzo de Verónica la estrofa dolorida;
¡todo libro es purpúreo como sangrienta rosa!

¡Os amo, os amo, bocas de los poetas idos,
que deshechas en polvo me seguís consolando,
y que al llegar la noche estáis conmigo hablando,
junto a la dulce lámpara, con dulzor de gemidos!

De la página abierta aparto la mirada,
¡oh muertos!, y mi ensueño va tejiéndoos semblantes:
las pupilas febriles, los labios anhelantes
que lentos se deshacen en la tierra apretada.

GOTAS DE HIEL

No cantes: siempre queda
a tu lengua apegado
un canto: el que debió ser entregado.

No beses: siempre queda,
por maldición extraña,
el beso al que no alcanzan las entrañas.

Reza, reza que es dulce; pero sabe
que no acierta a decir tu lengua avara
el solo Padre Nuestro que salvara.

Y no llames la muerte por clemente,
pues en las carnes de blancura inmensa,
un jirón vivo quedará que siente
la piedra que te ahoga
y el gusano voraz que te destrenza.

EL DIOS TRISTE

Mirando la alameda, de otoño lacerada,
la alameda profunda de vejez amarilla,
como cuando camino por la hierba segada
busco el rostro de Dios y palpo su mejilla.

Y en esta tarde lenta como una hebra de llanto
por la alameda de oro y de rojez yo siento
un Dios de otoño, un Dios sin ardor y sin canto
¡y lo conozco triste, lleno de desaliento!

Y pienso que tal vez Aquel tremendo y fuerte
Señor, al que cantara de locura embriagada,
no existe, y que mi Padre que las mañanas vierte
tiene la mano laxa, la mejilla cansada.

Se oye en su corazón un rumor de alameda
de otoño: el desgajarse de la suma tristeza;
su mirada hacia mí como lágrima rueda
y esa mirada mustia me inclina la cabeza.

Y ensayo otra plegaria para este Dios doliente,
plegaria que del polvo del mundo no ha subido:
«Padre, nada te pido, pues te miro a la frente
y eres inmenso, ¡inmenso!, pero te hallas herido.»

TERESA PRATS DE SARRATEA

Y ella no está y por más que hay sol y primaveras,
es la verdad que soy más pobre que mendiga.
Aunque en febrero espónjanse las parvas en las eras,
el sol es menos sol y menos luz la espiga.

Era la mansa, la silenciosa, la escondida,
y de la carne sólo llevaba la apariencia;
pero cuando ella hablaba era honda la vida,
y el saberla en el mundo limpiaba la existencia.

Tenía aquellos ojos enormes que turbaron
como dos brechas trágicas del infinito. Pienso
que arriba donde se abren de nada se asombraron:
todo lo habían visto, lo mínimo y lo inmenso.

Estaba más cansada que el que marchase treinta
siglos por una estepa que el sol tremendo inunda.
Era todas las fuentes y se hallaba sedienta;
era también la fuente y estaba moribunda.

Yo no pregunto ahora si es lámpara o ceniza.
Como la sé gloriosa la canto sollozando;
pero lloro por mí, mezquina e indecisa,
que me mancho si caigo y que vacilo si ando.

Su huesa aroma más que esta acre primavera;
su rostro es el sereno del que por fin ha visto.
Sé que limpiase mi alma si hacia mí lo volviera;
sé que si abre los ojos me entrega entero a Cristo.

LA SOMBRA INQUIETA

I

Flor, flor de la raza mía, Sombra Inquieta,
¡qué dulce y terrible tu ëvocación!
El perfil de éxtasis, llama la silueta,
las sienes de nardo, l'habla de canción.

Cabellera luenga de cálido manto,
pupilas de ruego, pecho vibrador;
ojos hondos para albergar más llanto;
pecho fino donde taladrar mejor.

Por suave, por alta, por bella ¡precita!
fatal siete veces; fatal ¡pobrecita!
por la honda mirada y el hondo pensar.

¡Ay! quien te condene, vea tu belleza,
mire el mundo amargo, mida tu tristeza,
¡y en rubor cubierto rompa a sollozar!

II

¡Cuánto río y fuente de cuenca colmada,
cuánta generosa y fresca merced
de aguas, para nuestra boca socarrada!
¡Y el alma, la huérfana, muriendo de sed!

Jadeante de sed, loca de infinito,
muerta de amargura la tuya en clamor,
dijo su ansia inmensa por plegaria y grito:
¡Agar desde el vasto yermo abrasador!

Y para abrevarte largo, largo, largo,
Cristo dio a tu cuerpo silencio y letargo,
y lo apegó a su ancho caño saciador...

El que en maldecir tu duda se apure,
que puesta la mano sobre el pecho jure:
«Mi fe no conoce zozobra, Señor.»

III

Y ahora que su planta no quiebra la grama
de nuestros senderos, y en el caminar
notamos que falta, tremolante llama,
su forma, pintando de luz el solar,

cuantos la quisimos abajo, apeguemos
la boca a la tierra, y a su corazón,
vaso de cenizas dulces, musitemos
esta formidable interrogación:

¿Hay arriba tanta leche azul de lunas,
tanta luz gloriosa de blondos estíos,
tanta insigne y honda virtud de ablución

que limpien, que laven, que albeen las brunas
manos que sangraron con garfios y en ríos,
¡oh, Muerta! la carne de tu corazón?

NOTA DE LA AUTORA.—Esta poesía es un comentario de un libro que, con ese título, escribió el fino prosista chileno Alone. El personaje principal es una artista que pasó dolorosamente por la vida.

ELOGIO DE LA CANCIÓN

(Prólogo de Canciones, *del mexicano Torres Bodet.)*

¡Boca temblorosa,
boca de canción:
boca, la de Teócrito
y de Salomón!

La mayor caricia
que recibe el mundo,
abrazo el más vivo,
beso el más profundo.

Es el beso ardiente
de una canción:
la de Anacreonte
o de Salomón.

Como el pino mana
su resina suave,
como va espesándose
el plumón del ave,

entre las entrañas
se hace la canción,
y un hombre la vierte
blanco de pasión.

Todo ha sido sorbo
para las canciones:
cielo, tierra, mares,
civilizaciones...

Cabe el mundo entero
en una canción:
se trenza hecha mirto
con el corazón.

*Alabo las bocas
que dieron canción:
la de Omar Káyyan,
la de Salomón.*

Hombre, carne ciega
el rostro levanta
a la maravilla
del hombre que canta.

Todo lo que tú amas
en tierra y en cielo,
está entre sus labios
pálidos de anhelo.

Y cuando te pones
su canto a escuchar,
tus entrañas se hacen
vivas como el mar.

Vivió en el Anáhuac,
también en Sión:
es Netzahualcoyotl
como Salomón.

Aguijón de abeja
lleva la canción:
aunque va enmielada
punza de aflicción.

Reyes y mendigos
mecen sus rodillas:
mueve ella las almas
como las gavillas.

Amad al que trae
boca de canción:
el cantor es madre
de la Creación.

Se llamó Petrarca,
se llama Tagore:
numerosos nombres
del inmenso amor.

ENVÍO

México, te alabo
en esta garganta,
porque hecha de limo
de tus ríos canta.

Paisaje de Anáhuac,
suave amor eterno,
en estas estrofas
te has hecho falerno.

Al que te ha cantado
digo bendición:
por Netzahualcoyotl.
¡Y por Salomón!

LA ESCUELA

LA MAESTRA RURAL

A Federico de Onís.

La maestra era pura. «Los suaves hortelanos»,
decía, «de este predio, que es predio de Jesús,
han de conservar puros los ojos y las manos,
guardar claros sus óleos, para dar clara luz».

La maestra era pobre. Su reino no es humano.
(Así en el doloroso sembrador de Israel.)
Vestía sayas pardas, no enjoyaba su mano
¡y era todo su espíritu un inmenso joyel!

La maestra era alegre. ¡Pobre mujer herida!
Su sonrisa fue un modo de llorar con bondad.
Por sobre la sandalia rota y enrojecida,
era ella la insigne flor de su santidad.
¡Dulce ser! En su río de mieles, caudaloso,
largamente abrevaba sus tigres el dolor.
Los hierros que le abrieron el pecho generoso
¡más anchas le dejaron las cuencas del amor!

¡Oh, labriego, cuyo hijo de su labio aprendía
el himno y la plegaria, nunca viste el fulgor
del lucero cautivo que en sus carnes ardía:
pasaste sin besar su corazón en flor!

Campesina, ¿recuerdas que alguna vez prendiste
su nombre a un comentario brutal o baladí?
Cien veces la miraste, ninguna vez la viste
¡y en el solar de tu hijo, de ella hay más que de ti!

Pasó por él su fina, su delicada esteva,
abriendo surcos donde alojar perfección.
La albada de virtudes de que lento se nieva
es suya. Campesina, ¿no le pides perdón?

Daba sombra por una selva su encina hendida
el día en que la muerte la convidó a partir.
Pensando en que su madre la esperaba dormida,
a La de Ojos Profundos se dio sin resistir.

19

Y en su Dios se ha dormido, como en cojín de luna;
almohada de sus sienes, una constelación;
canta el Padre para ella sus canciones de cuna
¡y la paz llueve largo sobre su corazón!

Como un henchido vaso, traía el alma hecha
para dar ambrosía de toda eternidad;
y era su vida humana la dilatada brecha
que suele abrirse el Padre para echar claridad.

Por eso aún el polvo de sus huesos sustenta
púrpura de rosales de violento llamear.
¡Y el cuidador de tumbas, como aroma, me cuenta,
las plantas del que huella sus huesos, al pasar!

LA ENCINA

*A la maestra señorita
Brígida Walker.*

I

Esta alma de mujer viril y delicada,
dulce en la gravedad, severa en el amor,
es una encina espléndida de sombra perfumada,
por cuyos brazos rudos trepara un mirto en flor.

Pasta de nardos suaves, pasta de robles fuertes,
le amasaron la carne rosa del corazón,
y aunque es altiva y recia, si miras bien adviertes
un temblor en sus hojas que es temblor de emoción.

Dos millares de alondras el gorjeo aprendieron
en ella, y hacia todos los vientos se esparcieron
para poblar los cielos de gloria. ¡Noble encina,

déjame que te bese en el tronco llagado,
que con la diestra en alto, tu macizo sagrado
largamente bendiga, como hechura divina!

II

El peso de los nidos, ¡fuerte!, no te ha agobiado.
Nunca la dulce carga pensaste sacudir.
No ha agitado tu fronda sensible otro cuidado,
que el ser ancha y espesa para saber cubrir.

La vida (un viento) pasa por tu vasto follaje
como un encantamiento, sin violencia, sin voz;
la vida tumultuosa golpea en tu cordaje
con el sereno ritmo que es el ritmo de Dios.

De tanto albergar nido, de tanto albergar canto,
de tanto hacer tu seno aromosa tibieza,
de tanto dar servicio, y tanto dar amor,

todo tu leño heroico se ha vuelto, encina, santo.
Se te ha hecho en la fronda inmortal la belleza.
¡y pasará el otoño sin tocar tu verdor!

III

¡Encina, noble encina, yo te digo mi canto!
¡Que nunca de tu tronco mane amargor de llanto,
que delante de ti prosterne el leñador
de la maldad humana, sus hachas; y que cuando
el rayo de Dios hiérate, para ti se haga blando
y ancho como tu seno, el seno del Señor!

D O L O R

EL ENCUENTRO

Le he encontrado en el sendero.
No turbó su ensueño el agua
ni se abrieron más las rosas;
abrió el asombro mi alma.
¡Y una pobre mujer tiene
su cara llena de lágrimas!

Llevaba un canto ligero
en la boca descuidada,
y al mirarme se le ha vuelto
grave el canto que entonaba.
Miré la senda, la hallé
extraña y como soñada.
¡Y en el alba de diamante
tuve mi cara con lágrimas!

Siguió su marcha cantando
y se llevó mis miradas...
Detrás de él no fueron más
azules y altas las salvias.
¡No importa! Quedó en el aire

estremecida mi alma.
¡Y aunque ninguno me ha herido
tengo la cara con lágrimas!

Esta noche no ha velado
como yo junto a la lámpara;
como él ignora, no punza
su pecho de nardo mi ansia;
pero tal vez por su sueño
pase un olor de retamas,
¡porque una pobre mujer
tiene su cara con lágrimas!

Iba sola y no temía;
con hambre y sed no lloraba;
desde que lo vi cruzar,
mi Dios me vistió de llagas.
Mi madre en su lecho reza
por mí su oración confiada.
Pero ¡yo tal vez por siempre
tendré mi cara con lágrimas!

AMO AMOR

Anda libre en el surco, bate el ala en el viento
late vivo en el sol y se prende al pinar.
No te vale olvidarlo como al mal·pensamiento:
¡le tendrás que escuchar!

Habla lengua de bronce y habla lengua de ave,
ruegos tímidos, imperativos de mar.
No te vale ponerle gesto audaz, ceño grave:
¡lo tendrás que hospedar!

Gasta trazas de dueño; no le ablandan excusas.
Rasga vasos de flor, hiende el hondo glaciar.
No te vale decirle que albergarlo rehúsas:
¡lo tendrás que hospedar!

Tiene argucias sutiles en la réplica fina,
argumentos de sabio, pero en voz de mujer.
Ciencia humana te salva, menos ciencia divina:
¡le tendrás que creer!

Te echa venda de lino; tú la venda toleras.
Te ofrece el brazo cálido, no le sabes huir.
Echa a andar, tú le sigues hechizada aunque vieras
¡que eso para en morir!

EL AMOR QUE CALLA

Si yo te odiara, mi odio te daría
en las palabras, rotundo y seguro;
pero te amo y mi amor no se confía
a este hablar de los hombres, tan oscuro.

Tú lo quisieras vuelto un alarido,
y viene de tan honda que ha deshecho
su quemante raudal, desfallecido,
antes de la garganta, antes del pecho.

Estoy lo mismo que estanque colmado
y te parezco un surtidor inerte.
¡Todo por mi callar atribulado
que es más atroz que el entrar en la muerte!

ÉXTASIS

Ahora, Cristo, bájame los párpados,
pon en la boca escarcha,
que están de sobra ya todas las horas
y fueron dichas todas las palabras.

Me miró, nos miramos en silencio
mucho tiempo, clavadas,
como en la muerte, las pupilas. Todo
el estupor que blanquea las caras
en la agonía, albeaba nuestros rostros.
¡Tras de ese instante, ya no resta nada!

Me habló convulsamente;
le hablé, rotas, cortadas
de plenitud, tribulación y angustia,
las confusas palabras.
Le hablé de su destino y mi destino,
amasijo fatal de sangre y lágrimas.

Después de esto, ¡lo sé!, ¡no queda nada!
¡Nada! Ningún perfume que no sea
diluido al rodar sobre mi cara.

Mi oído está cerrado,
mi boca está sellada.
¡Qué va a tener razón de ser ahora
para mis ojos en la tierra pálida!
¡ni las rosas sangrientas,
ni las nieves calladas!

Por eso es que te pido,
Cristo, al que no clamé de hambre angustiada:
ahora, para mis pulsos,
y mis párpados baja.

Defiéndeme del viento
la carne en que rodaron sus palabras;
líbrame de la luz brutal del día
que ya viene, esta imagen.
Recíbeme, voy plena,
¡tan plena voy como tierra inundada!

ÍNTIMA

Tú no oprimas mis manos.
Llegará el duradero
tiempo de reposar con mucho polvo
y sombra en los entretejidos dedos.

Y dirías: «No puedo
amarla, porque ya se desgranaron
como mieses sus dedos.»

Tú no beses mi boca.
Vendrá el instante lleno
de luz menguada, en que estaré sin labios
sobre un mojado suelo.

Y dirías: «La amé, pero no puedo
amarla más, ahora que no aspira
el olor de retamas de mi beso.»

Y me angustiara oyéndote,
y hablaras loco y ciego,
que mi mano será sobre tu frente
cuando rompan mis dedos,
y bajará sobre tu cara llena
de ansia mi aliento.

No me toques, por tanto. Mentiría
al decir que te entrego
mi amor en estos brazos extendidos,
en mi boca, en mi cuello,
y tú, al creer que lo bebiste todo,
te engañarías como un niño ciego.

Porque mi amor no es sólo esta gavilla
reacia y fatigada de mi cuerpo,
que tiembla entera al roce del cilicio
y que se me rezaga en todo vuelo.

Es lo que está en el beso, y no es el labio;
lo que rompe la voz, y no es el pecho:
¡es un viento de Dios, que pasa hendiéndome
el gajo de las carnes, volandero!

DIOS LO QUIERE

I

La tierra se hace madrastra
si tu alma vende a mi alma.
Llevan un escalofrío
de tribulación las aguas.
El mundo fue más hermoso
desde que me hiciste aliada,
cuando junto de un espino
nos quedamos sin palabras,
¡y el amor como el espino
nos traspasó de fragancia!

Pero te va a brotar víboras
la tierra si vendes mi alma;
baldías del hijo, rompo
mis rodillas desoladas.
Se apaga Cristo en mi pecho,
¡y en la puerta de mi casa
quiebra la mano al mendigo
y avienta a la atribulada!

II

Beso que tu boca entregue
a mis oídos alcanza,
porque las grutas profundas
me devuelven tus palabras.
El polvo de los senderos
guarda el olor de tus plantas
y oteándolas como un ciervo,
te sigo por las montañas...

A la que tú ames, las nubes
la pintan sobre mi casa.
Ve cual ladrón a besarla
de la tierra en las entrañas;
que, cuando el rostro le alces,
hallas mi cara con lágrimas.

III

Dios no quiere que tú tengas
sol si conmigo no marchas;
Dios no quiere que tú bebas
si yo no tiemblo en tu agua;
no consiente que tú duermas
sino en mi trenza ahuecada.

IV

Si te vas, hasta en los musgos
del camino rompes mi alma;
te muerden la sed y el hambre
en todo monte o llanada
y en cualquier país las tardes
con sangre serán mis llagas.
Y destilo de tu lengua
aunque a otra mujer llamaras,
y me clavo como un dejo
de salmuera en tu garganta;
y odies, o cantes, o ansíes,
¡por mí solamente clamas!

V

Si te vas y mueres lejos,
tendrás la mano ahuecada
diez años bajo la tierra
para recibir mis lágrimas,
sintiendo cómo te tiemblan
las carnes atribuladas.
¡Hasta que te espolvoreen
mis huesos sobre la cara!

DESVELADA

Como soy reina y fui mendiga, ahora
vivo en puro temblor de que me dejes,
y te pregunto, pálida, a cada hora:
«¿Estás conmigo aún? ¡Ay, no te alejes!»

Quisiera hacer las marchas sonriendo
y confiando ahora que has venido;
pero hasta en el dormir estoy temiendo
y pregunto entre sueños: «¿No te has ido?»

VERGÜENZA

Si tú me miras, yo me vuelvo hermosa
como la hierba a que bajó el rocío,
y desconocerán mi faz gloriosa
las altas cañas cuando baje al río.

Tengo vergüenza de mi boca triste,
de mi voz rota y mis rodillas rudas;
ahora que me miraste y que viniste,
me encontré pobre y me palpé desnuda.

Ninguna piedra en el camino hallaste
más desnuda de luz en la alborada
que esta mujer a la que levantaste,
porque oíste su canto, la mirada.

Yo callaré para que no conozcan
mi dicha los que pasan por el llano,
en el fulgor que da a mi frente tosca
y en la tremolación que hay en mi mano...

Es noche y baja a la hierba el rocío;
mírame largo y habla con ternura,
¡que ya mañana al descender al río
lo que besaste llevará hermosura!

BALADA

Él pasó con otra;
yo le vi pasar.
Siempre dulce el viento
y el camino en paz.
¡Y estos ojos míseros
le vieron pasar!

Él va amando a otra
por la tierra en flor.
Ha abierto el espino;
pasa una canción.
¡Y él va amando a otra
por la tierra en flor!

Él besó a la otra
a orillas del mar;
resbaló en las olas
la luna de azahar.
¡Y no untó mi sangre
la extensión del mar!

Él irá con otra
por la eternidad.
Habrá cielos dulces.
(Dios quiere callar.)
¡Y él irá con otra
por la eternidad!

TRIBULACIÓN

En esta hora, amarga como un sorbo de mares,
　　　Tú sosténme, Señor.
¡Todo se me ha llenado de sombras el camino
　　　y el grito de pavor!
Amor iba en el viento como abeja de fuego,
　　　y en el agua ardía.
Me socarró la boca, me acibaró la trova,
　　　y me aventó los días.

Tú viste que dormía al margen del sendero,
　　　la frente de paz llena;
Tú viste que vinieron a quebrar los cristales
　　　de mi frente serena.
Sabes cómo la triste temía abrir el párpado
　　　a la visión terrible;
¡y sabes de qué modo maravilloso hacíase
　　　el prodigio indecible!

Ahora que llego, huérfana, tu zona por señales
　　　confusas rastreando,
Tú no esquives el rostro, Tú no apagues la lámpara,
　　　¡Tú no sigas callando!
Tú no cierres la tienda, que crece la fatiga
　　　y aumenta la amargura;
y es invierno, y hay nieve, y la noche se puebla
　　　de muecas de locura.

¡Mira! De cuantos ojos veía abiertos sobre
　　　mis sendas tempraneras,
sólo los tuyos quedan. Pero; ¡ay! se van llenando
　　　de un cuajo de neveras...

NOCTURNO

Padre Nuestro que estás en los Cielos,
¿por qué te has olvidado de mí?
Te acordaste del fruto en febrero,
al llagarse su pulpa rubí.
¡Llevo abierto también mi costado,
y no quieres mirar hacia mí!

Te acordaste del negro racimo,
y lo diste al lagar carmesí;
y aventaste las hojas del álamo,
con tu aliento, en el aire sutil.
¡Y en el ancho lagar de la muerte
aún no quieres mi pecho oprimir!

Caminando, vi abrir las violetas;
el falerno del viento bebí,
y he bajado, amarillos, mis párpados
por no ver más Enero ni Abril.

Y he apretado la boca, anegada
de la estrofa que no he de exprimir...
¡Has herido la nube de otoño
y no quieres volverte hacia mí!

Me vendió el que besó mi mejilla;
me negó por la túnica ruin.
Yo en mis versos el rostro con sangre,
como Tú sobre el paño, le di.
Y en mi noche del Huerto, me han sido
Juan cobarde y el Angel hostil.

Ha venido el cansancio infinito
a clavarse en mis ojos, al fin:
el cansancio del día que muere
y el del alba que debe venir;
¡el cansancio del cielo de estaño
y el cansancio del cielo de añil!

Ahora suelto la mártir sandalia
y las trenzas pidiendo dormir.
Y perdida en la noche, levanto
el clamor aprendido de Ti:
¡Padre Nuestro, que estás en los Cielos,
por qué te has olvidado de mí!

LOS SONETOS DE LA MUERTE

1

Del nicho helado en que los hombres te pusieron,
te bajaré a la tierra humilde y soleada.
Que he de dormirme en ella los hombres no supieron,
y que hemos de soñar sobre la misma almohada.

Te acostaré en la tierra soleada con una
dulcedumbre de madre para el hijo dormido,
y la tierra ha de hacerse suavidades de cuna
al recibir tu cuerpo de niño dolorido.

Luego iré espolvoreando tierra y polvo de rosas,
y en la azulada y leve polvareda de luna,
los despojos livianos irán quedando presos.

Me alejaré cantando mis venganzas hermosas,
¡porque a ese hondor recóndito la mano de ninguna
bajará a disputarme tu puñado de huesos!

2

Este largo cansancio se hará mayor un día,
y el alma dirá al cuerpo que no quiere seguir

arrastrando su masa por la rosada vía,
por donde van los hombres, contentos de vivir...

Sentirás que a tu lado cavan briosamente,
que otra dormida llega a la quieta ciudad.
Esperaré que me hayan cubierto totalmente...
¡y después hablaremos por una eternidad!

Sólo entonces sabrás el porqué, no madura
para las hondas huesas tu carne todavía,
tuviste que bajar, sin fatiga, a dormir.

Se hará luz en la zona de los sinos, oscura;
sabrás que en nuestra alianza signo de astros había
y, roto el pacto enorme, tenías que morir...

3

Malas manos tomaron tu vida desde el día
en que, a una señal de astros, dejara su plantel
nevado de azucenas. En gozo florecía.
Malas manos entraron trágicamente en él...

Y yo dije al Señor: «Por las sendas mortales
le llevan. ¡Sombra amada que no saben guiar!
¡Arráncalo, Señor, a esas manos fatales
o le hundes en el largo sueño que sabes dar!

¡No le puedo gritar, no le puedo seguir!
Su barca empuja un negro viento de tempestad.
Retórnalo a mis brazos o le siegas en flor.»

Se detuvo la barca rosa de su vivir...
¿Que no sé del amor, que no tuve piedad?
¡Tú, que vas a juzgarme, lo comprendes, Señor!

INTERROGACIONES

¿Cómo quedan, Señor, durmiendo los suicidas?
¿Un cuajo entre la boca, las dos sienes vaciadas,
las lunas de los ojos albas y engrandecidas,
hacia un ancla invisible las manos orientadas?

¿O Tú llegas después que los hombres se han ido,
y les bajas el párpado sobre el ojo cegado,
acomodas las vísceras sin dolor y sin ruido
y entrecruzas las manos sobre el pecho callado?

El rosal que los vivos riegan sobre su huesa,
¿no le pinta a sus rosas unas formas de heridas?
¿no tiene acre el olor, sombría la belleza
y las frondas menguadas de serpientes tejidas?

Y responde, Señor: Cuando se fuga el alma,
por la mojada puerta de las largas heridas,
¿entra en la zona tuya hendiendo el aire en calma
o se oye un crepitar de alas enloquecidas?

¿Angosto cerco lívido se aprieta en torno suyo?
¿El éter es un campo de monstruos florecido?
¿En el pavor no aciertan ni con el nombre tuyo?
¿O van gritando sobre tu corazón dormido?

¿No hay un rayo de sol que los alcance un día?
¿No hay agua que los lave de sus estigmas rojos?
¿Para ellos solamente queda tu entraña fría,
sordo tu oído fino y apretados tus ojos?

Tal el hombre asegura, por error o malicia;
mas yo, que te he gustado, como un vino, Señor,
mientras los otros siguen llamándote Justicia,
¡no te llamaré nunca otra cosa que Amor!

Yo sé que como el hombre fue siempre zarpa dura;
la catarata, vértigo; aspereza, la sierra.
¡Tú eres el vaso donde se esponjan de dulzura
los nectarios de todos los huertos de la Tierra!

LA ESPERA INÚTIL

Yo me olvidé que se hizo
ceniza tu pie ligero,
y, como en los buenos tiempos,
salí a encontrarte al sendero.

Pasé valle, llano y río
y el cantar se me hizo triste.
La tarde volcó su vaso
de luz ¡y tú no viniste!

El sol fue desmenuzando
su ardida y muerta amapola;
flecos de niebla temblaron
sobre el campo. ¡Estaba sola!

Al viento otoñal, de un árbol
crujió el blanqueado brazo.
Tuve miedo y te llamé:
«¡Amado, apresura el paso!

Tengo miedo y tengo amor,
¡amado, el paso apresura!»
Iba espesando la noche
y creciendo mi locura.

Me olvidé de que te hicieron
sordo para mi clamor;
me olvidé de tu silencio
y de tu cárdeno albor;

de tu inerte mano torpe
ya para buscar mi mano;
¡de tus ojos dilatados
del inquirir soberano!

La noche ensanchó su charco
de betún; el agorero
búho con la horrible seda
de su ala rasgó el sendero.

No te volveré a llamar
que ya no haces tu jornada;
mi desnuda planta sigue,
la tuya está sosegada.

Vano es que acuda a la cita
por los caminos desiertos.
¡No ha de cuajar tu fantasma
entre mis brazos abiertos!

LA OBSESIÓN

Me toca en el relente;
se sangra en los ocasos;
me busca con el rayo
de luna por los antros.

Como a Tomás el Cristo,
me hunde la mano pálida,
porque no olvide, dentro
de su herida mojada.

Le he dicho que deseo
morir, y él no lo quiere,
por palparme en los vientos,
por cubrirme en las nieves.

Por moverse en mis sueños,
como a flor de semblante,
por llamarme en el verde
pañuelo de los árboles.

¿Si he cambiado de cielo?
Fui al mar y a la montaña,
y caminó a mi vera
y hospedó en mis posadas.

¡Que tú, amortajadora descuidada,
no cerraste sus párpados,
ni ajustaste sus brazos en la caja!

COPLAS

Todo adquiere en mi boca
un sabor persistente de lágrimas:
el manjar cotidiano, la trova
y hasta la plegaria.

Yo no tengo otro oficio
después del callado de amarte,
que este oficio de lágrimas, duro,
que tú me dejaste.

¡Ojos apretados
de calientes lágrimas!,
¡boca atribulada y convulsa,
en que todo se me hace plegaria!

¡Tengo una vergüenza
de vivir de este modo cobarde!
¡Ni voy en tu busca
ni consigo tampoco olvidarte!

Un remordimiento me sangra
de mirar un cielo
que no ven tus ojos,
¡de palpar las rosas
que sustenta la cal de tus huesos!

¡Carne de miseria,
gajo vergonzante, muerto de fatiga,
que no baja a dormir a tu lado,
que se aprieta, trémulo,
al impuro pezón de la Vida!

CERAS ETERNAS

¡Ah! ¡Nunca más conocerá tu boca
la vergüenza del beso que chorreaba
concupiscencia como espesa lava!

Vuelven a ser dos pétalos nacientes,
esponjados de miel nueva, los labios
que yo quise inocentes.

¡Ah! Nunca más conocerán tus brazos
el mundo horrible que en mis días puso
oscuro horror: ¡el nudo de otro abrazo!...

Por el sosiego puros,
quedaron en la tierra distendidos,
¡ya, ¡Dios mío!, seguros!

¡Ah! ¡Nunca más tus dos iris cegados
tendrán un rostro descompuesto, rojo
de lascivia, en sus vidrios dibujado!

¡Benditas ceras fuertes,
ceras heladas, ceras eternales
y duras, de la muerte!

¡Bendito toque sabio,
con que apretaron ojos, con que apegaron brazos,
con que juntaron labios!

¡Duras ceras benditas,
ya no hay brasa de besos lujuriosos
que os quiebren, que os desgasten, que os derritan!

VOLVERLO A VER

¿Y nunca, nunca más, ni en noches llenas
de temblor de astros, ni en las alboradas
vírgenes, ni en las tardes inmoladas?

¿Al margen de ningún sendero pálido,
que ciñe el campo, al margen de ninguna
fontana trémula, blanca de luna?

¿Bajo las trenzaduras de la selva,
donde llamándolo me ha anochecido,
ni en la gruta que vuelve mi alarido?

¡Oh, no! ¡Volverlo a ver, no importa dónde,
en remansos de cielo o en vórtice hervidor,
bajo una luna plácida o en un cárdeno horror!

¡Y ser con él todas las primaveras
y los inviernos, en un angustiado
nudo, en torno a su cuello ensangrentado!

EL SURTIDOR

Soy cual el surtidor abandonado
que muerto sigue oyendo su rumor.
En sus labios de piedra se ha quedado
tal como en mis entrañas el fragor.

Y creo que el destino no ha venido
su tremenda palabra a desgajar;
que nada está segado ni perdido,
que si extiendo mis brazos te he de hallar.

Soy como el surtidor enmudecido.
Ya otro en el parque erige su canción;
pero como de sed ha enloquecido,
¡sueña que el canto está en su corazón!

Sueña que erige hacia el azul gorjeantes
rizos de espuma. ¡Y se apagó su voz!
Sueña que el agua colma de diamantes
vivos su pecho. ¡Y lo ha vaciado Dios!

LA CONDENA

¡Oh fuente de turquesa pálida!
¡Oh rosal de violenta flor!
¡cómo tronchar tu llama cálida
y hundir el labio en tu frescor!

Profunda fuente del amar,
rosal ardiente de los besos,
el muerto manda caminar
hacia su tálamo de huesos.

Llama la voz clara e implacable
en la honda noche y en el día
desde su caja miserable.

¡Oh fuente, el fresco labio cierra,
que si se bebiera se alzaría
aquel que está caído en tierra!

EL VASO

Yo sueño con un vaso de humilde y simple arcilla,
que guarde tus cenizas cerca de mis miradas;
y la pared del vaso te será mi mejilla,
y quedarán mi alma y tu alma apaciguadas.

No quiero espolvorearlas en vaso de oro ardiente,
ni en la ánfora pagana que carnal línea ensaya:
sólo un vaso de arcilla te ciña simplemente,
humildemente, como un pliegue de mi saya.

En una tarde de éstas recogeré la arcilla
por el río, y lo haré con pulso tembloroso.
Pasarán las mujeres cargadas de gavillas,
y no sabrán que amaso el lecho de un esposo.

El puñado de polvo, que cabe entre mis manos,
se verterá sin ruido, como una hebra de llanto.
Yo sellaré este vaso con beso sobrehumano,
¡y mi mirada inmensa será tu único manto!

EL RUEGO

Señor, tú sabes cómo, con encendido brío,
por los seres extraños mi palabra te invoca.
Vengo ahora a pedirte por uno que era mío,
mi vaso de frescura, el panal de mi boca.

Cal de mis huesos, dulce razón de la jornada,
gorjeo de mi oído, ceñidor de mi veste.
Me cuido hasta de aquellos en que no puse nada;
¡no tengas ojo torvo si te pido por éste!

Te digo que era bueno, te digo que tenía
el corazón entero a flor de pecho, que era
suave de índole, franco como la luz del día,
henchido de milagro como la primavera.

Me replicas, severo, que es de plegaria indigno
el que no untó de preces sus dos labios febriles,
y se fue aquella tarde sin esperar tu signo,
trizándose las sienes como vasos sutiles.

Pero yo, mi Señor, te arguyo que he tocado,
de la misma manera que el nardo de su frente,
todo su corazón dulce y atormentado
¡y tenía la seda del capullo naciente!

¿Que fue crüel? Olvidas, Señor, que le quería,
y que él sabía suya la entraña que llagaba.
¿Que enturbió para siempre mis linfas de alegría?
¡No importa! Tú comprende: ¡yo le amaba, le amaba!

Y amar (bien sabes de eso) es amargo ejercicio;
un mantener los párpados de lágrimas mojados,
un refrescar de besos las trenzas del cilicio
conservando, bajo ellas, los ojos extasiados.

El hierro que taladra tiene un gustoso frío,
cuando abre, cual gavillas, las carnes amorosas.
Y la cruz (Tú te acuerdas, ¡oh Rey de los judíos!)
se lleva con blandura, como un gajo de rosas.

Aquí me estoy, Señor, con la cara caída
sobre el polvo, parlándote un crepúsculo entero,
o todos los crepúsculos a que alcance la vida,
si tardas en decirme la palabra que espero.

Fatigaré tu oído de preces y sollozos
lamiendo, lebrel tímido, los bordes de tu manto,
y ni pueden huirme tus ojos amorosos
ni esquivar tu pie el riego caliente de mi llanto.

¡Di el perdón, dilo al fin! Va a esparcir en el viento
la palabra el perfume de cien pomos de olores
al vaciarse; toda agua será deslumbramiento;
el yermo echará flor y el guijarro esplendores.

Se mojarán los ojos de las fieras
y, comprendiendo, el monte que de piedra forjaste
llorará por los párpados blancos de sus neveras:
¡toda la tierra tuya sabrá que perdonaste!

POEMA DEL HIJO

A Alfonsina Storni.

I

¡Un hijo, un hijo, un hijo! Yo quise un hijo tuyo
y mío, allá en los días del éxtasis ardiente,
en los que hasta mis huesos temblaron de tu arrullo
y un ancho resplandor creció sobre mi frente.

Decía: ¡un hijo!, como el árbol conmovido
de primavera alarga sus yemas hacia el cielo.
¡Un hijo con los ojos de Cristo engrandecidos,
la frente de estupor y los labios de anhelo!

Sus brazos en guirnalda a mi cuello trenzados;
el río de mi vida bajando a él, fecundo,
y mis entrañas como perfume derramado
ungiendo con su marcha las colinas del mundo.

Al cruzar una madre grávida, la miramos
con los labios convulsos y los ojos de ruego,
cuando en las multitudes con nuestro amor pasamos.
¡Y un niño de ojos dulces nos dejó como ciegos!

En las noches, insomne de dicha y de visiones,
la lujuria de fuego no descendió a mi lecho.
Para el que nacería vestido de canciones
yo extendía mi brazo, yo ahuecaba mi pecho...

El sol no parecíame, para bañarlo, intenso;
mirándome, yo odiaba, por toscas, mis rodillas;
mi corazón confuso, temblaba al don inmenso;
¡y un llanto de humildad regaba mis mejillas!

Y no temí a la muerte, disgregadora impura;
los ojos de él libraran los tuyos de la nada,
y a la mañana espléndida o a la luz insegura
yo hubiera caminado bajo de esa mirada...

II

Ahora tengo treinta años, y mis sienes jaspea
la ceniza precoz de la muerte. En mis días,
como la lluvia eterna de los polos, gotea
la amargura con lágrimas lentas, salobre y fría.

Mientras arde la llama del pino, sosegada,
mirando a mis entrañas pienso qué hubiera sido
un hijo mío, infante con mi boca cansada,
mi amargo corazón y mi voz de vencido.

Y con tu corazón, el fruto de veneno,
y tus labios que hubieran otra vez renegado.
Cuarenta lunas él no durmiera en mi seno,
que sólo por ser tuyo me hubiese abandonado.

Y en qué huertas en flor, junto a qué aguas corrientes
lavara, en primavera, su sangre de mi pena,
si fui triste en las landas y en las tierras clementes,
y en toda tarde mística hablaría en sus venas.

Y el horror de que un día con la boca quemante
de rencor, me dijera lo que dije a mi padre:
«¿Por qué ha sido fecunda tu carne sollozante
y se hinchieron de néctar los pechos de mi madre?»

Siento el amargo goce de que duermas abajo
en tu lecho de tierra, y un hijo no meciera
mi mano, por dormir yo también sin trabajos
y sin remordimientos, bajo una zarza fiera.

Porque yo no cerrara los párpados, y loca
escuchase a través de la muerte, y me hincara,
deshechas las rodillas, retorcida la boca,
si lo viera pasar con mi fiebre en su cara.

Y la tregua de Dios a mí no descendiera:
en la carne inocente me hirieran los malvados,
y por la eternidad mis venas exprimieran
sobre mis hijos de ojos y de frente extasiados.

¡Bendito pecho mío en que a mis gentes hundo
y bendito mi vientre en que mi raza muere!
¡La cara de mi madre ya no irá por el mundo
ni su voz sobre el viento, trocada en miserere!

La selva hecha cenizas retoñará cien veces
y caerá cien veces, bajo el hacha, madura.
Caeré para no alzarme en el mes de las mieses;
conmigo entran los míos a la noche que dura.

Y como si pagara la deuda de una raza,
taladran los dolores mi pecho cual colmena.
Vivo una vida entera en cada hora que pasa;
como el río hacia el mar, van amargas mis venas.

Mis pobres muertos miran el sol y los ponientes,
con un ansia tremenda, porque ya en mí se ciegan.
Se me cansan los labios de las preces fervientes
que antes que yo enmudezca por mi canción entregan.

No sembré por mi troje, no enseñé para hacerme
un brazo con amor para la hora postrera,
cuando mi cuello roto no pueda sostenerme
y mi mano tantee la sábana ligera.

Apacenté los hijos ajenos, colmé el troje
con los trigos divinos, y sólo de Ti espero,
¡Padre Nuestro que estás en los Cielos!, recoge
mi cabeza mendiga, si en esta noche muero.

COPLAS

A la azul llama del pino
que acompaña mi destierro,
busco esta noche tu rostro,
palpo mi alma y no lo encuentro.

¿Cómo eras cuando sonreías?
¿Cómo eras cuando me amabas?
¿Cómo miraban tus ojos
cuando aún tenían alma?

¡Si Dios quisiera volvérteme
por un instante tan sólo!
¡Si de mirarme tan pobre
me devolviera tu rostro!
. . . .

Para que tenga mi madre
sobre su mesa un pan rubio,
vendí mis días lo mismo
que el labriego que abre el surco.

Pero en las noches, cansada,
al dormirme sonreía,
porque bajabas al sueño
hasta rozar mis mejillas.

¡Si Dios quisiera entregárteme
por un instante tan sólo!

¡Si de mirarme tan pobre
me devolviera tu rostro!
. . . .

En mi tierra, los caminos
mi corazón ayudaran:
tal vez te pintan las tardes
o te guarda un cristal de aguas.

Pero nada te conoce
aquí, en esta tierra extraña:
no te han cubierto las nieves
ni te han visto las mañanas.

Quiero, al resplandor del pino,
tener y besar tu cara,
y hallarla limpia de tierra,
y con amor, y con lágrimas.

Araño en la ruin memoria;
me desgarro y no te encuentro,
¡y nunca fui más mendiga
que ahora sin tu recuerdo!

No tengo un palmo de tierra,
no tengo un árbol florido. . .
Pero tener tu semblante
era cual tenerte un hijo.

Era como una fragancia
exhalando de mis huesos.
¡Qué noche, mientras dormía,
qué noche, me la bebieron!

¿Qué día me la robaron,
mientras por sembrar mi trigo,
la dejé como brazada
de salvias junto al camino?

¡Si Dios quisiera volvérteme
por un instante tan sólo!

¡Si de mirarme tan pobre
me devolviera tu rostro!
. . . .

Tal vez lo que yo he pedido
no es tu imagen, es mi alma,
mi alma en la que yo cavé
tu rostro como una llaga.

Cuando la vida me hiera,
¿adónde buscar tu cara,
si ahora ya tienes polvo
hasta dentro de mi alma?

LOS HUESOS DE LOS MUERTOS

Los huesos de los muertos
hielo sutil saben espolvorear
sobre las bocas de los que quisieron.
¡Y éstas no pueden nunca más besar!

Los huesos de los muertos
en paletadas echan su blancor
sobre la llama intensa de la vida.
¡Le matan todo ardor!

Los huesos de los muertos
pueden más que la carne de los vivos.
¡Aun desgajados hacen eslabones
fuertes, donde nos tienen sumisos y cautivos!

CANCIONES EN EL MAR

I. EL BARCO MISERICORDIOSO

Llévame, mar, sobre ti, dulcemente,
porque voy dolorida.
¡Ay!, barco, no te tiemblen los costados,
que llevas a una herida.

Buscando voy en tu oleaje vivo
dulzura de rodillas.
Mírame, mar, y sabe lo que llevas,
mirando a mis mejillas.

Entre la carga de los rojos frutos,
entre tus jarcias vívidas
y los viajeros llenos de esperanza,
llevas mi carne lívida.

Más allá volarás con sólo frutos,
      y velas desceñidas.
Pero entre tanto, mar, sobre este puente
      mecerás a la herida.

II.   CANCIÓN DE LOS QUE BUSCAN OLVIDAR

    Al costado de la barca
mi corazón he apegado,
al costado de la barca
de espumas ribeteado.

    Lávalo, mar, con sal eterna;
lávalo, mar; lávalo, mar;
que la Tierra es para la lucha
y tú eres para consolar.

    En la proa poderosa
mi corazón he clavado.
Mírate barca, que llevas
el vértice ensangrentado.

    Lávalo, mar, con sal tremenda,
lávalo, mar; lávalo, mar.
O me lo rompes en la proa
que no lo quiero más llevar.

    Sobre la nave toda puse
mi vida como derramada.
Múdala, mar, en los cien días,
que ella será tu desposada.

    Múdala, mar, con tus cien vientos.
Lávala, mar; lávala, mar;
que otros te piden oro y perlas,
¡y yo te pido el olvidar!

III.   CANCIÓN DEL HOMBRE DE PROA

    El hombre sentado a la proa,
el hombre con faz de ansiedad,
¡qué ardiente navega hacia el Norte:
sus ojos se agrandan de afán!

    Los rostros que yo amo, los míos,
quedaron atrás,
y mi alma los teje, los borda
encima del mar.

    El hombre que piensa en la proa
padece de ansiar.
¡Qué lento que avanza su barco,
y vuela fugaz!

Y mi alma qusiera la marcha
tremenda quebrar,
¡que todos los rostros que amo
se quedan atrás!

Al hombre que sufre en la proa,
el viento del mar
le anticipa los besos que espera,
y arde de ansiedad.

¡Pero el viento del Norte qué beso
pondría en mi faz,
si los rostros que amo
quedaron atrás!

El viajero de proa me dice:
«¿Qué vas a buscar,
si en la Tierra no espera la dicha?»
¡No sé contestar!

Me llamaba en mis costas inmensas
la lengua del mar,
y en mitad de la mar voy llorando,
caída la faz.

SERENIDAD

Y después de tener perdida
lo mismo que un pomar la vida,
—hecho ceniza, sin cuajar—
me han dado esta montaña mágica,
y un río y unas tardes trágicas
como Cristo, con que sangrar.

Los niños cubren mis rodillas;
mirándoles a las mejillas
ahora no rompo a sollozar,
que mi sueño más deleitoso
yo doy el pecho a un hijo hermoso
sin dudar...

Estoy como el que fuera dueño
de toda tierra y todo ensueño
y toda miel;
¡y en estas dos manos mendigas
no he oprimido ni las amigas
sienes de él!

De sol a sol voy por las rutas,
y en el regazo olor a frutas
se me acomoda el recental:
¡tanto trascienden mis abiertas
entrañas a grutas, y a huertas,
y a cuenco tibio de panal!

Soy la ladera y soy la viña
y las salvias, y el aguaniña:
¡todo el azul, todo el candor!
Porque en sus hierbas me apaciento
mi Dios me guarda de sus vientos
como a los linos en la flor.

Vendrá la nieve cualquier día;
me entregaré a su joya fría
(fuera otra cosa rebelión).
Y en un silencio de amor sumo,
oprimiendo su duro grumo
me irá vaciando el corazón.

PALABRAS SERENAS

Ya en la mitad de mis días espigo
esta verdad con frescura de flor:
la vida es oro y dulzura de trigo,
es breve el odio e inmenso el amor.

Mudemos ya por el verso sonriente
aquel listado de sangre con hiel.
Abren violentas divinas, y el viento,
desprende al valle un aliento de miel.

Ahora no sólo comprendo al que reza;
ahora comprendo al que rompe a cantar.
La sed es larga, la cuesta es aviesa;
pero en un lirio se enreda el mirar.

Grávidos van nuestros ojos de llanto
y un arroyuelo nos hace sonreír;
por una alondra que erige su canto
nos olvidamos que es duro morir.

No hay nada ya que mis carnes taladre.
Con el amor acabóse el hervir.
Aún me apacienta el mirar de mi madre.
¡Siento que Dios me va haciendo dormir!

NATURALEZA

PAISAJES DE LA PATAGONIA

A don Juan Contardi.

I. DESOLACIÓN

La bruma espesa, eterna, para que olvide dónde
me ha arrojado la mar en su ola de salmuera.
La tierra a la que vine no tiene primavera:
tiene su noche larga que cual madre me esconde.

El viento hace a mi casa su ronda de sollozos
y de alarido, y quiebra, como un cristal, mi grito.
Y en la llanura blanca, de horizonte infinito,
miro morir inmensos ocasos dolorosos.

¿A quién podrá llamar la que hasta aquí ha venido
si más lejos que ella sólo fueron los muertos?
¡Tan sólo ellos contemplan un mar callado y yerto
crecer entre sus brazos y los brazos queridos!

Los barcos cuyas velas blanquean en el puerto
vienen de tierras donde no están los que son míos;
sus hombres de ojos claros no conocen mis ríos
y traen frutos pálidos, sin la luz de mis huertos.

Y la interrogación que sube a mi garganta
al mirarlos pasar, me desciende, vencida:
hablan extrañas lenguas y no la conmovida
lengua que en tierra de oro mi vieja madre canta.

Miro bajar la nieve como el polvo en la huesa;
miro crecer la niebla como el agonizante,
y por no enloquecer no cuento los instantes,
porque la noche larga ahora tan sólo empieza.

Miro el llano extasiado y recojo su duelo,
que vine para ver los paisajes mortales.
La nieve es el semblante que asoma a mis cristales:
¡siempre será su albura bajando de los cielos!

Siempre ella, silenciosa, como la gran mirada
de Dios sobre mí; siempre su azahar sobre mi casa;
siempre, como el destino que ni mengua ni pasa,
descenderá a cubrirme, terrible y extasiada.

II. ÁRBOL MUERTO

A Alberto Guillén.

En el medio del llano,
un árbol seco su blasfemia alarga;
un árbol blanco, roto
y mordido de llagas,
en el que el viento, vuelto
mi desesperación, aúlla y pasa.

De su bosque el que ardió, sólo dejaron
de escarnio, su fantasma.
Una llama alcanzó hasta su costado
y lo lamió, como el amor mi alma.
¡Y sube de la herida un purpurino
musgo, como una estrofa ensangrentada!

Los que amó, y que ceñían
a su torno en septiembre una guirnalda,
cayeron. Sus raíces
los buscan, torturadas,
tanteando por el césped
con una angustia humana...

Le dan los plenilunios en el llano
sus más mortales platas,
y alargan, porque mida su amargura,
hasta lejos su sombra desolada.
¡Y él le da al pasajero
su atroz blasfemia y su visión amarga!

III. TRES ÁRBOLES

Tres árboles caídos
quedaron a la orilla del sendero.
El leñador los olvidó, y conversan
apretados de amor, como tres ciegos.

El sol de ocaso pone
su sangre viva en los hendidos leños,
¡y se llevan los vientos la fragancia
de su costado abierto!

Uno, torcido, tiende
su brazo inmenso y de follaje trémulo
hacia otro, y sus heridas
como dos ojos son, llenos de ruego.

El leñador los olvidó. La noche
vendrá. Estaré con ellos.
Recibiré en mi corazón sus mansas
resinas. Me serán como de fuego.
Y mudos y ceñidos,
nos halle el día en un montón de duelo.

EL ESPINO

El espino prende a una roca
su enloquecida contorsión,
y es el espíritu del yermo,
retorcido de angustia y sol.

La encina es bella como Júpiter,
y es un Narciso el mirto en flor.
A él lo hicieron como a Vulcano,
el horrible dios forjador.

A él lo hicieron sin el encaje
del claro álamo temblador,
porque el alma del caminante
ni le conozca la aflicción.

De las greñas le nacen flores.
(Así el verso le nació a Job.)
Y como el salmo del leproso,
es de agudo su intenso olor.

Pero aunque llene el aire ardiente
de las siestas su exhalación,
no ha sentido en su greña oscura
temblarle un nido turbador...

Me ha contado que me conoce,
que en una noche de dolor
en su espeso millón de espinas
magullaron mi corazón.

Le he abrazado como una hermana,
cual si Agar abrazara a Job,
en un nudo que no es ternura,
porque es más: ¡desesperación!

A LAS NUBES

Nubes vaporosas,
nubes como tul,
llevad l'alma mía
por el cielo azul.

¡Lejos de la casa
que me ve sufrir,
lejos de estos muros
que me ven morir!

Nubes pasajeras,
llevadme hacia el mar,
a escuchar el canto
de la pleamar
y entre la guirnalda
de olas a cantar.

Nubes, flores, rostros,
dibujadme a aquel
que ya va borrándose

por el tiempo infiel.
Mi alma se pudre
sin el rostro de él.

Nubes que pasáis,
nubes, detened
sobre el pecho mío
la fresca merced.
¡Abiertos están
mis labios de sed!

OTOÑO

A esta alameda muriente
he traído mi cansancio,
y estoy ya no sé qué tiempo
tendida bajo los álamos,
que van cubriendo mi pecho
de su oro divino y tardo.

Sin un ímpetu la tarde
se apagó tras de los álamos.
Por mi corazón mendigo
ella no se ha ensangrentado.
Y el amor al que tendí,
para salvarme, los brazos,
se está muriendo en mi alma
como arrebol desflocado.

Y no llevaba más que este
manojito atribulado
de ternura, entre mis carnes
como un infante, temblando.

Ahora se me va perdiendo
como un agua entre los álamos;
pero es otoño, y no agito,
para salvarlo, mis brazos!

En mis sienes la hojarasca
exhala un perfume manso.
Tal vez morir sólo sea
ir con asombro marchando
entre un rumor de hojas secas
y por un parque extasiado.

Aunque va a llegar la noche,
y estoy sola, y ha blanqueado
el suelo un azahar de escarcha,
para regresar no me alzo,
ni hago lecho, entre las hojas,
ni acierto a dar, sollozando,
un inmenso Padre Nuestro
por mi inmenso desamparo.

LA MONTAÑA DE NOCHE

Haremos fuego sobre la montaña.
La noche que desciende, leñadores,
no echará al cielo ni su crencha de astros.
¡Haremos treinta fuegos brilladores!

Que la tarde quebró un vaso de sangre
sobre el ocaso, y es señal artera.
El espanto se sienta entre nosotros
si no hacéis corro en torno de la hoguera.

Semeja este fragor de cataratas
un incansable galopar de potros
por la montaña, y otro fragor sube
de los medrosos pechos de nosotros.

Dicen que los pinares en la noche
dejan su éxtasis negro, y a una extraña,
sigilosa señal, su muchedumbre
se mueve, tarda, sobre la montaña.

La esmaltadura de la nieve adquiere
en la tiniebla un arabesco avieso:
sobre el osario inmenso de la noche,
finge un bordado lívido de huesos.

E invisible avalancha de neveras
desciende, sin llegar, al valle inerme,
mientras vampiros de arrugadas alas
rozan el rostro del pastor que duerme.

Dicen que en las cimeras apretadas
de la próxima sierra hay alimañas
que el valle no conoce y que en la sombra,
como greñas, desprende la montaña.

Me va ganando el corazón el frío
de la cumbre cercana. Pienso: "Acaso
los muertos que dejaron por impuras
las ciudades, elijan el regazo

recóndito de los desfiladeros
de tajo azul, que ningún alba baña,
¡y al espesar la noche sus betunes
como un mar invadan la montaña!"

Tronchad los leños tercos y fragantes,
salvias y pinos chisporroteadores,
y apretad bien el corro en torno al fuego,
¡que hace frío y angustia, leñadores!

CIMA

La hora de la tarde, la que pone
su sangre en las montañas.

Alguien en esta hora está sufriendo;
una pierde, angustiada,
en este atardecer el solo pecho
contra el cual estrechaba.

Hay algún corazón en donde moja
la tarde aquella cima ensangrentada.

El valle ya está en sombra
y se llena de calma.
Pero mira de lo hondo que se enciende
de rojez la montaña.

Yo me pongo a cantar siempre a esta hora
mi invariable canción atribulada.
¿Seré yo la que baño
la cumbre de escarlata?

Llevo a mi corazón la mano, y siento
que mi costado mana.

BALADA DE LA ESTRELLA

—Estrella, estoy triste.
Tú dime si otra
como mi alma viste.
—Hay otra más triste.

—Estoy sola, estrella.
Di a mi alma si existe
otra como ella.
—Sí, dice la estrella.

—Contempla mi llanto.
—Dime si otra lleva

de lágrimas manto.
—En otra hay más llanto.

—Di quién es la triste,
di quién es la sola,
si la conociste.

—Soy yo, la que encanto,
soy yo la que tengo
mi luz hecha llanto.

LA LLUVIA LENTA

Esta agua medrosa y triste,
como un niño que padece,
antes de tocar la tierra
desfallece.

Quieto el árbol, quieto el viento,
¡y en el silencio estupendo,
este fino llanto amargo
cayendo!

El cielo es como un inmenso
corazón que se abre, amargo.
No llueve: es un sangrar lento
y largo.

Dentro del hogar, los hombres
no sienten esta amargura,

este envío de agua triste
de la altura.

Este largo y fatigante
descender de aguas vencidas,
hacia la Tierra yacente
y transida.

Llueve..., y como un chacal trágico
la noche acecha en la sierra.
¿Qué va a surgir, en la sombra,
de la Tierra?

¿Dormiréis, mientras afuera
cae, sufriendo, esta agua inerte,
esta agua letal, hermana
de la Muerte?

PINARES

El pinar al viento
vasto y negro ondula
y mece mi pena
con canción de cuna.

Pinos calmos, graves
como un pensamiento,
dormidme la pena,
dormidme el recuerdo.

Dormidme el recuerdo,
asesino pálido,
pinos que pensáis
con pensar humano.

El viento los pinos
suavemente ondula.
¡Duérmete, recuerdo,
duérmete, amargura!

La montaña tiene
el pinar vestida
como un amor grande
que cubrió una vida.

Nada le ha dejado
sin poseerle, ¡nada!
¡Como un amor ávido
que ha invadido un alma!

La montaña tiene
tierra sonrosada;
el pinar le puso
su negrura trágica.

(Así era el alma
alcor sonrosado;
así el amor púsole
su brocado trágico.)

El viento reposa
y el pinar se calla,
cual se calla un hombre
asomado a su alma.

Medita en silencio,
enorme y oscuro,
como un ser que sabe
del dolor del mundo.

Pinar, tengo miedo
de pensar contigo;
miedo de acordarme,
pinar, de que vivo.

¡Ay!, tú no te calles,
procura que duerma;
no te calles como
un hombre que piensa.

EL IXTLAZIHUATL

El Ixtlazihuatl mi mañana vierte;
se alza mi casa bajo su mirada,
que aquí a sus pies me reclinó la suerte
y en su luz hablo como alucinada.

Te doy mi amor, montaña mexicana;
como una virgen tú eres deleitosa;
sube de ti hecha gracia la mañana,
pétalo a pétalo abre como rosa.

El Ixtlazihuatl con su curva humana
endulza el cielo, el paisaje afina.
Toda dulzura de su dorso mana;
el valle en ella tierno se reclina.

Está tendida en la ebriedad del cielo
con laxitud de ensueño y de reposo,
tiene en un pico un ímpetu de anhelo
hacia el azul supremo que es su esposo.

Y los vapores que alza de sus lomas
tejen su sueño que es maravilloso:
cual la doncella y como la paloma
su pecho es casto, pero se halla ansioso.

Mas tú la andina, la de greña oscura,
mi Cordillera, la Judith tremenda,
hiciste mi alma cual la zarpa dura
y la empapaste en tu sangrienta venda.

Y yo te llevo cual tu criatura,
te llevo aquí en mi corazón tajeado,
que me crié en tus pechos de amargura,
¡y derramé mi vida en tus costados!

CANCIONES DE SOLVEIG

I

La tierra es dulce cual humano labio,
como era dulce cuando te tenía,
y toda está ceñida de caminos...
Eterno amor, te espero todavía.

Miro correr las aguas de los años,
miro pasar las aguas del Destino.
Antiguo amor, te espero todavía:
la tierra está ceñida de caminos...

Palpita aún el corazón que heriste:
vive de ti como de un viejo vino.
Hundo mis ojos en el horizonte:
la tierra está ceñida de caminos...

Si me muriera, El que me vio en tus brazos,
Dios que miró mi hora de alegría,
me preguntara dónde te quedaste,
me preguntara, ¡y qué respondería!

Suena la azada en lo hondo de este valle
donde rendida el corazón reclino.
Antiguo amor, te espero todavía:
la tierra está ceñida de caminos...

II

Los pinos, los pinos
sombrean la cuesta:
¿en qué pecho el que amo
ahora se recuesta?

Los corderos bajan
a la fuente pía:
¿en qué labio bebe
el que en mí bebía?

El viento los anchos
abetos enlaza:
llorando como hijo
por mi pecho pasa.

Sentada a la puerta
treinta años ya espero.
¡Cuánta nieve, cuánta
cae a los senderos!

III

La nube negra va cerrando el cielo
y un viento humano hace gemir los pinos;
la nube negra ya cubrió la tierra;
¡cómo vendrá Peer Gynt por los caminos!

La noche ciega se echa sobre el llano,
¡ay!, sin piedad para los peregrinos.
La noche ciega anegará mis ojos:
¡cómo vendrá Peer Gynt por los caminos!

La nieve muda está bajando en copos:
espesa, espesa sus tremendos linos
y va apagó los fuegos de pastores:
¡cómo vendrá Peer Gynt por los caminos!

VOTO

Dios me perdone este libro amargo y los hombres que sienten la vida como dulzura me lo perdonen también.

En estos cien poemas queda sangrando un pasado doloroso en el cual la canción se ensangrentó para aliviarme. Lo dejo tras de mí como a la hondonada sombría y por laderas más clementes subo hacia las mesetas espirituales donde una ancha luz caerá sobre mis días. Yo cantaré desde ellas las palabras de la esperanza, cantaré como lo quiso un misericordioso, para consolar a los hombres. A los treinta años, cuando escribí el Decálogo del artista, *dije este voto.*

Dios y la vida me dejen cumplirlo.

G. M.

TERNURA

CANCIONES DE CUNA

MECIENDO

El mar sus millares de olas
mece, divino.
Oyendo a los mares amantes,
mezo a mi niño.

El viento errabundo en la noche
mece los trigos.

Oyendo a los vientos amantes,
mezo a mi niño.

Dios Padre sus miles de mundos
mece sin ruido.
Sintiendo su mano en la sombra
mezo a mi niño.

LA TIERRA Y LA MUJER

A Amira de la Rosa.

Mientras tiene luz el mundo
y despierto está mi niño,
por encima de su cara,
todo es un hacerse guiños.

Guiños le hace la alameda
con sus dedos amarillos,
y tras de ella vienen nubes
en piruetas de cabritos...

La cigarra, al mediodía,
con el frote le hace guiño,
y la maña de la brisa
guiña con su pañalito.

Al venir la noche hace
guiño socarrón el grillo,
y en saliendo las estrellas,
me le harán sus santos guiños...

Yo le digo a la otra Madre,
a la llena de caminos:
"¡Haz que duerma tu pequeño
para que se duerma el mío!"

Y la muy consentidora,
la rayada de caminos,
me contesta: "¡Duerme al tuyo
para que se duerma el mío!"

HALLAZGO

Me encontré este niño
cuando al campo iba:
dormido lo he hallado
en unas espigas...

O tal vez ha sido
cruzando la viña:

buscando los pámpanos
topé su mejilla...

Y por eso temo,
al quedar dormida,
se evapore como
la helada en las viñas...

ROCÍO

Esta *era una rosa*
que abaja el rocío:
este era mi pecho
con el hijo mío.

Junta sus hojitas
para sostenerlo
y esquiva los vientos
por no desprenderlo.

Porque él ha bajado
desde el cielo inmenso

será que ella tiene
su aliento suspenso.

De dicha se queda
callada, callada:
no hay rosa entre rosas
tan maravillada.

Esta era una rosa
que abaja el rocío:
este era mi pecho
con el hijo mío.

CORDERITO

Corderito mío,
suavidad callada:
mi pecho es tu gruta
de musgo afelpada.

Carnecita blanca,
tajada de luna:
lo he olvidado todo
por hacerme cuna.

Me olvidé del mundo
y de mí no siento
más que el pecho vivo
con que te sustento.

Yo sé de mí sólo
que en mí te recuestas.
Tu fiesta, hijo mío,
apagó las fiestas.

ENCANTAMIENTO

Este niño es un encanto
parecido al fino viento:
si dormido lo amamanto,
que me bebe yo no siento.

Es más travieso que el río
y más suave que la loma:
es mejor el hijo mío
que este mundo al que se asoma.

Es más rico, más, mi niño
que la tierra y que los cielos:
en mi pecho tiene armiño
y en mi canto terciopelos...

Y es su cuerpo tan pequeño
como el grano de mi trigo;
menos pesa que su sueño;
no se ve y está conmigo.

SUAVIDADES

Cuando yo te estoy cantando,
en la Tierra acaba el mal:
todo es dulce por tus sienes:
la barranca, el espinar.

Cuando yo te estoy cantando,
se me acaba la crueldad;
suaves son, como tus párpados,
¡la leona y el chacal!

YO NO TENGO SOLEDAD

Es la noche desamparo
de las sierras hasta el mar.
Pero yo, la que te mece,
¡yo no tengo soledad!

Es el cielo desamparo
si la luna cae al mar.

Pero yo, la que te estrecha,
¡yo no tengo soledad!

Es el mundo desamparo
y la carne triste va.
Pero yo, la que te oprime,
¡yo no tengo soledad!

APEGADO A MÍ

Velloncito de mi carne,
que en mi entraña yo tejí,
velloncito friolento,
¡duérmete apegado a mí!

La perdiz duerme en el trébol
escuchándome latir:
no te turben mis alientos,
¡duérmete apegado a mí!

Hierbecita temblorosa
asombrada de vivir,
no te sueltes de mi pecho:
¡duérmete apegado a mí!

Yo que todo lo he perdido
ahora tiemblo de dormir.
No resbales de mi brazo:
¡duérmete apegado a mí!

LA NOCHE

Por que duermas, hijo mío,
el ocaso no arde más:
no hay más brillo que el rocío,
más blancura que mi faz.

Por que duermas, hijo mío,
el camino enmudeció:
nadie gime sino el río;
nada existe sino yo.

Se anegó de niebla el llano.
Se encogió el suspiro azul.
Se ha posado como mano
sobre el mundo la quietud.

Yo no sólo fui meciendo
a mi niño en mi cantar:
a la Tierra iba durmiendo
al vaivén del acunar...

ME TUVISTE

Duérmete, mi niño,
duérmete sonriendo,
que es la ronda de astros
quien te va meciendo.

Gozaste la luz
y fuiste feliz.
Todo bien tuviste
al tenerme a mí.

Duérmete, mi niño,
duérmete sonriendo,

que es la Tierra amante
quien te va meciendo.

Miraste la ardiente
rosa carmesí.
Estrechaste al mundo:
me estrechaste a mí.

Duérmete, mi niño,
duérmete sonriendo,
que es Dios en la sombra
el que va meciendo.

DORMIDA

Meciendo, mi carne,
meciendo a mi hijo,
voy moliendo el mundo
con mis pulsos vivos.

El mundo, de brazos
de mujer molido,
se me va volviendo
vaho blanquecino.

El bulto del mundo,
por vigas y vidrios,
entra hasta mi cuarto,
cubre madre y niño.

Son todos los cerros
y todos los ríos,

todo lo creado,
todo lo nacido...

Yo mezo, yo mezo
y veo perdido
cuerpo que me dieron,
lleno de sentidos.

Ahora no veo
ni cuna ni niño,
y el mundo me tengo
por desvanecido...

¡Grito a Quien me ha dado
el mundo y el hijo,
y despierto entonces
de mi propio grito!

CON TAL QUE TE DUERMAS

La rosa colorada
cogida ayer;
el fuego y la canela
que llaman clavel;

el pan horneado
de anís con miel,
y el pez de la redoma
que la hace arder:

todito tuyo,
hijito de mujer,

con tal que quieras
dormirte de una vez.

La rosa, digo:
digo el clavel.
La fruta, digo,
y digo que la miel;

y el pez de luces
y más y más también,
¡con tal que duermas
hasta el amanecer!

ARRORRÓ ELQUINO

A Isolina Barraza de Estay.

En la falda yo me tengo
una cosa de pasmar:
niña de algodón en rama,
copo de desbaratar,
cabellitos de vilanos
y bracitos sin cuajar.

Vienen gentes de Paihuano
y el "mismísimo" Coguaz [1]
por llevarse novedades
en su lengua lenguaraz.

Y no tiene todavía
la que llegan a buscar

---

[1] Aldea en la Cordillera, donde termina el valle de Elqui.

ni bautismo que le valga
ni su nombre de vocear.

Tanta gente y caballada
en el patio y el corral
por un bulto con un llanto,
y una faja, y un pañal.

Elquinada novedosa,
resonando de metal;
que se sienten en redondo
como en era de trillar;

que la miren embobados,
—ojos vienen y ojos van—
y le pongan en hileras
pasas, queso, uvate,[2] sal.

Y después que la respiren
y la toquen como al pan,
que se vuelvan y nos dejen
en "compaña" y soledad,

con las lunas de milagro,
con los cerros de metal,
con las luces, y las sombras,
y las nieblas de soñar.

Me la tengo todavía
siete años de encañar.
¡Madre mía, me la tengo
de tornearla y rematar!

¡Ah!, ¡ah!, ¡ah!,
¡viejo torno de girar!
¡Siete años todavía
gira, gira y girarás!

DOS CANCIONES DEL ZODÍACO

1. CANCIÓN DE VIRGO

Un niño tuve al pecho
como una codorniz.
Me adormecí una noche;
no supe más de mí.
Resbaló de mi brazo;
rodó, lo perdí.

Era el niño de Virgo
y del cielo feliz.
Ahora será el hijo
de Luz o Abigail.

Tenía siete cielos;
ahora sólo un país.
Servía al Dios eterno,
ahora a un Kadí.

Sed y hambres no sabía
su boca de jazmín;
ni sabía su muerte.
¡Ahora sí, ahora sí!

Lo busco caminando
del Cenit al Nadir,
y no duermo y me pesa
la noche en que dormí.

Me dieron a los Gémines;
yo no los recibí.
Pregunto, y ando, y peno
por ver mi hijo venir.

Ay, vuelva, suba y llegue
derechamente aquí,
o me arrojo del cielo
y lo recobro al fin.

2. CANCIÓN DE TAURUS

El Toro carga al niño,
al hombre y la mujer,
y el Toro carga el mundo
con tal que se lo den.

Búscame por el cielo
y me verás pacer.

Ahora no soy rojo
como cuando era res.
Subí de un salto al cielo
y aquí me puse a arder.

A veces soy lechoso,
a veces color miel.

---

[1] Dulce o confitura hecho con el hollejo de la uva.

Arden igual que llamas
mis cuernos y mi piel.
Y arde también mi ruta
hasta el amanecer.

No duermo ni me apago
para no serte infiel.

Estuve ya en el Arca,
y en Persia, y en Belén.
Ahora ya no puedo
morir ni envejecer.

Duérmete así lamido
por el Toro de Seth.

Dormido irás creciendo;
creciendo harás la Ley
y escogerás ser Cristo
o escogerás ser Rey.

Hijito de Dios Padre
en brazos de mujer.

CANCIÓN QUECHUA

Donde fue Tihuantisuyo,
nacían los indios.
Llegábamos a la puna
con danzas, con himnos.

Silbaban quenas, ardían
dos mil fuegos vivos.
Cantaban Coyas de oro
y Amautas benditos.

Bajaste ciego de soles,
volando dormido,

para hallar viudos los aires
de llama y de indio.

Y donde eran maizales
ver subir el trigo
y en lugar de las vicuñas
topar los novillos.

¡Regresa a tu Pachacamac,
En-Vano-Venido,
Indio loco, Indio que nace,
pájaro perdido!

NOTA.—El fondo de esta canción, su esencia, corresponde a otra, citada por los Reclus, como un texto oral de mujer quechua, en una edición de sus "Geografías" que consulté en Nueva York hace años. *(Nota para el lector peruano.)*

LA MADRE TRISTE

Duerme, duerme, dueño mío,
sin zozobra, sin temor,
aunque no se duerma mi alma,
aunque no descanse yo.

Duerme, duerme y en la noche
seas tú menos rumor

que la hoja de la hierba,
que la seda del vellón.

Duerma en ti la carne mía,
mi zozobra, mi temblor.
En ti ciérrense mis ojos:
¡duerma en ti mi corazón!

CANCIÓN AMARGA

¡Ay! ¡Juguemos, hijo mío,
a la reina con el rey!

Este verde campo es tuyo.
¿De quién más podría ser?
Las oleadas de alfalfas
para ti se han de mecer.

Este valle es todo tuyo.
¿De quién más podría ser?
Para que los disfrutemos
los pomares se hacen miel.

(¡Ay! ¡No es cierto que tiritas
como el Niño de Belén

y que el seno de tu madre
se secó de padecer!)

El cordero está espesando
el vellón que he de tejer,
y son tuyas las majadas.
¿De quién más podrían ser?

Y la leche del establo
que en la ubre ha de correr,

y el manojo de las mieses,
¿de quién más podrían ser?

(¡Ay! ¡No es cierto que tiritas
como el Niño de Belén
y que el seno de tu madre
se secó de padecer!)

¡Sí! ¡Juguemos, hijo mío,
a la reina con el rey!

EL ESTABLO

Al llegar la medianoche
y al romper en llanto el Niño,
las cien bestias despertaron
y el establo se hizo vivo.

Y se fueron acercando,
y alargaron hasta el Niño
los cien cuellos anhelantes
como un bosque sacudido.

Bajó un buey su aliento al rostro
y se lo exhaló sin ruido,
y sus ojos fueron tiernos
como llenos de rocío.

Una oveja lo frotaba,
contra su vellón suavísimo,
y las manos le lamían,
en cuclillas, dos cabritos...

Las paredes del establo
se cubrieron sin sentirlo

de faisanes, y de ocas,
y de gallos, y de mirlos.

Los faisanes descendieron
y pasaban sobre el Niño
la gran cola de colores;
y las ocas de anchos picos,

arreglábanle las pajas;
y el enjambre de los mirlos
era un velo palpitante
sobre del recién nacido...

Y la Virgen, entre cuernos
y resuellos blanquecinos,
trastocada iba y venía
sin poder coger al Niño.

Y José llegaba riendo
a acudir a la sin tino.
Y era como bosque al viento
el establo conmovido...

SEMILLA

A Paula Alegría.

I

Duerme, hijito, como semilla
en el momento de sembrar,
en los días de encañadura
o en los meses de ceguedad.

Duerme, huesito de cereza,
y bocadito de chañar,
color quemado, fruto ardido
de la mejilla de Simbad.

Duerme lo mismo que la fábula
que hace reír y hace llorar.
Por menudo y friolera,
como que estás y que no estás...

II

Cuerpecito que me espejea
de cosas grandes que vendrán,
con el pecho lleno de luna
partido en tierras por arar;

con el brazo dado a los remos
de quebracho y de guayacán,
y la flecha para la Sierra
en donde cazan el faisán.

Duerme, heredero de aventuras
que se vinieron por el mar,

ahijado de antiguos viajes
de Colón y de Gengis-Kan;

heredero de adoraciones,
que al hombre queman y al copal,
y figura de Jesucristo
cuando repartes Pez y Pan.

NIÑO RICO

A Arévalo Martínez.

Yo no despierto a mi dormido
la Noche Buena de Belén,
porque sueña con la Etiopía
desde su loma del Petén...

Me quedo sola y no despierto
al que está viendo lo que ve:
las palomas, las codornices,
el agua-rosa, el río-miel;

el amate cobija-pueblo,
la palmera mata-la-sed,

el pez-arcángel del Caribe
y su quetzal maya-quiché.

Yo no despierto a mi dormido
para dormírmelo otra vez,
arrebatarle maravilla
y no saberla devolver...

El sueño mío que rompieron,
no lo supe dormir después,
y cuando lloro todavía
lloro mi Noche de Belén.

NIÑO CHIQUITO

A Fernanda de Castro.

Absurdo de la noche,
burlador mío,
si-es no-es de este mundo,
niño dormido.

Aliento angosto y ancho
que oigo y no miro
almeja de la noche
que llamo hijo.

Filo de lindo vuelo,
filo de silbo,
filo de larga estrella,
niño dormido.

A cada hora que duermes,
más ligerito.
Pasada medianoche,
ya apenas niño.

Espesa losa, vigas
pesadas, lino
áspero, canto duro,
sobre mi hijo.

Aire insensato, estrellas
hirvientes, río
terco, porfiado búho,
sobre mi hijo.

En la noche tan grande,
tan poco niño,
tan poca prueba y seña,
tan poco signo.

Vergüenza tanta noche
y tanto río,
y "tanta madre tuya",
niño dormido...

Achicarse la Tierra
con sus caminos,
aguzarse la esfera
tocando un niño.

¡Mudársete la noche
en lo divino,
yo en urna de tu sueño,
hijo dormido!

SUEÑO GRANDE

A Adela Formoso de Obregón.

A niño tan dormido
no me le recordéis.
Dormía así en mi entraña
con mucha dejadez.

Yo lo saqué del sueño
de todo su querer,
y ahora se me ha vuelto
a dormir otra vez.

La frente está parada
y las sienes también.
Los pies son dos almejas
y los costados pez.

Rocío tendrá el sueño,
que es húmeda su sien.
Música tendrá el sueño
que le da su vaivén.

Resuello se le oye
en agua de correr;

pestañas se le mueven
en hojas de maitén.

Les digo que lo dejen
con tanto y tanto bien,
hasta que se despierte
de sólo su querer...

El sueño se lo ayudan
el techo y el dintel,
la Tierra que es Cibeles,
la madre que es mujer.

A ver si yo le aprendo
dormir que ya olvidé
y se lo aprende tanta
despierta cosa infiel.

Y nos vamos durmiendo
como de su merced,
de sobras de ese sueño,
hasta el amanecer...

LA OLA DEL SUEÑO

A Queta Regules.

*La marea del sueño
comienza a llegar
desde el Santo Polo
y el último mar.*

Derechamente viene,
a silbo y señal;
subiendo el mundo viene
en blanco animal.

Ha pasado Taitao,
Niebla y Chañaral,
a tu puerta y tu cuna
llega a acabar...

*Sube del viejo Polo,
eterna y mortal.
Viene del mar Antártico
y vuelve a bajar.*

La ola encopetada
se quiebra en el umbral.

Nos busca, nos halla
y cae sin hablar.

En cuanto ya te cubra
dejas de ronronear;
y llegándome al pecho,
yo dejo de cantar.

Donde la casa estuvo,
está ella no más.
Donde tú mismo estabas,
ahora ya no estás.

Está la ola del sueño,
espumajeo y sal,
y la Tierra inocente,
sin bien y sin mal.

*La marea del sueño
comienza a llegar
desde el Santo Polo
y el último mar.*

CANCIÓN DE LA SANGRE

Duerme, mi sangre única
que así te doblaste,
vida mía, que se mece
en rama de sangre

Musgo de los sueños míos
en que te cuajaste,
duerme así, con tus sabores
de leche y de sangre.

Hijo mío, todavía
sin piñas ni agaves,
y volteando en mi pecho
granadas de sangre.

Sin sangre tuya, latiendo
de la que tomaste,
durmiendo así, tan completo
de leche y de sangre.

Cristal dando unos trasluces
y luces, de sangre;
fanal que alumbra y me alumbra
con mi propia sangre.

Mi semillón soterrado
que te levantaste;
estandarte en que se para
y cae mi sangre;

camina, se aleja y vuelve
a recuperarme.
Juega con la duna, echa
sombra y es mi sangre.

¡En la noche, si me pierde,
lo trae mi sangre!
¡Y en la noche, si lo pierdo,
lo hallo por su sangre!

CANCIÓN DE PESCADORAS

Niñita de pescadores
que con viento y olas puedes,
duerme pintada de conchas,
garabateada de redes.

Duerme encima de la duna
que te alza y que te crece,
oyendo la mar-nodriza
que a más loca mejor mece.

La red me llena la falda
y no me deja tenerte,

porque si rompo los nudos
será que rompo tu suerte...

Duérmete mejor que lo hacen
las que en la cuna se mecen,
la boca llena de sal
y el sueño lleno de peces.

Dos peces en las rodillas,
uno plateado en la frente
y en el pecho, bate y bate,
otro pez incandescente...

ARRULLO PATAGÓN

A doña Graciela de Menéndez.

Nacieron esta noche
por las quebradas
liebre rojiza,
vizcacha parda.

Manar se oyen dos leches
que no manaban,
y en el aire se mueven
colas y espaldas.

¡Ay, quién saliese,
ay, quién acarreara
en brazo y brazo
la liebre, la vizcacha!

Pero es la noche
ciega y apretujada
y me pierdo por cuevas
y por aguadas.

Me quedo oyendo
las albricias que llaman:
sorpresas, miedos,
pelambres enrolladas;

sintiendo dos alientos
que no alentaban,

tanteando en agujeros
cosas trocadas.

Hasta que venga el día
que busca y halla
y quebrando los pastos
las cargue y traiga...

CANCIÓN DE LA MUERTE

La vieja Empadronadora,
la mañosa Muerte,
cuando vaya de camino,
mi niño no encuentre.

La que huele a los nacidos
y husmea su leche,
encuentre sales y harinas,
mi leche no encuentre.

La Contra-Madre del Mundo,
la Convida-gentes,
por las playas y las rutas
no halle al inocente.

El nombre de su bautismo
—la flor con que crece—,
lo olvide la memoriosa,
lo pierda la Muerte.

De vientos, de sal y arenas
se vuelva demente,
y trueque, la desvariada,
el Oeste y el Este.

Niño y madre los confunda
lo mismo que peces,
y en el día y en la hora
a mí sola encuentre.

MI CANCIÓN

Mi propia canción amante
que sin brazos acunaba
una noche entera esclava
¡cántenme!

La que bajaba cargando
por el Ródano o el Miño,
sueño de mujer o niño
¡cántenme!

La canción que yo prestaba
al despierto y al dormido
ahora que me han herido
¡cántenme!

La canción que yo cantaba
como una suelta vertiente
y que sin bulto salvaba
¡cántenme!

Para que ella me levante
con brazo de Arcángel fuerte
y me alce de mi muerte
¡cántenme!

La canción que repetía
rindiendo a noche y a muerte
ahora por que me liberte
¡cántenme!

NIÑO MEXICANO

Estoy en donde no estoy,
en el Anáhuac plateado,
y en su luz como no hay otra
peino un niño de mis manos.

En mis rodillas parece
flecha caída del arco,

y como flecha lo afilo
meciéndolo y canturreando.

En luz tan vieja y tan niña
siempre me parece hallazgo,
y lo mudo y lo volteo
con el refrán que le canto.

3

Me miran con vida eterna
sus ojos negri-azulados,
y como en costumbre eterna,
yo lo peino de mis manos.

Resinas de pino-ocote
van de su nuca a mis brazos,
y es pesado y es ligero
de ser la flecha sin arco...

Lo alimento con un ritmo,
y él me nutre de algún bálsamo
que es el bálsamo del maya
del que a mí me despojaron.

Yo juego con sus cabellos
y los abro y los repaso,
y en sus cabellos recobro
a los mayas dispersados.

Hace doce años dejé
a mi niño mexicano;
pero despierta o dormida
yo lo peino de mis manos...

¡Es una maternidad
que no me cansa el regazo,
y es un éxtasis que tengo
de la gran muerte librado!

BOTONCITO

Yo tenía un botoncito
aquí, junto al corazón.
Era blanco y pequeñito
como el grano del arroz.

De la luz lo defendía
en la hora del calor.
Yo tenía un botoncito
apegado al corazón.

Fue creciendo, fue creciendo
y mi sombra la pasó.

Fue tan alto como un árbol
y su frente como el sol.

Fue creciendo, fue creciendo
y el regazo me llenó;
y se fue por los caminos
como arroyo cantador...

Lo he perdido, y así canto
por mecerme mi dolor:
"¡Yo tenía un botoncito
apegado al corazón!"

LA CUNA

Carpintero, carpintero,
haz la cuna de mi infante.
Corta, corta los maderos,
que yo espero palpitante.

Carpintero, carpintero,
baja el pino del repecho,
y lo cortas en la rama
que es tan suave cual mi pecho.

Carpintero ennegrecido,
fuiste, fuiste criatura.
Al recuerdo de tu madre,
labras cunas con dulzura.

Carpintero, carpintero,
mientras yo a mi niño arrullo,
que se duerma en esta noche
sonriendo el hijo tuyo...

ESTRELLITA

Estrellita sobre
mi pecho caída:
¡ay! de milagrosa
no pareces mía.

Me dormí una noche,
desperté con ella
que resplandecía
caída en mis trenzas.

Grité a mis hermanas,
que acudieron prestas:
¿No veis que en las sábanas
echa luz y tiembla?

Y saliendo al patio
clamé a las incrédulas:
¡Mirad que no es niña,
palpad que es estrella!

Llenaron mi casa
las comadres trémulas.
¡Y unas me la tocan
y otras me la besan!

Y días y días
ya duran las fiestas,

en torno a la cuna
donde arde mi estrella.

Este año no cae
la escarcha a las huertas,
no muere el ganado,
se cargan las cepas.

Me bendicen todas
y mi amor contesta:
¡Ay, dejad dormir
mi niñita estrella!

Luz, echa su cuerpo
y luz sus pupilas,
y la miro y lloro,
¡que es mía y es mía!

R O N D A S

INVITACIÓN

¿Qué niño no quiere a al ronda
que está en las colinas venir?
Aquellos que se rezagaron
se ven por la cuesta subir.

Vinimos buscando y buscando
por viñas, majadas, pinar,
y todos se unieron cantando,
y el corro hace el valle blanquear. . .

¿EN DÓNDE TEJEMOS LA RONDA?

¿En dónde tejemos la ronda?
¿La haremos a orillas del mar?
El mar danzará con mil olas
haciendo una trenza de azahar.

¿La haremos al pie de los montes?
El monte nos va a contestar.
¡Será cual si todas quisiesen,
las piedras del mundo, cantar!

¿La haremos, mejor, en el bosque?
La voz y la voz a trenzar,
y cantos de niños y de aves
se irán en el viento a besar.

¡Haremos la ronda infinita!
¡La iremos al bosque a trenzar,
la haremos al pie de los montes
y en todas las playas del mar!

DAME LA MANO [1]

A Tasso de Silveira.

Dame la mano y danzaremos;
dame la mano y me amarás.
Como una sola flor seremos,
como una flor, y nada más...

El mismo verso cantaremos,
al mismo paso bailarás.

Como una espiga ondularemos,
como una espiga, y nada más.

Te llamas Rosa y yo Esperanza;
pero tu nombre olvidarás,
porque seremos una danza
en la colina, y nada más...

---

[1] Mi compañero, el poeta Tasso de Silveira, me salvó una estrofa perdida de esta Ronda, la única que tal vez importaba cuidar, y que había sido suprimida por editor o tipógrafo...

LA MARGARITA

A Marta Samatán.

El cielo de diciembre es puro
y la fuente mana, divina,
y la hierba llamó temblando
a hacer la ronda en la colina.

Las madres miran desde el valle,
y sobre la alta hierba fina
ven una inmensa margarita,
que es nuestra ronda en la colina.

Ven una loca margarita
que se levanta y que se inclina,
que se desata y que se anuda,
y que es la ronda en la colina.

En este día abrió una rosa
y perfumó la clavelina,
nació en el valle un corderillo
e hicimos ronda en la colina...

TIERRA CHILENA

Danzamos en tierra chilena,
más bella que Lía y Raquel;
la tierra que amasa a los hombres
de labios y pecho sin hiel...

La tierra más verde de huertos,
la tierra más rubia de mies,
la tierra más roja de viñas,
¡qué dulce que roza los pies!

Su polvo hizo nuestras mejillas,
su río, nuestro reír,

y besa los pies de la ronda
que la hace cual madre gemir.

Es bella, y por bella queremos
sus pastos de rondas albear;
es libre y por libre deseamos
su rostro de cantos bañar...

Mañana abriremos sus rocas,
la haremos viñedo y pomar;
mañana alzaremos sus pueblos
¡hoy sólo queremos danzar!

RONDA DE LOS COLORES

Azul loco y verde loco
del lino en rama y en flor.
Mareando de oleadas
baila el lindo azuleador.

Cuando el azul se deshoja,
sigue el verde danzador:
verde-trébol, verde-oliva
y el gayo verde-limón.
¡Vaya hermosura!
¡Vaya el Color!

Rojo manso y rojo bravo
—rosa y clavel reventón—.
Cuando los verdes se rinden,
él salta como un campeón.
Bailan uno tras el otro,
no se sabe cuál mejor,

y los rojos bailan tanto
que se queman en su ardor.

¡Vaya locura!
¡Vaya el Color!

El amarillo se viene
grande y lleno de fervor
y le abren paso todos
como viendo a Agamenón.

A lo humano y lo divino
baila el santo resplandor:
aromas gajos dorados
y el azafrán volador.

¡Vaya delirio!
¡Vaya el Color!

Y por fin se van siguiendo
al pavo-real del sol,
que los recoge y los lleva
como un padre o un ladrón.

Mano a mano con nosotros
todos eran, ya no son:
¡El cuento del mundo muere
al morir el Contador!

RONDA DEL ARCO-IRIS

A Fryda Schultz de Mantovani.

La mitad de la ronda
estaba y no está.
La ronda fue cortada
mitad a mitad.

Paren y esperen
a lo que ocurrirá.
¡La mitad de la ronda
se echó a volar!

¡Qué colores divinos
se vienen y se van!
¡Qué faldas en el viento,
qué lindo revolar!

Está de cerro a cerro
baila que bailarás.
Será jugada o trueque,
o que no vuelve más.

Mirando hacia lo alto
todas ahora están,
una mitad llorando,
riendo otra mitad.

¡Ay, mitad de la rueda,
ay, bajad y bajad!
O nos lleváis a todas
si acaso no bajáis.

LOS QUE NO DANZAN

Una niña que es inválida
dijo: "¿Cómo danzo yo?"
Le dijimos que pusiera
a danzar su corazón...

Luego dijo la quebrada:
"¿Cómo cantaría yo?"
Le dijimos que pusiera
a cantar su corazón...

Dijo el pobre cardo muerto:
"¿Cómo danzaría yo?"

Le dijimos: "Pon al viento
a volar tu corazón..."

Dijo Dios desde la altura:
"¿Cómo bajo del azul?"
Le dijimos que bajara
a danzarnos en la luz.

Todo el valle está danzando
en un corro bajo el sol.
A quien falte se le vuelve
de ceniza el corazón...

RONDA DE LA PAZ

A don Enrique Molina.

Las madres, contando batallas,
sentadas están al umbral.
Los niños se fueron al campo
la piña de pino a cortar.

Se han puesto a jugar a los ecos
al pie de su cerro alemán.

Los niños de Francia responden
sin rostro en el viento del mar.

Refrán y palabra no entienden,
mas luego se van a encontrar,
y cuando a los ojos se miren
el verse será adivinar.

Ahora en el mundo el suspiro
y el soplo se alcanza a escuchar
y a cada refrán las dos rondas
ya van acercándose más.

Las madres, subiendo la ruta
de olores que lleva al pinar,

llegando a la rueda se vieron
cogidas del viento volar...

Los hombres salieron por ellas
y viendo la tierra girar
y oyendo cantar a los montes,
al ruedo del mundo se dan.

JESÚS

A la maestra Yandyra Pereyra.

Haciendo la ronda
se nos fue la tarde.
El sol ha caído:
la montaña no arde.

Pero la ronda seguirá
aunque en el cielo el sol no está.

Danzando, danzando,
la viviente fronda
no lo oyó venir
y entrar en la ronda.

Ha abierto el corro, sin rumor,
y al centro está hecho resplandor.

Callando va el canto,
callando de asombro.
Se oprimen las manos,
se oprimen temblando.

Y giramos alrededor
y sin romper el resplandor...

Ya es silencio el corro,
ya ninguno canta:
se oye el corazón
en vez de garganta.

¡Y mirando Su rostro arder,
nos va a hallar el amanecer!

RONDA DE LA CEIBA ECUATORIANA

A la maestra Emma Ortiz.

¡En el mundo está la luz,
y en la luz está la ceiba,
y en la ceiba está la verde
llamarada de la América!

¡Ea, ceiba, ea, ea!

Árbol-ceiba no ha nacido
y la damos por eterna,
indios quitos no la plantan
y los ríos no la riegan.

Tuerce y tuerce contra el cielo
veinte cobras verdaderas,
y al pasar por ella el viento
canta toda como Débora.

¡Ea, ceiba, ea, ea!

No la alcanzan los ganados
ni le llega la saeta.
Miedo de ella tiene el hacha
y las llamas no la queman.

En sus gajos, de repente,
se arrebata y se ensangrienta
y después su santa leche
cae en cuajos y guedejas.

¡Ea, ceiba, ea, ea!

A su sombra de giganta
bailan todas las doncellas,
y sus madres que están muertas
bajan a bailar con ellas.

¡Ea, ceiba, ea, ea!

Damos una y otra mano
a las vivas y a las muertas,
y giramos y giramos
las mujeres y las ceibas...

¡En el mundo está la luz,
y en la luz está la ceiba,
y en la ceiba está la verde
llamarada de la Tierra!

RONDA DE LOS METALES

A Martha A. Salotti.

Del centro de la Tierra,
oyendo la señal,
los Lázaros metales
subimos a danzar.

Estábamos dormidos
y costó despertar
cuando el Señor y Dueño
llamó a su mineral.

¡Halá!, ¡halá!
¡el Lázaro metal!

Veloz o lento bailan
los osos del metal:
el negro topa al rojo,
el blanco al azafrán.

¡Va —viene y va—
el Lázaro metal!

El cobre es arrebato,
la plata es maternal,
los hierros son Pelayos;
el oro, Abderrahmán.

Baila con llamaradas
la gente mineral:
Van y vienen relámpagos
como en la tempestad.

La ronda asusta a ratos
del resplandor que da,

y silba la Anaconda
en plata y en timbal.

¡Halá!, ¡halá!
¡el Lázaro metal!

En las pausas del baile
quedamos a escuchar
—niños recién nacidos—
el tumbo de la mar.

Vengan los otros Lázaros
hacia su libertad;
salten las bocaminas
y lleguen a danzar.

¡Ya sube, ya,
el Lázaro metal!

Cuando relumbre toda
la cancha del metal,
la Tierra vuelta llama
¡qué linda va a volar!

Y va a subir los cielos,
en paloma pascual,
como era cuando era
en flor la Eternidad.

¡Halalalá!
¡el Lázaro metal!

RONDA DE SEGADORES

A Marcos F. Ayerza.

Columpiamos el santo
perfil del pan,
voleando la espiga
de Canaán.

Los brazos segadores
se vienen y se van.
La tierra de Argentina
tiembla de pan.

A pan segado huele
el pecho del jayán,
a pan su padrenuestro,
su sangre a pan.

Alcanza a la cintura
el trigo capitán.
Los brazos segadores
los lame el pan.

El silbo de las hoces
es único refrán,
y el fuego de las hoces
no quema al pan.

Matamos a la muerte
que baja en gavilán,
braceando y cantando
la ola del pan.

TODO ES RONDA

Los astros son rondas de niños,
jugando la tierra a espiar...
Los trigos son talles de niñas
jugando a ondular..., a ondular...

Los ríos son rondas de niños
jugando a encontrarse en el mar...
Las olas son rondas de niñas
jugando la Tierra a abrazar...

EL CORRO LUMINOSO

A mi hermana.

Corro de las niñas
corro de mil niñas
a mi alrededor:
¡oh Dios, yo soy dueña
de este resplandor!

En la tierra yerma,
sobre aquel desierto
mordido de sol,
¡mi corro de niñas
como inmensa flor!

En el llano verde,
al pie de los montes
que hería la voz,

¡el corro era un solo
divino temblor!

En la estepa inmensa,
en la estepa yerta
de desolación,
¡mi corro de niñas
ardiendo de amor!

En vano quisieron
quebrarme la estrofa
con tribulación:
¡el corro la canta
debajo de Dios!

RONDA ARGENTINA

La ronda de la Argentina
en el Trópico aparece
y bajando por los ríos
con sus mismos ríos crece.
Pasa, pasa los plantíos
y en helechos se atardece.
Caminamos con el día
seguimos cuando anochece.

Dejando Mesopotamia
como que desaparece,
porque el anillo se rompe
con la fuerza de las mieses.
Siete veces se nos rompe
y se junta siete veces.

En la Pampa va cruzando
la grosura de las reses
y la ronda blanca parte

negruras y bermejeces.
Y con el viento pampero
a más canta más se crece.

Llegando a la Patagonia,
de avestruces emblanquece,
y pescamos en las Islas
los que son últimos peces.
La ronda de la Argentina
que en el Trópico aparece.
Y la ronda da la vuelta
donde el mundo desfallece...

En el blanco mar Antártico
prueba el mar hasta las heces,
y en un giro da la vuelta
donde el mundo desfallece,
la ronda de la Argentina
que en el Trópico aparece.

DUERME, DUERME, NIÑO CRISTIANO

Duerme, duerme,
niño cristiano.
Pasó el día
como el villano
ebrio de luz
y canto llano
y el adamita
no vivió en vano.

Duerme, duerme,
niño gitano,
que cruzaste
montaña y llano.
La dulce noche
no toma en vano
la *Conca d'oro*
entre sus manos.

Duerme oprimiendo
en mano y mano

tu Isla dorada,
niño italiano.

Duerme escuchando
rumor lejano
de ángel o arcángel,
niño cristiano.

Duerme celado
de los humanos
y recobrado
de lo arcano.

Sueña lo alto
y lo lejano.
Duerme lo mismo
que trigo en grano,
ciego y mecido
por lenta mano.
Duerme tu mar,
niño cristiano.

RONDA DE LOS AROMAS

Albahaca del cielo
malva de olor,
salvia dedos azules,
anís desvariador.

Bailan atarantados
a la luna o al sol,
volando cabezuelas,
talles y color.

Las zamarrea el viento,
las abre el calor,
las palmotea el río,
las aviva el tambor.

Cuando es que las mandaron
a ser matas de olor,
todas dirían "¡Sí!"
y gritarían "¡Yo!"

La menta va al casorio
del brazo del cedrón
y atrapa la vainilla
al clavito de olor.

Bailemos a los locos
y locas del olor.
Cinco semanas, cinco,
les dura el esplendor.
¡Y no mueren de muerte,
que se mueren de amor!

RONDA CUBANA

Caminando de Este a Oeste
con su arrastre de metales,
hacen la ronda de espadas
doce mil palmeras reales.

Se desparraman en grupos
como estrellas o animales;
y de nuevo se rehace
la ronda de palmas reales...

Entre cafés y algodones,
y entre los cañaverales,
avanza abriéndose paso
la ronda de palmas reales...

Saltan con una pernada
maniguas y platanales
y de noche van sonámbulas
andando, las palmas reales...

Cuando, de loca frenética,
suelta las cofias y chales,
se da a bailar con nosotros
la ronda de palmas reales...

Pero ahora, de ligeras,
no llevan cuerpos mortales,
y se pierde rumbo al cielo,
la ronda de palmas reales.

RONDA DEL FUEGO

A Gabriel Tomic.

Flor eterna de cien hojas,
fucsia llena de denuedo,
flor en tierra no sembrada,
que mentamos *flor del fuego.*

*Esta roja flor la dan
en la noche de San Juan.*

Flor que corre como el gamo,
con la lengua sin jadeo,
flor que se abre con la noche,
repentina flor del fuego.

*Esta flor es la que dan
en la noche de San Juan.*

Flor en tierra no sembrada,
flor sin árbol, flor sin riego,
el tu amor está en la tierra
y el tu tallo están en los cielos.

*Esta flor cortan y dan
en la noche de San Juan.*

Flor que sueltan leñadores
contra bestia y contra miedo;
flor que mata los fantasmas,
¡voladora flor del fuego!

*¡Esta roja flor la dan
en la noche de San Juan!*

Yo te enciendo, tú me llevas;
yo te celo y te mantengo.
Cuánto amor que nos tuviste
¡flor caída, flor del fuego!

*Esta flor cortan y dan
en la noche de San Juan.*

LA DESVARIADORA

LA MADRE-NIÑA

A Carlos Préndez.

Los que pasan
igual que ayer,
ven el patio
con el maitén;[1]
miran la parra
moscatel
¡y a mi niño
no ven, no ven!

Tanto se apega
a la mujer,
aparragado
como el llantén,[2]
sin grito y llanto
que hagan volver
a los arrieros
de Illapel.

Salgo al camino
de una vez,
loca perdida

de mujer,
y lo voceo
como agua o miel,
y lo voleo
como a la mies.
¡Y al aire vuela
mi laurel!

Bajan y suben
en tropel,
a ver redoma
con su pez
y medallita
de revés:
niña de trenzas
ya mujer.
Tiran pañales
para entender.
¡Y al hijo mío
al fin lo ven!

¡QUE NO CREZCA!

Que el niño mío
así se me queda.
No mamó mi leche
para que creciera.
Un niño no es el roble,
y no es la ceiba.
Los álamos, los pastos,
los otros, crezcan:

en malvavisco
mi niño se queda.
Ya no le falta nada:
risa, maña, cejas,
aire y donaire.
Sobra que crezca.

---

[1] Árbol coposo de Chile.
[2] Planta menuda y chata común en Chile.

Si crece, lo ven todos
y le hacen señas.
O me lo envalentonan
mujeres necias,
o tantos mocetones
que a casa llegan;
¡que mi niño no mire
monstruos de leguas!

Los cinco veranos
que tiene tenga.
Así como está
baila y galanea.
En talla de una vara
caben sus fiestas,
todas sus Pascuas
y Noches-Buenas.

Mujeres locas
no griten y sepan:
nacen y no crecen
el Sol y las piedras,
nunca maduran
y quedan eternas.
En la majada
cabritos y ovejas,
maduran y se mueren:
¡malhayan ellas!

¡Dios mío, páralo!
¡Que ya no crezca!
Páralo y sálvalo:
¡mi hijo no se me muera!

ENCARGOS

A Amalia Castillo Ledón.

Le he rogado al almud de trigo
guarde la harina sin agriura,
y a los vinos que, cuando beba,
no me le hagan sollamadura.
Y vino y trigo que me oían
se movieron como quien jura...

Grité en la peña al oso negro,
al que llamamos sin fortuna,
que, si sube despeñadero,
no me lo coma bestia alguna.
Y el oso negro prometía
con su lomo sin sol ni luna...

Tengo dicho a la oreja crespa
de la cicuta, que es impura,
que si la muerde, no lo mate,
aunque su flor esté madura.
Y la cicuta, comprendiendo,
se movía, jura que jura...

Y mandado le tengo al río,
que es agua mala, de conjura,
que le conozca y no le ahogue,
cuando le cruce embocadura.
Y en ademán de espuma viva,
el río malo me lo jura...

Ando en el trance de mostrarlo
a las cosas, una por una,
y las mujeres se me ríen
del sacar niño de la cuna,
aunque viven a lluvia y aire
la granada con la aceituna.

Cuando ya estamos de regreso
a la casa de nuez oscura,
yo me pongo a rezar el mundo,
como quien punza y lo apresura,
¡para que el mundo, como madre,
sea loco de mi locura
y tome en brazos y levante
al niñito de mi cintura!

MIEDO

Yo no quiero que a mi niña
golondrina me la vuelvan.
Se hunde volando en el cielo
y no baja hasta mi estera;

en el alero hace nido
y mis manos no la peinan.
Yo no quiero que a mi niña
golondrina me la vuelvan.

Yo no quiero que a mi niña
la vayan a hacer princesa.
Con zapatitos de oro
¿cómo juega en las praderas?
Y cuando llegue la noche
a mi lado no se acuesta...
Yo no quiero que a mi niña
la vayan a hacer princesa.

Y menos quiero que un día
me la vayan a hacer reina.
La pondrían en un trono
a donde mis pies no llegan.
Cuando viniese la noche
yo no podría mecerla...
¡Yo no quiero que a mi niña
me la vayan a hacer reina!

DEVUELTO

A la cara de mi hijo
que duerme, bajan
arenas de las dunas,
flor de la caña
y la espuma que vuela
de la cascada...

Y es sueño nada más
cuanto le baja;
sueño cae a su boca,
sueño a su espalda,
y me roban su cuerpo
junto con su alma.

Y así lo van cubriendo
con tanta maña,
que en la noche no tengo
hijo ni nada,
madre ciega de sombra,
madre robada.

Hasta que el sol bendito
al fin lo baña:
me lo devuelve en linda
fruta mondada
¡y me lo pone entero
sobre la falda!

LA NUEZ VANA

I

La nuez abolladita
con la que juegas,
caída del nogal
no vio la Tierra.

La recogí del pasto,
no supo quién yo era.
Tirada al cielo,
no lo vio la ciega.
Con ella cogida
yo bailé en la era
y no oyó, la sorda,
correr a las yeguas...

Tú no la voltees.
Su noche la duerma.
La partirás llegando
la primavera.
El mundo de Dios
de golpe le entregas
y le gritas su nombre
y el de la Tierra.

II

Pero él la partió
sin más espera
y vio caer el polvo
de la nuez huera;
se llenó la mano
de muerte negra,
y la lloró y lloró
la noche entera...

III

Vamos a sepultarla
bajo unas hierbas,
antes de que se venga
la primavera.
No sea que Dios vivo
en pasando la vea
y toque con sus manos
la muerte en la Tierra.

BENDICIONES [1]

A Carmen Valle.

I

Bendita mi lengua sea
y mi pecho y mi respiro
y benditas mis potencias
para bendecir al hijo.

Benditos tus cinco siervos
que llaman cinco sentidos,
tu cabeza con bautismo
y tus hombros con rocío.

Benditos tus alimentos
en su imagen y en su signo
y en tu mano den las frutas
luz y trasluces divinos.

Bendito cojas el bulto
del timón o del martillo
o muelas metales, o hagas
el rostro de Jesucristo.

Bendito te huela el tigre
y te conozca bendito
y el zorro belfos helados
no te ronde los cortijos.

Bendita sea tu fuerza
cuando majes al destino,
y te aúpe en la derrota,
y devuelva lo perdido.

Bendito de Dios galopes;
el mar navegues bendito:
bendito vayas y vengas.
Nunca te traigan herido.

Bendito entres por las casas,
alzada de árbol florido,
y Raquel te sepa suyo,
y arribado sin caminos.

Bendito vayas de muerto
y como el pez de tres abismos,
repechando las cascadas
de Padre, de Hijo y Espíritu.

II

Bendita seas andando
por la tierra sembradía
que se vuelve con los surcos
para decirte bendita.

Los pájaros que te cruzan
como al Ángel de Tobías
le dejen caer su gracia
a la madre que camina.

Bendita te cante el viento
en las cañas y en las quilas
y la ráfaga zumbando,
quiebro a quiebro te bendiga.

Las bestias en torno tuyo
hagan una rueda viva
y por bendita te lleven
hasta la puerta sus crías.

Entre bendita al establo
a lavar a las novillas:
belfos y alientos parados
te topen como neblinas.

Pan sollamado que partas
en su tajo te sonría:
enderezada en las palmas
se te embelese la miga.

El algodón como el lino,
si lo tronchas, no te giman:
majados de los telares
miren a ti todavía.

Oigas el hacha del hijo
abriendo la selva viva,
y el pecho del hijo te oiga
como una concha escondida.

Con dos edades te vean
las gentes el mismo día;
el mozo te llame "madre"
y un viejo te miente "niña".

---

[1] "Día de las madres", en Brasil.

Cuando se venza tu carne,
te conozcan la fatiga;
te vean menguar la sombra,
te den por luna cumplida.

Baje entonces a tu seña
el Halcón de Halconería
¡y arrebatada te lleve
a espirales de alegría!

LA CAJITA DE OLINALÁ [1]

A Emma y Daniel Cossío.

I

Cajita mía
de Olinalá,
palo-rosa,
jacarandá.

Cuando la abro
de golpe da
su olor de Reina
de Sabá.

¡Ay, bocanada
tropical:
clavo, caoba
y el copal!

La pongo aquí,
la dejo allá;
por corredores
viene y va.

Hierve de grecas
como un país:
nopal, venado,
codorniz,

los volcanes
de gran cerviz
y el indio aéreo
como el maíz.

Así la pintan,
así, así,
dedos de indio
o colibrí;

y así la hace
de cabal
mano azteca,
mano quetzal.

II

Cuando la noche
va a llegar,
porque me guarde
de su mal,

me la pongo
de cabezal
donde otros ponen
su metal.

Lindos sueños
que hace soñar;
hace reír,
hace llorar...

Mano a mano
se pasa el mar,
sierras mellizas [2]
campos de arar.

Se ve al Anáhuac
rebrillar,
la bestia-Ajusco [3]
que va a saltar,

y por el rumbo
que lleva al mar,
a Quetzalcoatl
se va a alcanzar.

---

[1] Cajitas de Olinalá (México) coloreadas y decoradas, hechas en madera de olor.
[2] Sierra Madre Oriental y Sierra Madre Occidental.
[3] El cerro Ajusco, que domina la capital.

Ella es mi hálito,
yo, su andar;
ella, saber,
yo, desvariar.

Y paramos
como el maná

donde el camino
se sobra ya,

donde nos grita
un ¡halalá!
el mujerío
de Olinalá.

JUGARRETAS

LA PAJITA

Esta que era una niña de cera;
pero no era una niña de cera,
era una gavilla parada en la era.
Pero no era una gavilla,
sino la flor tiesa de la maravilla.[1]
Tampoco era la flor, sino que era
un rayito de sol pegado a la vidriera.
No era un rayito de sol siquiera:
una pajita dentro de mis ojitos era.

¡Alléguense a mirar cómo he perdido entera,
en este lagrimón, mi fiesta verdadera!

LA MANCA

Que mi dedito lo cogió una almeja,
y que la almeja se cayó en la arena,
y que la arena se la tragó el mar.
Y que del mar la pescó un ballenero
y el ballenero llegó a Gibraltar;
y que en Gibraltar cantan pescadores:
"Novedad de tierra sacamos del mar,
novedad de un dedito de niña.
¡La que esté manca lo venga a buscar!"

Que me den un barco para ir a traerlo,
y para el barco me den capitán,
para el capitán que me den soldada,
y que por soldada pido la ciudad:
Marsella con torres y plazas y barcos
de todo el mundo la mejor ciudad,
que no será hermosa con una niñita
a la que robó su dedito el mar,
y los balleneros en pregones cantan
y están esperando sobre Gibraltar...

---

[1] En Chile llamamos "flor de la maravilla" al girasol.

LA RATA

Una rata corrió a un venado
y los venados al jaguar,
y los jaguares a los búfalos,
y los búfalos a la mar...

¡Pillen, pillen a los que se van!
¡Pillen a la rata, pillen al venado,
pillen a los búfalos y a la mar!

Miren que la rata de la delantera
se lleva en las patas lana de bordar,
y con la lana bordo mi vestido
y con el vestido me voy a casar.

Suban y pasen la llanada,
corran sin aliento, sigan sin parar,
vuelen por la novia, y por el cortejo,
y por la carroza y el velo nupcial.

EL PAPAGAYO

El papagayo verde y amarillo,
el papagayo verde y azafrán,
me dijo "fea" con su habla gangosa
y con su pico que es de Satanás.

Yo no soy fea, que si fuese fea,
fea es mi madre parecida al sol,
fea la luz en que mira mi madre
y feo el viento en que pone su voz,

y fea el agua en que cae su cuerpo
y feo el mundo y El que lo crió...

El papagayo verde y amarillo,
el papagayo verde y tornasol,
me dijo "fea" porque no ha comido
y el pan con vino se lo llevo yo,
que ya me voy cansando de mirarlo
siemple colgado y siempre tornasol...

EL PAVO REAL

Que sopló el viento y se llevó las nubes
y que en las nubes iba un pavo real,
que el pavo real era para mi mano
y que la mano se me va a secar,
y que la mano le di esta mañana
al rey que vino para desposar.

¡Ay que el cielo, ay que el viento, y la nube
que se van con el pavo real!

C U E N T A - M U N D O

LA CUENTA-MUNDO

Niño pequeño, aparecido,
que no viniste y que llegaste,

te contaré lo que tenemos
y tomarás de nuestra parte.

EL AIRE

Esto que pasa y que se queda,
esto es el Aire, esto es el Aire,
y sin boca que tú le veas
te toma y besa, padre amante.

¡Ay, le rompemos sin romperle;
herido vuela sin quejarse,
y parece que a todos lleva
y a todos deja, por buenos, el Aire...

LA LUZ

Por los aires anda la Luz
que para verte, hijo, me vale.
Si no estuviese, todas las cosas
que te aman no te mirasen;
en la noche te buscarían,
todas gimiendo y sin hallarte.

Ella se cambia, ella se trueca
y nunca es cosa de saciarse.

Amar el mundo nos creemos,
pero amamos la Luz que cae.

La Bendita, cuando nacías,
tomó tu cuerpo para llevarte.
Cuando yo muera y que te deje,
¡síguela, hijo, como a tu madre!

EL AGUA

¡Niñito mío, qué susto tienes
con el Agua adonde te traje,
y todo el susto por el gozo
de la cascada que se reparte!
Cae y cae como mujer,
ciega en espuma de pañales.
Ésta es el Agua, ésta es el Agua,
santa que vino de pasaje.
Corriendo va con cuerpo bajo,
y con espumas de señales.

En momentos ella se acerca
y en momentos queda distante.
Y pasando se lleva el campo
y lleva al niño con su madre...

¡Beben del Agua dos orillas,
bebe la Sed de sorbos grandes,
beben ganados y yuntadas,
y no se acaba, el Agua Amante!

EL ARCO IRIS

El puente del Arco-Iris
se endereza y te hace señas,
el carro de siete colores
que las almas acarrea
y que las sube, una a una,
por las astas de la sierra...

Estaba sumido el puente
y asoma para que vuelvas.
Te da el lomo, te da la mano,
como los puentes de cuerda,
y tú le bates los brazos
igual que peces en fiesta...

¡Ay, no mires lo que miras,
porque de golpe te acuerdas

y cogiéndote del Arco
—sauce que no se quiebra—
te vas a ir por el verde,
el amarillo, el violeta...

Ya mamaste nuestra leche,
niño de María y Eva;
juegas con la verdolaga
delante de nuestras puertas;
entraste en casa de hombres
y pides pan en mi lengua.

¡Vuélvele la cara al puente;
deja que se rompa, deja,
que si subes me voy como loca,
y te sigo la Tierra entera!

MARIPOSAS

A don Eduardo Santos.

Al Valle que llaman de Muzo,[1]
que lo llamen Valle de Bodas.
Mariposas anchas y azules
vuelan, hijo, la tierra toda.
Azulea tendido el Valle,
en una siesta que está loca
de colinas y de palmeras
que van huyendo luminosas.
El Valle que te voy contando
como el cardo azul se deshoja
y en mariposas aventadas
se despoja y no se despoja...

En tanto azul, apenas ven
naranjas y piñas las mozas,
y se abandonan, mareadas,
al columpio de mariposas.
Las yuntas pasan aventando
con el yugo, llamas redondas,
y las gentes al encontrarse

se ven ligeras y azulosas
y se abrazan alborotadas
de ser ellas y de ser otras...

El agrio sol, quémalo-todo,
quema suelos, no mariposas.
Salen los hombres a cazarlas,
cogen en redes la luz rota,
y de las redes azogadas
van sacando manos gloriosas.

Parece fábula que cuento
y que de ella arda mi boca;
pero el milagro se repite
donde al aire llaman Colombia.
Cuéntalo y cuéntalo me embriago
Veo azules, hijo, tus ropas,
azul mi aliento, azul mi falda,
y ya no veo más otra cosa...

---

[1] El Valle de Muzo, en Colombia, es el de las esmeraldas y las mariposas,
y lo llaman un "fenómeno de color"...

ANIMALES

Las bestiecitas te rodean
y te balan olfateándote.
De otra tierra y otro reino
llegarían los animales
que parecen niños perdidos,
niños oscuros que cruzasen.

En sus copos de lana y crines,
o en sus careyes relumbrantes,
los cobrizos y los jaspeados
bajan el mundo a pinturearte.
¡Niño del Arca, jueguen contigo,
y hagan su ronda los Animales!

FRUTA

En el pasto blanco de sol,
suelto la fruta derramada.

De los Brasiles viene el oro,
en prietos mimbres donde canta
de los Brasiles, niño mío,
mandan la siesta arracimada.
Extiendo el rollo de la gloria;
rueda el color con la fragancia.

Gateando sigues las frutas,
como niñas que se desbandan,

y son los nísperos fundidos
y las duras piñas tatuadas...

Y todo huele a los Brasiles
pecho del mundo que lo amamanta.
que, a no tener el agua atlántica,
rebosaría de su falda...

Tócalas, bésalas, voltéalas
y les aprendes todas sus caras.
Soñarás, hijo, que tu madre
tiene facciones abrasadas,
que es la noche canasto negro
y que es frutal la Vía Láctea...

LA PIÑA

Allega y no tengas miedo
de la piña con espadas...
Por vivir en el plantío
su madre la crió armada...

Suena el cuchillo cortando
la amazona degollada
que pierde todo el poder
en el manojo de dagas.

En el plato va cayendo
todo el ruedo de su falda,
falda de tafeta de oro,
cola de Reina de Saba.

Cruje en tus dientes molida
la pobre reina mascada
y el jugo corre mis brazos
y la cuchilla de plata...

LA FRESA

La fresa desperdigada
en el tendal de las hojas,
huele antes de cogida;
antes de vista se sonroja...
La fresa, sin ave picada,
que el rocío del cielo moja.

No magulles a la tierra,
no aprietes a la olorosa.
Por el amor de ella abájate,
huélela y dale la boca.

MONTAÑA

Hijo mío, tú subirás
con el ganado a la Montaña,
Pero mientras yo te arrebato
y te llevo sobre mi espalda.

Apuñada y negra la vemos,
como mujer enfurruñada.
Vive sola de todo tiempo,
pero nos ama, la Montaña,
y hace señales de subir
tirando gestos con que llama...

Trepamos, hijo, los faldeos,
llenos de robles y de hayas.
Arremolina el viento hierbas
y balancea la Montaña,
y van los brazos de tu madre
abriendo moños que son zarzas...

Mirando al llano, que está ciego,
ya no vemos río ni casa.
Pero tu madre sabe subir,
perder la Tierra, y volver salva.

Pasan las nieblas en trapos rotos;
se borra el mundo cuando pasan.
Subimos tanto que ya no quieres
seguir y todo te sobresalta.
Pero del alto Pico del Toro,
nadie desciende a la llanada.

El sol, lo mismo que el faisán,
de una vez salta la Montaña,
y de una vez baña de oro
a la Tierra que era fantasma,
¡y le enseña gajo por gajo
en redonda fruta mondada!

ALONDRAS

Bajaron a mancha de trigo,
y al acercarnos, voló la banda,
y la alameda se quedó
del azoro como rasgada.

En matorrales parecen fuego;
cuando suben, plata lanzada,
y pasan antes de que pasen,
y te rebanan la alabanza.

Saben no más los pobres ojos
que pasó toda la bandada,

y gritando llaman "¡alondras!"
a lo que sube, se pierde y canta.

Y en este aire malherido
nos han dejado llenos de ansia,
con el asombro y el temblor
a mitad del cuerpo y el alma...

¡Alondras, hijo, nos cruzamos
las alondras, por la llanada!

TRIGO ARGENTINO

El pan está sobre el campo,
como grandes ropas, hijo,
azorado de abundancia,
de dichoso, sin sentido...

Parece el manto de David
o las velas de Carlos Quinto,
parece las Once Mil Vírgenes
que caminasen, hijo mío.

Nos atarantan, nos atajan,
nos enredan los tobillos

los locos perros dorados,
la traílla furiosa del trigo.

Nos dejamos envolver
por el ímpetu vencidos.
¡Todos los hombres del llano
en espigas han caído
batidos y rasguñados,
ciegos de crines y brillos!...

En cuanto la espiga dobla
su cogollo desfallecido;

en cuanto cuaja la harina,
calla-callando, hijo mío,
antes de que toque el suelo
y coma barro sombrío,
y vaya a ser magullado
el cuerpo de Jesucristo,
se levantan a segar
los brazos santafesinos.

El trigo mejor que ámbares
y que brazada de lino,

no ha de quedar en el surco,
lleno de noche y de olvido,
por ser la espalda doblada
del amor de Jesucristo.

En el llano, corta y corta,
lo están levantando en vilo;
en el carro de su suerte
ahora lo suben en vilo;
y nosotros lo alzaremos
así en el pan, así en vilo.

PINAR

Vamos cruzando ahora el bosque
y por tu cara pasan árboles,
y yo me paro y yo te ofrezco;
pero no pueden abajarse.
La noche tiende las criaturas,
menos los pinos que son constantes,

viejos heridos mana que mana
gomas santas, tarde a la tarde.
Si ellos pudieran te cogerían,
para llevarte de valle en valle,
y pasarías de brazo en brazo,
corriendo, hijo, de padre en padre...

CARRO DEL CIELO

Echa atrás la cara, hijo,
y recibe las estrellas.
A la primera mirada,
todas te punzan y hielan,
y después el cielo mece
como cuna que balancean,
y tú te das perdidamente
como cosa que llevan y llevan..

Dios baja para tomarnos
en su vida polvareda;
cae en el cielo estrellado
como una cascada suelta.
Baja, baja en el Carro del Cielo;
va a llegar y nunca llega...

Él viene incesantemente
y a media marcha se refrena,
por amor y miedo de amor
de que nos rompe o que nos ciega.
Mientras viene somos felices
y lloramos cuando se aleja.

Y un día el carro no para,
ya desciende, ya se acerca,
y sientes que toca tu pecho
la rueda viva, la rueda fresca.
Entonces, sube sin miedo
de un solo salto a la rueda,
¡cantando y llorando del gozo
con que te toma y que te lleva!

FUEGO

Como la noche ya se vino
y con su raya va a borrarte,
vamos a casa por el camino
de los ganados y del Arcángel.
Ya encendieron en casa el Fuego
que en espinos montados arde.
Es el Fuego que mataría
y sólo sabe solazarte.
Salta en aves rojas y azules;

puede irse y quiere quedarse.
En donde estabas, lo tenías.
Está en mi pecho sin quemarte,
y está en el canto que te canto.
¡Amalo donde lo encontrases!
En la noche, el frío y la muerte,
bueno es el Fuego para adorarse,
¡y bendito para seguirlo,
hijo mío, de ser Arcángel!

LA CASA

La mesa, hijo, está tendida,
en blancura quieta de nata,
y en cuatro muros azulea,
dando relumbres, la cerámica.
Ésta es la sal, éste el aceite
y al centro el Pan que casi habla.
Oro más lindo que oro del Pan
no está ni en fruta ni en retama,
y da su olor de espiga y horno
una dicha que nunca sacia.
Lo partimos, hijito, juntos,
con dedos duros y palma blanda,
y tú lo miras asombrado
de tierra negra que da flor blanca.

Baja la mano de comer,
que tu madre también la baja.
Los trigos, hijo, son del aire,
y son del sol y de la azada;
pero este Pan "cara de Dios" [1]
no llega a mesas de las casas;
y si otros niños no lo tienen,
mejor, mi hijo, no lo tocaras,
y no tomarlo mejor sería
con mano y mano avergonzadas.

Hijo, el Hambre, cara de mueca,
en remolino gira las parvas,
y se buscan y no se encuentran
el Pan y el Hambre corcovada.
Para que lo halle, si ahora entra,
el Pan dejemos hasta mañana;
el fuego ardiendo marque la puerta,
que el indio quechua nunca cerraba,
¡y miremos comer al Hambre,
para dormir con cuerpo y alma!

LA TIERRA

Niño indio, si estás cansado,
tú te acuestas sobre la Tierra,
y lo mismo si estás alegre,
hijo mío, juega con ella...

Se oyen cosas maravillosas
al tambor indio de la Tierra:
se oye el fuego que sube y baja
buscando el cielo, y no sosiega.
Rueda y rueda, se oyen los ríos
en cascadas que no se cuentan.
Se oyen mugir los animales;
se oye el hacha comer la selva.
Se oyen sonar telares indios.
Se oyen trillas, se oyen fiestas.

Donde el indio lo está llamando,
el tambor indio le contesta,
y tañe cerca y tañe lejos,
como el que huye y que regresa...

Todo lo toma, todo lo carga
el lomo santo de la Tierra:
lo que camina, lo que duerme,
lo que retoza y lo que pena;
y lleva vivos y lleva muertos
el tambor indio de la Tierra.

Cuando muera, no llores, hijo:
pecho a pecho ponte con ella,
y si sujetas los alientos
como que todo o nada fueras,
tú escucharás subir su brazo
que me tenía y que me entrega,
y la madre que estaba rota
tú la verás volver entera.

---

[1] En Chile, el pueblo llama al pan "Cara de Dios".

CASI ESCOLARES

PIECECITOS

A doña Isaura Dinator.

Piececitos de niño,
azulosos de frío,
¡cómo os ven y no os cubren,
Dios mío!

¡Piececitos heridos
por los guijarros todos,
ultrajados de nieves
y lodos!

El hombre ciego ignora
que por donde pasáis,
una flor de luz viva
dejáis;

que allí donde ponéis
la plantita sangrante,
el nardo nace más
fragante.

Sed, puesto que marcháis
por los caminos rectos,
heroicos como sois
perfectos.

Piececitos de niño,
dos joyitas sufrientes,
¡cómo pasan sin veros
las gentes!

MANITAS

Manitas de los niños,
manitas pedigüeñas,
de los valles del mundo
sois dueñas.

Manitas de los niños
que al granado se tienden,
por vosotros las frutas
se encienden.

Y los panales llenos
de su carga se ofenden.
¡Y los hombres que pasan
no entienden!

Manitas blancas, hechas
como de suave harina,
la espiga por tocaros
se inclina.

Manitas extendidas,
piñón, caracolitos,
bendito quien os colme,
¡bendito!

Benditos los que oyendo
que parecéis un grito,
os devuelvan el mundo:
¡benditos!

90

ECHA LA SIMIENTE

El surco está abierto, y su suave hondor
en el sol parece una cuna ardiente.
¡Oh labriego!, tu obra es grata al Señor:
        ¡echa la simiente!

Nunca más el hambre, negro segador,
entre por tus puertas solapadamente.
Para que haya pan, para que haya amor,
        ¡echa la simiente!

La vida conduces, duro sembrador.
Canta himnos donde la esperanza aliente;
bruñido de siesta y de resplandor
        ¡echa la simiente!

El sol te bendice, y acariciador
en los vientos Dios te bate la frente.
Hombre que voleas trigo volador:
        ¡prospere tu rubia simiente!

NUBES BLANCAS

Ovejas blancas, dulces ovejas de vellones
que subieron del mar,
asomáis en mujeres los gestos preguntones
antes de remontar.

Se diría que el cielo o el tiempo consultaseis
con ingenuo temor,
o que, para avanzar un mandato esperaseis.
¿Es que tenéis pastor?

—Sí que tenemos un pastor:
el viento errante es él.
Y una vez los vellones nos trata con amor,
y con furia otra vez.

Y ya nos manda al Norte o ya nos manda al Sur.
Él manda y hay que ir...
Pero por las praderas del infinito azul,
él sabe conducir.

—Ovejas del vellón nevado,
¿tenéis dueño y señor?
Y si me confiara un día su ganado,
¿me tomaríais por pastor?

Claro es que la manada bella
su dueño tiene como allá.
Detrás del último aire y la última estrella,
pastor, dicen que está.

Párate en los pastales, no corras por tu daño,
Abel pastoreador.
¡Se mueren tus ovejas, te quedas sin rebaño,
Pastor loco, Pastor!

MIENTRAS BAJA LA NIEVE

Ha bajado la nieve, divina criatura,
 el valle a conocer.
Ha bajado la nieve, mejor que las estrellas.
 ¡Mirémosla caer!

Viene calla-callando, cae y cae a las puertas
 y llama sin llamar.
Así llega la Virgen, y así llegan los sueños.
 ¡Mirémosla llegar!

Ella deshace el nido grande que está en los cielos
 y ella lo hace volar.
Plumas caen al valle, plumas a la llanada,
 plumas al olivar.

Tal vez rompió, cayendo y cayendo, el mensaje
 de Dios Nuestro Señor.
Tal vez era su manto, tal vez era su imagen,
 tal vez no más su amor.

PROMESA A LAS ESTRELLAS

Ojitos de las estrellas
abiertos en un oscuro
terciopelo: de lo alto,
 ¿me veis puro?

Ojitos de las estrellas,
prendidos en el sereno
cielo, decid: desde arriba,
 ¿me veis bueno?

Ojitos de las estrellas,
de pestañitas inquietas,
¿por qué sois azules, rojos
 y violetas?

Ojitos de la pupila
curiosa y trasnochadora,
¿por qué os borra con sus rosas
 la aurora?

Ojitos, salpicaduras
de lágrimas o rocío,
cuando tembláis allá arriba,
 ¿es de frío?

Ojitos de las estrellas,
fijo en una y otra os juro
que me habéis de mirar siempre,
 siempre puro.

CARICIA

Madre, madre, tú me besas
pero yo te beso más,
y el enjambre de mis besos
no te deja ni mirar...

Si la abeja se entra al lirio,
no se siente su aletear.
Cuando escondes a tu hijito
ni se le oye respirar...

Yo te miro, yo te miro
sin cansarme de mirar,

y qué lindo niño veo
a tus ojos asomar...

El estanque copia todo
lo que tú mirando estás;
pero tú en las *niñas* tienes
a tu hijo y nada más.

Los ojitos que me diste
me los tengo de gastar
en seguirte por los valles,
por el cielo y por el mar...

DULZURA

Madrecita mía,
madrecita tierna,
déjame decirte
dulzuras extremas.

Es tuyo mi cuerpo
que juntaste en ramo;
deja revolverlo
sobre tu regazo.

Juega tú a ser hoja
y yo a ser rocío:
y en tus brazos locos
tenme suspendido.

Madrecita mía,
todito mi mundo,
déjame decirte
los cariños sumos.

OBRERITO

Madre, cuando sea grande,
¡ay, qué mozo el que tendrás!
Te levantaré en mis brazos,
como el zonda [1] al herbazal.

O te acostaré en las parvas
o te cargaré hasta el mar
o te subiré las cuestas
o te dejaré al umbral.

¿Y qué casal ha de hacerte
tu niñito, tu titán,
y qué sombra tan amante
sus aleros van a dar?

Yo te regaré una huerta
y tu falda he de cansar
con las frutas y las frutas
que son mil y que son más.

O mejor te haré tapices
con la juncia de trenzar;
o mejor tendré un molino
que te hable haciendo el pan.

Cuenta, cuenta las ventanas
y las puertas del casal;
cuenta, cuenta maravillas
si las puedes tú contar...

---

[1] Viento cálido de la región del norte.

PLANTANDO EL ÁRBOL

A la Tierra despertamos
de su sueño de castor
y en los brazos le dejamos
el alerce danzador.

Cantemos mientras el tallo
toca el seno maternal.
Bautismo de luz da un rayo
y es el aire su pañal.

Nombre no pide y no quiere;
se lo dan con el nacer.
Con su nombre vive y muere,
y a otro lo pasa al caer.

Lo entregaremos ahora
a la buena Agua y a vos,
Sol que cría y Sol que dora
y a la Tierra hija de Dios.

El Señor le hará tan bueno
como un buen hombre o mejor:
en la tempestad sereno,
y en la siesta amparador.

Yo lo dejo en pie. Ya es mío
y le juro protección
cuando el viento, cuando el frío,
cuando el hombre matador.[1]

PLEGARIA POR EL NIDO

¡Dulce Señor, por un hermano pido
indefenso y hermoso: por el nido!

Florece en su plumilla el trino;
ensaya en su almohadita el vuelo.
¡Y el canto dicen que es divino
y el ala cosa de los cielos!

Dulce tu brisa sea al mecerlo,
mansa tu luna al platearlo,
fuerte tu rama al sostenerlo,
corto el rocío al alcanzarlo.

De su conchita desmañada
tejida con hilacha rubia,

desvía el vidrio de la helada
y las guedejas de la lluvia;

desvía el viento de ala brusca
que lo dispersa a su caricia
y la mirada que lo busca,
toda encendida de codicia...

Tú que me afeas los martirios
dados a tus criaturas finas:
la cabezuela de los lirios
y las pequeñas clavelinas,

guarda su forma con cariño
y caliéntelo tu pasión.
Tirita al viento como un niño
y se parece al corazón.

DOÑA PRIMAVERA

Doña Primavera
viste que es primor,
viste en limonero
y en naranjo en flor.

Lleva por sandalias
unas anchas hojas,
y por caravanas
unas fucsias rojas.

Salid a encontrarla
por esos caminos.
¡Va loca de soles
y loca de trinos!

Doña Primavera
de aliento fecundo,
se ríe de todas
las penas del mundo...

---

[1] Los "cuando" corresponden a viejos giros idiomáticos del español.

No cree al que le hable
de las vidas ruines.
¿Cómo va a toparlas
entre los jazmines?

¿Cómo va a encontrarlas
junto de las fuentes
de espejos dorados
y cantos ardientes?

De la tierra enferma
en las pardas grietas,
enciende rosales
de rojas piruetas.

Pone sus encajes,
prende sus verduras,
en la piedra triste
de las sepulturas...

Doña Primavera
de manos gloriosas,
haz que por la vida
derramemos rosas:

Rosas de alegría,
rosas de perdón,
rosas de cariño,
y de exultación.

VERANO

Verano, verano rey,
del abrazo incandescente,
sé para los segadores,
¡dueño de hornos! más clemente.

Abajados y doblados
sobre sus pobres espigas,
ya desfallecen. ¡Tú manda
un viento de alas amigas!

Verano, la tierra abrasa:
llama tu sol allá arriba;
llama tu granada abierta;
y el segador, llama viva.

Las vides están cansadas
del producir abundoso,
y el río corre en huida
de tu castigo ardoroso.

Mayoral rojo, verano,
el de los hornos ardientes,
no te sorbas la frescura
de las frutas y las fuentes...

¡Caporal, echa un pañuelo
de nube y nube tendidas,
sobre la vendimiadora,
de cara y manos ardidas!

EL ÁNGEL GUARDIÁN

Es verdad, no es un cuento;
hay un Ángel Guardián
que te toma y te lleva como el viento
y con los niños va por donde van.

Tiene cabellos suaves
que van en la venteada,
ojos dulces y graves
que te sosiegan con una mirada
y matan miedos dando claridad.
(No es un cuento, es verdad.)

Él tiene cuerpo, manos y pies de alas
y las seis alas vuelan o resbalan,
las seis te llevan de su aire batido
y lo mismo te llevan de dormido.

Hace más dulce la pulpa madura
que entre tus labios golosos estruja;
rompe a la nuez su taimada envoltura
y es quien te libra de gnomos y brujas.

Es quien te ayuda a que cortes las rosas,
que están sentadas en trampas de espinas,
el que te pasa las aguas mañosas
y el que te sube las cuestas más pinas.

Y aunque camine contigo apareado,
como la guinda y la guinda bermeja,
cuando su seña te pone el pecado
recoge tu alma y el cuerpo te deja.

Es verdad, no es un cuento:
hay un Ángel Guardián
que te toma y te lleva como el viento
y con los niños va por donde van.

A NOEL

¡Noel, el de la noche del prodigio,
Noel de barbas caudalosas,
Noel de las sorpresas delicadas
y las pisadas sigilosas!

Esta noche te dejo mi calzado
colgado en los balcones;
antes que hayas pasado por mi casa
no agotes los bolsones.

Noel, Noel, vas a encontrar mojadas
mis medias de rocío,
espiando con ojos picarones
tus barbazas de río...

Sacude el llanto y deja cada una
tiesa, dura y llenita,
con el anillo de la Cenicienta
y el lobo de Caperucita...

Y no olvides a Marta. También deja
su zapatito abierto.
Es mi vecina, y yo la cuido, desde
que su mamita ha muerto.

¡Noel, viejo Noel, de las manazas
rebosadas de dones,
de los ojitos pícaros y azules
y la barba en vellones!...

HIMNO DE LAS ESCUELAS
"GABRIELA MISTRAL"

¡Oh Creador, bajo tu luz cantamos,
porque otra vez nos vuelves la esperanza!
¡Como los surcos de la tierra alzamos
la exhalación de nuestras alabanzas!

Gracias a Ti por el glorioso día
en el que van a erguirse las acciones;
por la alborada llena de alegría
que baja al valle y a los corazones.

Se alcen las manos, las que Tú tejiste,
frescas y vivas sobre las faenas.
Se alcen los brazos que con luz heriste
en un temblor dorado de colmenas.

Somos planteles de hijas, todavía;
haznos el alma recta y poderosa
para ser dignas en la hora y día
en que seremos el plantel de esposas.

Venos crear a tu honda semejanza
con voluntad insigne de hermosura;
trenzar, trenzar, alegres de confianza
el lino blanco con la lana pura.

Mira cortar el pan de las espigas;
poner los frutos en la clara mesa;
tejer la juncia que nos es amiga;
¡crear, crear, mirando a tu belleza!

¡Oh Creador de manos soberanas,
sube el futuro en la canción ansiosa,
que ahora somos el plantel de hermanas,
pero seremos el plantel de esposas!

HIMNO AL ÁRBOL

A don José Vasconcelos.

Árbol hermano, que clavado
por garfios pardos en el suelo,
la clara frente has elevado
en una intensa sed de cielo:

hazme piadoso hacia la escoria
de cuyos limos me mantengo,

4

sin que se duerma la memoria
del país azul de donde vengo.

Árbol que anuncias al viandante
la suavidad de tu presencia
con tu amplia sombra refrescante
y con el nimbo de tu esencia:

haz que revele mi presencia,
en la pradera de la vida,
mi suave y cálida influencia
de criatura bendecida.

Árbol diez veces productor:
el de la poma sonrosada,
el del madero constructor,
el de la brisa perfumada,
el del follaje amparador;

el de las gomas suavizantes
y las resinas milagrosas,
pleno de brazos agobiantes
y de gargantas melodiosas:

hazme en el dar un opulento.
¡Para igualarte en lo fecundo,
el corazón y el pensamiento
se me hagan vastos como el mundo!

Y todas las actividades
no lleguen nunca a fatigarme:
¡las magnas prodigalidades
salgan de mí sin agotarme!

Árbol donde es tan sosegada
la pulsación del existir,
y ves mis fuerzas la agitada
fiebre del mundo consumir:

hazme sereno, hazme sereno,
de la viril serenidad
que dio a los mármoles helenos
su soplo de divinidad.

Árbol que no eres otra cosa
que dulce entraña de mujer,
pues cada rama mece airosa
en cada leve nido un ser:

dame un follaje vasto y denso,
tanto como han de precisar
los que en el bosque humano, inmenso,
rama no hallaron para hogar.

Árbol que donde quiera aliente
tu cuerpo lleno de vigor,
levantarás eternamente
el mismo gesto amparador:

haz que a través de todo estado
—niñez, vejez, placer, dolor—
levante mi alma un invariado
y universal gesto de amor.

EL HIMNO COTIDIANO

A la señorita Virginia Trewhela.

En este nuevo día
que me concedes, ¡oh Señor!,
dame mi parte de alegría
y haz que consiga ser mejor.

Dame Tú el don de la salud,
la fe, el ardor, la intrepidez,
séquito de la juventud;
y la cosecha de verdad,
la reflexión, la sensatez,
séquito de la ancianidad.

Dichoso yo si, al fin del día,
un odio menos llevo en mí;
si una luz más mis pasos guía
y si un error más yo extinguí.

Y si por la rudeza mía
nadie sus lágrimas vertió,
y si alguien tuvo la alegría
que mi ternura le ofreció.

Que cada tumbo en el sendero
me vaya haciendo conocer

cada pedrusco traicionero
que mi ojo ruin no supo ver.

Y más potente me incorpore,
sin protestar, sin blasfemar.
Y mi ilusión la senda dore,
y mi ilusión me la haga amar.

Que dé la suma de bondad,
de actividades y de amor
que a cada ser se manda dar:
suma de esencias a la flor
y de albas nubes a la mar.

Y que, por fin, mi siglo engreído
en su grandeza material,
no me deslumbre hasta el olvido
de que soy barro y soy mortal.

Ame a los seres este día;
a todo trance halle la luz.
Ame mi gozo y mi agonía:
¡ame la prueba de mi cruz!

HABLANDO AL PADRE

Padre: has de oír
este decir
que se me abre en los labios como flor.
Te llamaré
Padre, porque
la palabra me sabe a más amor.

Tuya me sé,
pues que miré
en mi carne prendido tu fulgor.
Me has de ayudar
a caminar,
sin deshojar mi rosa de esplendor.

Me has de ayudar
a alimentar
como una llama azul mi juventud,
sin material
basto y carnal:
¡con olorosos leños de virtud!

Por cuanto soy
gracias te doy:
porque me abren los cielos su joyel,
me canta el mar
y echa el pomar
para mis labios en sus pomas miel.

Porque me das,
Padre, en la faz
la gracia de la nieve recibir
y por el ver,
la tarde arder:
¡por el encantamiento de existir!

Por el tener
más que otro ser
capacidad de amor y de emoción,
y el anhelar
y el alcanzar,
ir poniendo en la vida perfección.

Padre, para ir
por el vivir,
dame tu mano suave y tu amistad,
pues, te diré,
sola no sé
ir rectamente hacia tu claridad.

Dame el saber
de cada ser
a la puerta llamar con suavidad,
llevarle un don,
mi corazón,
¡y nevarle de lirios su heredad!

Dame el pensar
en Ti al rodar
herida en medio del camino. Así
no llamaré,
recordaré
el vendador sutil que alienta en Ti.

Tras el vivir,
dame el dormir
con los que aquí anudaste a mi querer.
Dé tu arrullar
hondo el soñar.
¡Hogar dentro de Ti nos has de hacer!

ROMANCE DE NOCHEBUENA

Vamos a buscar
dónde nació el Niño:
nació en todo el mundo,
ciudades, caminos...

Tal vez caminando
lo hallemos dormido
en la era más alta
debajo del trigo...

O está en estas horas
llorando caidito
en la mancha espesa
de un montón de lirios.

A Belén nos vamos.
Jesús no ha querido
estar derramado
por campo y caminos.

Su madre es María,
pero ha consentido

que esta noche todos
le mezan al Niño.

Lo tiene Lucía,
lo mece Francisco
y mama en el pecho
de Juana, suavísimo.

Vamos a buscarlo
por esos caminos:
¡todos en pastores
somos convertidos!

Gritando la nueva
los cerros subimos
¡y vivo parece
de gente el camino!

Jesús ha llegado
y todos dormimos
esta noche sobre
su pecho ceñidos.

CANCIÓN DEL MAIZAL

I

El maizal canta en el viento
verde, verde de esperanza.
Ha crecido en treinta días:
su rumor es alabanza.

Llega, llega al horizonte,
sobre la meseta afable,
y en el viento ríe entero
con su risa innumerable.

II

El maizal gime en el viento
para trojes ya maduro;
se quemaron sus cabellos
y se abrió su estuche duro.

Y su pobre manto seco
se le llena de gemidos:
el maizal gime en el viento
con su manto desceñido.

III

Las mazorcas del maíz
a niñitas se parecen:
diez semanas en los tallos
bien prendidas que se mecen.

Tienen un vellito de oro
como de recién nacido
y unas hojas maternales
que les celan el rocío.

Y debajo de la vaina,
como niños escondidos,
con sus dos mil dientes de oro
ríen, ríen sin sentido...

Las mazorcas del maíz
a niñitas se parecen:
en las cañas maternales
bien prendidas que se mecen.

Él descansa en cada troje
con silencio de dormido;
va soñando, va soñando
un maizal recién nacido.

C U E N T O S

LA MADRE GRANADA

(Plato de cerámica de Chapelle-aux-Pots)

Contaré una historia en mayólica
rojo-púrpura y rojo-encarnada,
en mayólica mía, la historia
de Madre Granada.

Madre Granada estaba vieja,
requemada como un panecillo;
mas la consolaba su real corona,
larga codicia del membrillo.

Su profunda casa tenía partida
por delgadas lacas
en naves donde andan los hijos
vestidos de rojo-escarlata.

Con pasión de rojeces, les puso
la misma casulla encarnada.
Ni nombre les dio ni los cuenta nunca,
para no cansarse, la Madre Granada.

Dejó abierta la puerta,
la Congestionada,
soltó el puño ceñido,
de sostener las mansiones, cansada.

Y se fueron los hijos
de la Empurpurada.
Quedóse durmiendo y vacía
la Madre Granada...

Iban como las hormigas,
estirándose en ovillos,
iguales, iguales, iguales,
río escarlata de monaguillos.

A la Catedral solemne llegaron
y abriendo la gran puerta herrada,
entraron como langostinos
los hijos de Madre Granada.

En la Catedral eran tantas naves
como cámaras en las granadas,
y los monaguillos iban y venían
en olas y olas encontradas...

Un cardenal rojo decía el oficio
con la espalda vuelta de los armadillos.
A una voz se inclinaba o se alzaba
el millón de los monaguillos.

Los miraban los rojos vitrales,
desde lo alto, con viva mirada,
como treinta faisanes de roja
pechuga asombrada.

Las campanas se echaron a vuelo;
despertaron todo el vallecillo.
Sonaban en rojo y granate,
como cuando se quema el castillo.

Al escándalo de los bronces,
fueron saliendo en desbandada
y en avenida bajaron la puerta
que parecía ensangrentada.

La ciudad se levanta tarde
y la pobre no sabe nada.
Van los hijos dejando las calles;
entran al campo a risotadas...

Llegan a su tronco, suben en silencio,
entran al estuche de Madre Granada,
y tan callados se quedan en ella
como la piedra de la Kaaba.

Madre Granada despertóse llena
de su millón rojo y sencillo;
se balanceó por estar segura;
pulsó su pesado bolsillo.

Y como iba contando y contando,
de incredulidad, la Madre Granada,
estallaron en risa los hijos
y ella se partió de la carcajada...

La granada partida en el huerto,
era toda una fiesta incendiada.
La cortamos, guardamos sus fueros
a la Coronada...

La sentamos en un plato blanco,
que asustó su rojez insensata.
Me ha contado su historia, que pongo
en rojo-escarlata...

EL PINO DE PIÑAS

El alto pino que no acaba
y que resuena como un río,
desde el cogollo a lo sombrío,
sus puñitos balanceaba.

Unos puñitos olorosos,
apretados de su secreto,
y al negro pino recoleto
tanta piña le daba gozo.

Bajo el pino que la cubría,
Madrecita Burla habitaba
y la vieja feliz criaba
enanito que no se veía.

Del tamaño de la lenteja,
y que nunca más le crecía
y en su bolsillo se dormía
ronroneando como abeja.

Cuando a la aldea iba la vieja,
de cascabel se lo ponía,
y lo guardaba, si llovía,
dentro del pliegue de su oreja...

O como rama con madroño,
con su vaivén de trotecito,
le cosquilleaba, el colgadito,
o se soltaba de su moño...

El enano miraba pinos
que se iban y se venían,
por saberse lo que cogían
en sus cien puñitos endrinos,

y una vez que la Madrecita
lo dejó por adormilado,
se subió al empingorotado
y se encontró cosa bendita.

Topando la piña primera,
entró sin doblar la cabeza,
y gritó, loco de sorpresa,
al encontrar iglesia entera.

Oyó una música lejana;
vio arder la cera muy contrita,

y con su mano de arañita,
tomó temblando agua cristiana.

Y a la pila de nuez de plata,
vino un obispo que era de oro,
y bautizó al enano moro
mojando su nuca de rata.

Se abrió una puerta pequeñita,
entró una niña más pequeña,
y se allegó como una seña
a saltos de catarinita.[1]

Vio que a su pecho no llegaba
y de confusa estaba roja,
y se dobló como una hoja,
porque era que le saludaba.

En el altar, de gran tesoro,
el obispo tieso y atónito
bendijo los novios de acónito
y soltó música del coro...

La catedral dio un gran crujido
y se partió en castaña añeja,
y lanzó el pino su pareja
sin daño, como cae el nido.

La madre Burla dormitaba,
tendida al sol como una almeja,
y al despertar tocó en su ceja
una cosa que era doblada...

Y trepaditos a su oído
los dos le dieron testimonio
de bautizo y de matrimonio,
y ella lloró del sucedido.

Y con los años que vinieron
les nació un niño y una niña;
cada uno subió a una piña
en donde bautizados fueron.

Y cuenta boca contadora
que aumentó la enana raza
igual que cunde la mostaza
y que prende la zarzamora...

---

[1] Nombre que se da en México a la "Mariquita" chilena.

wore red riding hood

CAPERUCITA ROJA

Caperucita Roja visitará a la abuela
que en el poblado próximo sufre de extraño mal.
Caperucita Roja, la de los rizos rubios, *honey comb*
tiene el corazoncito tierno como un panal.

A las primeras luces ya se ha puesto en camino
y va cruzando el bosque con un pasito audaz.
Sale al paso Maese Lobo, de ojos diabólicos.
"Caperucita Roja, cuéntame a dónde vas."

Caperucita es cándida como los lirios blancos.
"Abuelita ha enfermado. Le llevo aquí un pastel
y un pucherito suave, que se derrama en jugo.
¿Sabes del pueblo próximo? Vive en la entrada de él."

Y ahora, por el bosque discurriendo *wandering* encantada,
recoge bayas rojas, corta ramas en flor,
y se enamora de unas mariposas pintadas
que la hacen olvidarse del viaje del Traidor...

El Lobo fabuloso de blanqueados dientes,
ha pasado ya el bosque, el molino, el alcor,
y golpea en la plácida puerta de la abuelita,
que le abre. (A la niña ha anunciado el Traidor.)

Ha tres días la bestia no sabe de bocado.
¡Pobre abuelita inválida, quién la va a defender!
...Se la comió riendo toda y pausadamente
y se puso en seguida sus ropas de mujer. *half-closed*

Tocan dedos menudos a la entornada puerta.
De la arrugada cama dice el Lobo: "¿Quién va?"
La voz es ronca. "Pero la abuelita está enferma",
la niña ingenua explica. "De parte de mamá."

Caperucita ha entrado, olorosa de bayas.
Le tiemblan en la mano gajos de salvia en flor.
"Deja los pastelitos; ven a entibiarme el lecho."
Caperucita cede al reclamo de amor.

De entre la cofia salen las orejas monstruosas.
"¿Por qué tan largas?", dice la niña con candor.
Y el velludo engañoso, abrazando a la niña:
"¿Para qué son tan largas? Para oírte mejor."

El cuerpecito tierno le dilata los ojos.
El terror en la niña los dilata también.
"Abuelita, decidme: ¿por qué esos grandes ojos?"
"Corazoncito mío, para mirarte bien..."

Y el viejo Lobo ríe, y entre la boca negra
tienen los dientes blancos un terrible fulgor.
"Abuelita, decidme: ¿por qué esos grandes dientes?"
"Corazoncito, para devorarte mejor..."

Ha arrollado la bestia, bajo sus pelos ásperos,
el cuerpecito trémulo, suave como un vellón;
y ha molido las carnes, y ha molido los huesos,
y ha exprimido como una cereza el corazón...

COLOFÓN CON CARA DE EXCUSA

Conté una vez en Lima el sentido que tendría el género de la Canción de Cuna *en cuanto a cosa que la madre se regala a sí misma y no al niño que nada puede entender,* a menor de "guagüetear"[1] a grandullones de tres años...

Ahora tengo que divagar, a pedido de mi Editor, sobre el nacimiento de estas Canciones de Cuna, porque cualquier vagido primero, hasta de bestezuela o de industria verbal, importa a las gentes...

La mujer es quien más canta en este mundo, pero ella aparece tan poco creadora en la Historia de la Música que casi la recorre de labios sellados. Me intrigó siempre nuestra esterilidad para producir ritmos y disciplinarlos en la canción, siendo que los criollos vivimos punzados de ritmos y los coge y compone hasta el niño. ¿Por qué que las mujeres nos hemos atrevido con la poesía y no con la música? ¿Por qué hemos optado por la palabra, expresión más grave de consecuencias y cargada de lo conceptual, que no es reino nuestro?

Hurgando en esta aridez para la creación musical, caí sobre la isla de las Canciones de Cuna. Seguramente los "arrullos" primarios, los folklóricos, que son los únicos óptimos, salieron de pobrecitas mujeres ayunas de todo arte y ciencia melódicos. Las primeras Evas comenzaron por mecer a secas, con las rodillas o la cuna; luego se dieron cuenta de que el vaivén adormece más subrayado por el rumor; este rumor no iría más lejos que el run-run de los labios cerrados.

Pero de pronto le vino a la madre un antojo de palabras enderezadas al niño y a sí misma. Porque las mujeres no podemos quedar mucho tiempo pasivas, aunque se hable de nuestro sedentarismo, y menos callarnos por años. La madre buscó y encontró, pues, una manera de hablar consigo misma, meciendo al hijo, y además comadreando con él, y por añadidura con la noche, "que es cosa viva"

La Canción de Cuna sería un coloquio diurno y nocturno de la madre con su alma, con su hijo, y con la Gea[2] visible de día y audible de noche.

Los que han velado enfermos, o pernoctado en el campo, y las que conocen la espera de marido o hermano, todos los que viven la vela, saben bien que la noche es persona plural y activa. "La noche es legión", como dice del Demonio el Evangelio. Tal vez nos engañamos creyendo que la luz multiplica las cosas y que la noche las unifica. La verdad sería el que la tiniebla, fruto enorme y vago, se parte en gajos de rumores. Al agrandarlo todo, ella estira el ruido breve y engruesa el bulto pequeño, por lo cual

---

[1] Guagüetear, de "guagua", niño: chilenismo.
[2] La Tierra.

vienen a ser muy ricas las tinieblas. La madre desvelada pasa, pues, a convivir este mundo subterráneo que la asusta con su falsa inmensidad y la fertiliza con su misterio numeroso.

La mujer no sólo oye respirar al chiquito; siente también a la tierra matriarca que hierve de prole. Entonces se pone a dormir a su niño de carne, a los de la matriarca y a sí misma, pues el "arrorró" tumba al fin a la propia cantadora...

Esta madre, con su boca múltiple de diosa hindú, recuenta en la Canción sus afanes del día; teje y desteje sueños para cuando el si-es-no-es vaya creciendo; ella dice bromas respecto del gandul; ella lo encarga en serio a Dios y en juego a los duendes; ella lo asusta con amenazas fraudulentas y lo sosiega antes de que se las crea. La letra de la Canción va desde la zumbonería hasta el patético, hace un zig-zag de jugarreta y de angustia, de bromas y ansiedades. (Confieso que los "arrorrós" que más me gustan son los disparatados, porque aquí, mejor que en parte alguna la lógica ha de aventarse, y con cajas destempladas.)

*

Poco o nada ha mudado el repertorio de las Canciones de Cuna en la América. Es bien probable que nunca las haya hecho el pueblo criollo sino que siga cantando hace cuatro siglos las prestadas de España, rumiando pedazos de arrullos andaluces y castellanos, que son maravilla de gracia verbal. Nosotras tal vez hemos armado algunas frases sobre los alambres ancestrales o hemos zurcido con algunos motes criollos las telas originales.

Nuestras abuelas amamantaban, nuestra madre también, a Dios gracias; después sobrevino una caída de la maternidad corporal, tanto en la disminución de los hijos como en la rehusa de muchas mujeres a criar, a ser la "higuera de leche" de los cuentos.

¿Quién va a hacer, pues, estas canciones? El aya, mujer de paga, repetirá las que sabe; el hijo de otra no la embriaga tanto como para que ella las invente por rebose de amor y menos aún por sobra de dicha. Y la Canción de Cuna es nada más que la segunda leche de la madre criadora. A la leche se asemeja ella en la hebra larga, en el sabor dulzón y en la tibieza de entraña. Por lo tanto, la mujer que no da el de pecho y no siente el peso del niño en la falda, la que no hace dormir ni de día ni de noche, ¿cómo va a tararear una "berceuse"?, ¿cómo podría decir al niño cariños arrebatados revueltos con travesuras locas? La cantadora mejor será siempre la madre-fuente, la mujer que se deja beber casi dos años, tiempo bastante para que un acto se dore de hábito, se funda y suelte jugos de poesía.

Una colega española se burlaba alguna vez del empeño criollo en forzar la poesía popular, provocando un nacimiento por voluntad, o sea un aborto. La oía yo con interés: un español tiene siempre derecho para hablar de los negocios del idioma que nos cedió y cuyo cabo sigue reteniendo en la mano derecha, es decir, en la más experimentada. Pero, ¿qué quieren ellos que hagamos? Mucho de lo español ya no sirve en este mundo de gentes, hábitos, pájaros y plantas contrastados con lo peninsular. Todavía somos su clientela en la lengua, pero ya muchos quieren tomar posesión del sobrehaz de la Tierra Nueva. La empresa de inventar será grotesca; la de repetir de "pe a pa" lo que vino en las carabelas, lo es también. Algún día yo he de responder a mi colega sobre el *conflicto tremendo entre el ser fiel y el ser infiel en el coloniaje verbal.*

*

Estas canciones están harto lejos de las folklóricas que colman mi gusto, y yo me lo sé como el vicio de mis cabellos y el desmaño de mis ropas.

Aquellos que siguen el trance y los percances de las lenguas coloniales, como siguen los Carrelles el de los tejidos parchados del cuerpo, solamente ellos pueden explicar cabalmente el fracaso de nuestra literatura infantil. Ellos están seguros como yo de que el folklore es, por excelencia, la literatura de niños y de que los pueblos ayunos de él conquistarán el género muy tarde.

El poeta honrado sabe dónde falló y lo confiesa. Yo, además de saberlo, declaro que fuera de dos o tres afortunadas que están aquí, las demás son un "moulage" tieso, junto a la carne elástica de los populares.

Nacieron, las pobres, para convidar, mostrando sus pies inválidos, a que algún músico las echase a andar, y las hice mitad por regusto de los "arrullos" de mi infancia y mitad por servir la emoción de otras mujeres —el poeta es un desata-nudos y el amor sin palabras nudo es, y ahoga.

En lo de hallar pies corredores, estas Canciones de Cuna no anduvieran malaventuradas y hasta han tenido suerte loca. Mexicanos, chilenos y argentinos que pasan la docena, les prestaron su ayuda decisiva. Fueron ellas honradas de más, fueron hasta transfiguradas. En "nanas", en tonadas, en vidalitas, la música es cuerpo glorioso y la carne nada le añade; ellas no viven de la letra, su sangre como su alimento no arrancan de ésta. Tiene un mayorazgo tal la música sobre la escritura que bien puede tratarla "con el pie". (Acaso por no haber sido despreciados los textos será que la música criolla corre cabalgando sobre unas letras tan bobas o cursis.)

*

Me conozco, según decía, los defectos y los yerros de cada una de mis *meceduras orales*, y sin embargo, las di y las doy ahora todas, aunque sepa que las complejas y manidas debieron quemarse por abortadas. Una vez más y yo cargo aquí, a sabiendas, con las taras del mestizaje verbal... Pertenezco al grupo de los malaventurados que nacieron sin edad patriarcal y sin Edad Media; soy de los que llevan entrañas, rostro y expresión *conturbados e irregulares*, a causa del injerto; me cuento entre los hijos de esa cosa torcida que se llama una experiencia racial, mejor dicho, una *violencia racial*.

Sigo escribiendo "arrullos" con largas pausas; tal vez me moriré haciéndome dormir, vuelta madre de mí misma, como las viejas que desvarían con los ojos fijos en sus rodillas vanas, o como el niño del poeta japonés que quería dormir su propia canción antes de dormirse él...

Pudieran no servir a nadie y las haría lo mismo. Tal vez a causa de que mi vida fue dura, bendije siempre el sueño y lo doy por la más ancha gracia divina. En el sueño he tenido mi casa más holgada y ligera, mi patria verdadera, mi planeta dulcísimo. No hay praderas tan espaciosas, tan deslizables y tan delicadas para mí como las suyas.

Algunos trechos de estas Canciones —a veces uno o dos versos logrados— me dan la salida familiar hacia mi país furtivo, me abren la hendija o trampa de la escapada. El punto de la música por donde el niño se escabulle y deja a la madre burlada y cantando inútilmente, ese último peldaño me lo conozco muy bien: en tal o cual palabra, el niño y yo damos vuelta la espalda y nos escapamos dejando caer el mundo, como la capa estorbosa en el correr...

Quiero decir con esta divagación que no perdí el "arrullo" de los dos años: me duermo todavía sobre un vago soport° materno y con frecuencia paso de una frase rezagada de mi madre o mía, al gran regazo oscuro de la Madre Divina que desde la otra orilla me recoge como a un alga rota que fue batida el día entero y vuelve a ella.

*

Sobre las "Rondas" debería decir alguna cosa, y muchas más sobre las poesías infantiles escritas hace veinticinco años, a fin de ser perdonada de maestros y niños; pero voy cansando a quien lee en páginas *finales*...

Diré solamente que por aquellos años estaba en pañales el género infantil en toda la América nuestra: tanteos y más tanteos. El menester es tan arduo que seguimos tanteando todavía, porque, según acabo de decirlo, nacimos monstruosamente, como no nacen las razas: sin infancia, en plena pubertad y dando, desde el indio al europeo, el salto que descalabra y rompe los huesos.

En la poesía popular española, en la provenzal, en la italiana del medioevo, creo haber encontrado el material más genuinamente infantil de "Rondas" que yo conozca. El propio folklore adulto de esas mismas regiones está lleno de piezas válidas para los niños. Hurgando en eso cuanto me era dable hurgar, supe yo, artesana ardiente pero fallida, que me faltaban en sentidos, y entraña, siete siglos de Edad Media criolla, de tránsito moroso y madurador, para ser capaz de dar una docena de "Arrullos" y de "Rondas" castizos —léase criollos.

El versolari o payador de los chiquitos, el chantre de su catedral enana y el ayo de sus gargantas *no se hace, llega lentamente con ruta astronómica que nadie puede poner al galope.* Seguimos teniendo en agraz muchas capacidades, aunque logremos por otro lado del espíritu algunas sazones repentinas, lo mismo que los frutos que muestran una cara empedernida y otra madura.

El Niño-Mesías que llegue trayendo la gracia del género infantil no quiere nacernos aún... Profetas y creyentes seguimos llamándolo, como las mujeres judías al Otro. Cada uno de los que ensayamos cree que nacerá precisamente de él; pero el Espíritu Santo no baja, y tal vez no haya nacido ni siquiera *Santa Ana,* la abuela del bienaventurado.

*

Cuando leo mis poesías más o menos escolares, y más aún cuando las oigo en boca de niño, siento una vergüenza no literaria sino una quemazón real en la cara. Y me pongo, como los pecadores atribulados, a enmendar algo, siquiera algo: dureza del verso, presunción conceptual, pedagogía catequista, empalagosa parlería. Esta ingenuidad un poco grotesca de corregir unos versos que andan en boca de tantos, me durará hasta el fin.

Y es que respeto por encima de todas las criaturas, más allá de mi Homero o mi Shakespeare, mi Calderón o mi Rubén Darío, la memoria de los niños, de la cual mucho abusamos.

Que los maestros perdonen la barbaridad de mi hacer y rehacer. Al cabo soy dueña de mis culpas más que de mis buenas acciones: éstas son discutibles y aquéllas indudables. El habla es la segunda posesión nuestra, después del alma, y tal vez no tengamos ninguna otra posesión en este mundo. Rehaga, pues, a su antojo, el que ensaya y sabe que ensaya.

Continúo viviendo a la caza de la lengua infantil, la persigo desde mi destierro del idioma, que dura ya veinte años. Lejos del solar español, a mil leguas de él, continúo escudriñando en el misterio cristalino y profundo de la expresión infantil, el cual se parece por la hondura al bloque de cuarzo magistral de Brasil, porque engaña vista y mano con su falsa superficialidad.

Mientras más oigo a los niños, más protesto en contra mía, con una conciencia apurada y hasta un poco febril... El amor balbuciente, el que tartamudea, suele ser el amor que más ama. A él se parece el pobre amor que yo he dado a los chiquitos.

GABRIELA MISTRAL.

Petrópolis (Brasil), 1945.

TALA

A
PALMA GUILLÉN
y en ella, a la piedad
de la mujer mexicana

MUERTE DE MI MADRE[1]

LA FUGA

Madre mía, en el sueño
ando por paisajes cardenosos:
un monte negro que se contornea
siempre, para alcanzar el otro monte;
y en el que sigue estás tú vagamente,
pero siempre hay otro monte redondo
que circundar, para pagar el paso
al monte de tu gozo y de mi gozo.

Mas, a trechos tú misma vas haciendo
el camino de juegos y de expolios.
Vamos las dos sintiéndonos, sabiéndonos,
mas no podemos vernos en los ojos,
y no podemos trocarnos palabra,
cual la Eurídice y el Orfeo solos,
las dos cumpliendo un voto o un castigo,
ambas con pies y con acento rotos.

Pero a veces no vas al lado mío:
te llevo en mí, en un peso angustioso
y amoroso a la vez, como pobre hijo
galeoto a su padre galeoto,
y hay que enhebrar los cerros repetidos,
sin decir el secreto doloroso:
que yo te llevo hurtada a dioses crueles
y que vamos a un Dios que es de nosotros.

Y otras veces ni estás cerro adelante,
ni vas conmigo, ni vas en mi soplo:
te has disuelto con niebla en las montañas
te has cedido al paisaje cardenoso.
Y me das unas voces de sarcasmo
desde tres puntos, y en dolor me rompo,
porque mi cuerpo es uno, el que me diste,
y tú eres un agua de cien ojos,
y eres un paisaje de mil brazos,
nunca más lo que son los amorosos:

---

[1] Véase nota de la pág. 175.

un pecho vivo sobre un pecho vivo,
nudo de bronce ablandado en sollozo.

Y nunca estamos, nunca nos quedamos,
como dicen que quedan los gloriosos,
delante de su Dios, en dos anillos
de luz o en dos medallones absortos,
ensartados en un rayo de gloria
o acostados en un cauce de oro.

O te busco, y no sabes que te busco,
o vas conmigo, y no te veo el rostro;
o vas en mí por terrible convenio,
sin responderme con tu cuerpo sordo,
siempre por el rosario de los cerros,
que cobran sangre para entregar gozo,
y hacen danzar en torno a cada uno,
¡hasta el momento de la sien ardiendo,
del cascabel de la antigua demencia
y de la trampa en el vórtice rojo!

LÁPIDA FILIAL

Apegada a la seca fisura
del nicho, déjame que te diga:
—Amados pechos que me nutrieron
con una leche más que otra viva;
parados ojos que me miraron
con tal mirada que me ceñía;
regazo ancho que calentó
con una hornaza que no se enfría;
mano pequeña que me tocaba
con un contacto que me fundía:
¡resucitad, resucitad,
si existe la hora, si es cierto el día,
para que Cristo os reconozca
y a otro país deis alegría,
para que pague ya mi Arcángel
formas y sangre y leche mía,
y que por fin os recupere
la vasta y santa sinfonía
de viejas madres: la Macabea,
Ana, Isabel, Raquel y Lía!

NOCTURNO DE LA CONSUMACIÓN

A Waldo Frank

Te olvidaste del rostro que hiciste
en un valle a una oscura mujer;
olvidaste entre todas tus formas
mi alzadura de lento ciprés;
cabras vivas, vicuñas doradas
te cubrieron la triste y la fiel.

Te han tapado mi cara rendida
las criaturas que te hacen tropel;
te han borrado mis hombros las dunas
y mi frente algarrobo y maitén.
Cuantas cosas gloriosas hiciste
te han cubierto a la pobre mujer.

Como Tú me pusiste en la boca
la canción por la sola merced;
como Tú me enseñaste este modo
de estirarte mi esponja con hiel,
yo me pongo a cantar tus olvidos,
por hincarte mi grito otra vez.

Yo te digo que me has olvidado
pan de tierra de la insipidez,
leño triste que sobra en tus haces,
pez sombrío que afrenta la red.
Yo te digo con otro [1] que "hay tiempo
de sembrar como de recoger".

No te cobro la inmensa promesa
de tu cielo en niveles de mies;
no te digo apetito de Arcángeles
ni Potencias que me hagan arder;
no te busco los prados de música
donde a tristes llevaste a pacer.

Hace tanto que masco tinieblas,
que la dicha no sé reaprender;
tanto tiempo que piso las lavas
que olvidaron vellones los pies;
tantos años que muerdo el desierto
que mi patria se llama la Sed.

La oración de Paloma zurita
ya no baja en mi pecho a beber;
la oración de colinas divinas,[2]
se ha raído en la gran aridez,
y ahora tengo en la mano una nueva,
la más seca, ofrecida a mi Rey.

Dame Tú el acabar de la encina
en fogón que no deje la hez;
dame Tú el acabar del celaje
que su sol hizo y quiso perder;
dame el fin de la pobre medusa
que en la arena consuma su bien.

He aprendido un amor que es terrible
y que corta mi gozo a cercén:
he ganado el amor de la nada,
apetito del nunca volver,
voluntad de quedar con la tierra
mano a mano y mudez con mudez,
despojada de mi propio Padre,
¡rebanada de Jerusalem!

---

[1] Salomón.
[2] Véase nota "Nocturno de la consumación" en la pág. 175.

NOCTURNO DE LA DERROTA [1]

Yo no he sido tu Pablo absoluto
que creyó para nunca descreer,
una brasa violenta tendida
de la frente con rayo a los pies.
Bien le quise el tremendo destino,
pero no merecí su rojez.

Brasa breve he llevado en la mano,
llama corta ha lamido mi piel.
Yo no supe, abatida del rayo,
como el pino de gomas arder.
Viento tuyo no vino a ayudarme
y blanqueo antes de perecer.

Caridad no más ancha que rosa
me ha costado jadeo que ves.
Mi perdón es sombría jornada
en que miro diez soles caer;
mi esperanza es muñón de mí misma
que volteo y que ya es rigidez.

Yo no he sido tu Santo Francisco
con su cuerpo en un arco de *amén,*
sostenido entre el cielo y la tierra
cual la cresta del amanecer,
escalera de limo por donde
ciervo y tórtola oíste otra vez.

Esta tierra de muchas criaturas
me ha llamado y me quiso tener;
me tocó cual la madre a su entraña;
me le di, por mujer y por fiel.
¡Me meció sobre el pecho de fuego,
me aventó como cobra su piel!

Yo no he sido tu fuerte Vicente,
confesor de galera soez,
besador de la carne perdida,
con sus llantos siguiéndole en grey,
aunque le amo más fuerte que mi alma
y en su pecho he tenido sostén.

Mis sentidos malvados no curan
una llaga sin se estremecer;
mi piedad ha volteado la cara
cuando Lázaro ya es fetidez,
y mis manos vendaron tanteando,
incapaces de amar cuando ven.

---

[1] Véase nota de la pág. 176.

Y ni alcanzo al segundo Francisco [1]
con su rostro en el atardecer,
tan sereno de haber escuchado
todo mal con su oreja de Abel,
¡corazón desde aquí columpiado
en los coros de Melquisedec!

Yo nací de una carne tajada
en el seco riñón de Israel.
Macabea que da Macabeos,
miel de avispa que pasa a hidromiel,
y he cantado cosiendo mis cerros
por cogerte en el grito los pies. [2]

Te levanto pregón de vencida,
con vergüenza de hacer descender
tu semblante a este campo de muerte
y tu mano a mi gran desnudez.

Tú, que losa de tumba rompiste
como el brote que rompe su nuez,
ten piedad del que no resucita
ya contigo y se va a deshacer,
con el liquen quemado en sus sales,
con genciana quemada en su hiel,
con las cosas que a Cristo no tienen
y de Cristo no baña la ley.

¡Cielos morados, avergonzados
de mi derrota.
Capitán vivo y envilecido,
nuca pisada, ceño pisado
de mi derrota.
Cuerno cascado de ciervo noble
de mi derrota!

NOCTURNO DE LOS TEJEDORES VIEJOS

Se acabaron los días divinos
de la danza delante del mar,
y pasaron las siestas del viento
con aroma de polen y sal,
y las otras en trigos dormidas
con nidal de paloma torcaz.

Tan lejanos se encuentran los años
de los panes de harina candeal
disfrutados en mesa de pino,
que negamos, mejor, su verdad,

---

[1] San Francisco de Sales.
[2] La chilenidad en su aspecto fuerte y terco.

y decimos que siempre estuvieron
nuestras vidas lo mismo que están,
y vendemos la blanca memoria
que dejamos tendida al umbral.

Han llegado los días ceñidos
como el puño de Salmanazar.
Llueve tanta ceniza nutrida
que la carne es su propio sayal.
Retiraron los mazos de lino
y se escarda, sin nunca acabar,
un esparto que no es de los valles
porque es hebra de hilado metal. . .

Nos callamos las horas y el día
sin querer la faena nombrar,
cual se callan remeros muy pálidos
los tifones, y el boga, el caimán,
porque el nombre no nutra al Destino,
y sin nombre, se pueda matar.

Pero cuando la frente enderézase
de la prueba que no han de apurar,
al mirarnos, los ojos se truecan
la palabra en el iris leal,
y bajamos los ojos de nuevo,
como el jarro al brocal contumaz,
desolados de haber aprendido
con el nombre la cifra letal.

Los precitos contemplan la llama
que hace dalias y fucsias girar;
los forzados, como una cometa,
bajan y alzan su "nunca jamás".
Mas nosotros tan sólo tenemos,
para juego de nuestro mirar,
grecas lentas que dan nuestras manos,
golondrinas — al muro de cal,
remos negros que siempre jadean
y que nunca rematan el mar.

Prodigiosas las dulces espaldas
que se olvidan de se enderezar,
que obedientes cargaron los linos
y obedientes la leña mortal,
porque nunca han sabido de dónde
fueron hechas y a qué volverán.

¡Pobre cuerpo que todo ha aprendido
de sus padres José e Isaac,
y fantásticas manos leales,
las que tejen sin ver ni contar,
ni medir paño y paño cumplido,
preguntando si basta o si es más!

Levantando la blanca cabeza
ensayamos tal vez preguntar
de qué ofensa callada ofendimos
a un demiurgo al que se ha de aplacar,
como leños de hoguera que odiasen
el arder, sin saberse apagar.

Humildad de tejer esta túnica
para un dorso sin nombre ni faz,
y dolor el que escucha en la noche
toda carne de Cristo arribar,
recibir el telar que es de piedra
y la Casa que es de eternidad.

NOCTURNO DE JOSÉ ASUNCIÓN [1]

A Alfonso Reyes.

Una noche como esta noche,
de Circe llena, ésa sería
la noche de José Asunción,
cuando a acabarse se tendía;

emponzoñada por el sapo
que echa su humor en hierba fría,
y a la hierba llama al acedo
a revolcarse en acedía;

alumbrada por esa luna,
barragana de gran falsía,
que la locura hace de plata
como olivo o sabiduría;

gobernada por esta hora
en que al Cristo fuerte se olvida,
y en que su mano traicionada,
suelta el mundo que sostenía.

(Y el mundo, suelto de su mano,
como el pichón de la que cría,
hacia la hora duodécima
sin su fervor se nos enfría):

taladrada por la corneja
que en la rama seca fingía
la vertical del ahorcado
con su dentera de agonía;

---

[1] El poeta suicida José Asunción Silva.

arreada por el Maligno
que huele al ciervo por la herida,
y le ofrece en el humus negro
venda más negra todavía;

venda apretada de la noche
que, como a Antero,[1] cerraría,
con leve lana de la nada,
la boca de las elegías;

noche en que la divina hermana
con la montaña se dormía,
sin entender que los que aman
se han de dormir viniendo el día:

como esta noche que yo vivo
la de José Asunción sería.

NOCTURNO DEL DESCENDIMIENTO

A Victoria Ocampo.

Cristo del campo, "Cristo de Calvario"[2]
vine a rogarte por mi carne enferma;
pero al verte mis ojos van y vienen
de tu cuerpo a mi cuerpo con vergüenza.
Mi sangre aún es agua de regato;
la tuya se paró como agua en presa.
Yo tengo arrimo en hombro que me vale;
a ti los cuatro clavos ya te sueltan,
y el encuentro se vuelve un recogerte
la sangre como lengua que contesta,
pasar mis manos por mi pecho enjuto,
coger tus pies en peces que gotean.

Ahora ya no me acuerdo de nada,
de viaje, de fatiga, de dolencia.
El ímpetu del ruego que traía
se me sume en la boca pedigüeña,
de hallarme en este pobre anochecer
con tu bulto vencido en una cuesta
que cae y cae y cae sin parar
en un trance que nadie me dijera.
Desde tu vertical cae tu carne
en cáscara de fruta que golpean:
el pecho cae y caen las rodillas
y en cogollo abatido, la cabeza.

---

[1] El poeta suicida Anthero de Quental.
[2] Nombre popular de los cerros que tienen un crucifijo en Europa.

Acaba de llegar, Cristo, a mis brazos,
peso divino, dolor que me entregan,
ya que estoy sola en esta luz sesgada
y lo que veo no hay otro que vea
y lo que pasa tal vez cada noche
no hay nadie que lo atine o que lo sepa,
y esta caída, los que son tus hijos,
como no te la ven no la sujetan,
y tu pulpa de sangre no reciben,
¡de ser el cerro soledad entera
y de ser la luz poca y tan sesgada
en un cerro sin nombre de la Tierra!

Año de la Guerra Española.

LOCAS LETANÍAS

¡Cristo, hijo de mujer,
carne que aquí amamantaron,
que se acuerda de una noche,
y de un vagido, y de un llanto:
recibe a la que dio leche
cantándome con tu salmo
y llévala con las otras,
espejos que se doblaron
y cañas que se partieron
en hijos sobre los llanos!

¡Piedra de cantos ardiendo,
a la mitad del espacio,
en los cielos todavía
con bulto crucificado;
y cuando busca a sus hijos,
piedra loca de relámpagos,
piedra que anda, piedra que vuela,
vagabunda hasta encontrarnos,
piedra de Cristo, sal a su encuentro
y cíñetela a tus cantos
y yo mire de los valles,
en señales, sus pies blancos!

¡Río vertical de gracia,
agua del absurdo santo,
parado y corriendo vivo,
en su presa y despeñado;
río que en cantares mientan
"cabritillo" y "ciervo blanco":
a mi madre que te repecha,
como anguila, río trocado,

ayúdala a repecharte
y súbela por tus vados!

¡Jesucristo, carne amante,
juego de ecos, oído alto,
caracol vivo del cielo,
de sus aires torneado:
abájate a ella, siente
otra vez *que te tocaron:*
vuélvete a su voz que sube
por los aires extremados,
y si su voz no la lleva,
toma la niebla de su hálito!

¡Llévala a cielo de madres,
a tendal de sus regazos,
que va y que viene en un golfo
de brazos empavesado,
de las canciones de cuna
mecido como de tallos,
donde las madres arrullan
a sus hijos recobrados
o apresuran con su silbo
a los que gimiendo vamos!

¡Recibe a mi madre, Cristo,
dueño de ruta y de tránsito,
nombre que ella va diciendo,
sésamo que irá gritando,
abra nuestra de los cielos,
albatros no amortajado,
gozo que llaman los valles!
¡Resucitado, Resucitado!

A L U C I N A C I Ó N

LA MEMORIA DIVINA

A Elsa Fano.

Si me dais una estrella,
y me la abandonáis, desnuda ella
entre la mano, no sabré cerrarla
por defender mi nacida alegría.
Yo vengo de una tierra
donde no se perdía.

Si me encontráis la gruta
maravillosa, que como una fruta
tiene entraña purpúrea y dorada,
y hace inmensa de asombro la mirada,
no cerraré la gruta
ni a la serpiente ni a la luz del día,
que vengo de una tierra
donde no se perdía.

Si vasos me alargaseis,
de cinamomo y sándalo, capaces
de aromar las raíces de la tierra
y de parar al viento cuando yerra,
a cualquier playa los confiaría,
que vengo de un país
en que no se perdía.

Tuve la estrella viva en mi regazo,
y entera ardí como en tendido ocaso.
Tuve también la gruta en que pendía
el sol, y donde no acababa el día.
Y no supe guardarlos,
ni entendí que oprimirlos era amarlos.
Dormí tranquila sobre su hermosura
y sin temblor bebía en su dulzura.

Y los perdí, sin grito de agonía,
que vengo de una tierra
en donde el alma eterna no perdía.

"LA LEY DEL TESORO"

I

Yo soy una que dormía
junto a su tesoro.
Él era un largo temblor
de ángeles en coro;
él era un montón de luces
o de ascuas de oro,
con su propia desnudez
vuelta su decoro,
viviendo expuesto y desnudo
por más que lo adoro.
Cosa así ¿quién la podría
cubrir con azoro?
Cosa así ¿quién taparía
con manto de moro,
por más que cubrirla fuese
"La Ley del tesoro"?

II

Me lo robaron en día
o en noche bien clara;
soplado me lo aventaron
los genios sin cara;
desapareció lo mismo
que como llegara:
tener daga, tener lazo,
por nada contara.

III

Me dejó revoloteando
en el mundo huero

la Ley ladina del dios
mitad aparcero.
Me oigo la cantilena
como el tero-tero,[1]
o como sobre las tejas
refrán de aguacero:
"Guardarás bajo la mano
tu tesoro entero".

IV

Algún día ha de venir
el Dios verdadero
a su hija robada, mofa
de hombre pregonero.
Me soplará entre la boca
beso que le espero,
miaja o resina ardiendo
por la que me muero.

Se enderezará mi cuerpo,
venado ligero,
temblando recogerá
su don prisionero;
arderá desde ese día
al día postrero,
metal sin vela de dueño,
sin ¡ay! de minero.
¡Y no más me robarán
como al buhonero,
como al árbol del camino,
palma o bananero!

RIQUEZA

Tengo la dicha fiel
y la dicha perdida:
la una como rosa,
la otra como espina.
De lo que me robaron
no fui desposeída:
tengo la dicha fiel
y la dicha perdida,

y estoy rica de púrpura
y de melancolía.
¡Ay, qué amada es la rosa
y qué amante la espina!
Como el doble contorno
de las frutas mellizas,
tengo la dicha fiel
y la dicha perdida...

---

[1] Pájaro sudamericano.

GESTOS

LA COPA

Yo he llevado una copa
de una isla a otra isla sin despertar el agua.
Si la vertía, una sed traicionaba;
por una gota, el don era caduco;
perdida toda, el dueño lloraría.

No saludé las ciudades;
no dije elogio a su vuelo de torres,
no abrí los brazos en la gran Pirámide
ni fundé casa con corro de hijos.

Pero entregando la copa, yo dije
con el sol nuevo sobre mi garganta:
"Mis brazos ya son libres como nubes sin dueño
y mi cuello se mece en la colina,
de la invitación de los valles."

Mentira fue mi aleluya: miradme.
Yo tengo la vista caída a mis palmas;
camino lenta, sin diamante de agua;
callada voy, y no llevo tesoro,
y me tumba en el pecho y los pulsos
la sangre batida de angustia y de miedo.

LA MEDIANOCHE

Fina, la medianoche.
Oigo los nudos del rosal:
la savia empuja subiendo a la rosa.

Oigo
las rayas quemadas del tigre
real: no le dejan dormir.

Oigo
la estrofa de uno,
y le crece en la noche
como la duna.

126

Oigo
a mi madre dormida
con dos alientos.
(Duermo yo en ella,
de cinco años.)

Oigo el Ródano
que baja y que me lleva como un padre
ciego de espuma ciega.

Y después nada oigo
sino que voy cayendo
en los muros de Arlés,
llenos de sol...

DOS ÁNGELES

No tengo sólo un Ángel
con ala estremecida:
me mecen como al mar
mecen las dos orillas
el Ángel que da el gozo
y el que da la agonía,
el de alas tremolantes
y el de las alas fijas.

Yo sé, cuando amanece,
cuál va a regirme el día,
si el de color de llama
o el color de ceniza,

y me les doy como alga
a la ola, contrita.

Sólo una vez volaron
con las alas unidas:
el día del amor,
el de la Epifanía.

¡Se juntaron en una
sus alas enemigas
y anudaron el nudo
de la muerte y la vida!

PARAÍSO

Lámina tendida de oro,
y en el dorado aplanamiento,
dos cuerpos como ovillos de oro.

Un cuerpo glorioso que oye
y un cuerpo glorioso que habla
en el prado en que no habla nada.

Un aliento que va al aliento
y una cara que tiembla de él,
en un prado en que nada tiembla.

Acordarse del triste tiempo
en que los dos tenían Tiempo
y de él vivían afligidos,

a la hora de clavo de oro
en que el Tiempo quedó al umbral
como los perros vagabundos...

LA CABALGATA [1]

A don Carlos Silva Vildósola.

Pasa por nuestra Tierra
la vieja Cabalgata,
partiéndose la noche

en una pulpa clara
y cayendo los montes
en el pecho del alba.

[1] La "Santa Compaña"; pero la de los héroes.

Con el vuelo remado
de los petreles pasa,
o en un silencio como
de antorcha sofocada.
Pasa en un dardo blanco
la eterna Cabalgata...

Pasa, única y legión,
en cuchillada blanca,
sobre la noche experta
de carne desvelada.
Pasa si no la ven,
y si la esperan, pasa.

Se leen las Eneidas,
se cuentan Ramayanas,
se llora el Viracocha
y se remonta al Maya,
y madura la vida
mientras su río pasa.

Las ciudades se secan
como piel de alimaña
y el bosque se nos dobla
como avena majada,
si olvida su camino
la vieja Cabalgata...

A veces por el aire
o por la gran llanada,
a veces por el tuétano
de Ceres subterránea,
a veces solamente
por las crestas del alma,
pasa, en caliente silbo,
la santa Cabalgata...

Como una vena abierta
desde las solfataras,
como un repecho de humo,
como un despeño de aguas,

pasa, cuando la noche
se rompe en pulpas claras.

Oír, oír, oír,
la noche como valva,
con ijar de lebrel
o vista acornejada,
y temblar y ser fiel,
esperando hasta el alba.

La noche ahora es fina,
es estricta y delgada.
El cielo agudo punza
lo mismo que la daga
y aguija a los dormidos
la tensa Vía Láctea.

Se viene por la noche
como un comienzo de aria;
se allegan unas vivas
trabazones de alas.
Me da en la cara un alto
muro de marejada,
y saltan, como un hijo,
contentas, mis entrañas.

Soy vieja;
amé los héroes
y nunca vi su cara;
por hambre de su carne
yo he comido las fábulas.

Ahora despierto a un niño
y destapo su cara,
y lo saco desnudo
a la noche delgada,
y lo hondeo en el aire
mientras el río pasa,
porque lo tome y lleve
la vieja Cabalgata...

LA GRACIA

A Amado Alonso.

Pájara Pinta
jaspeada,
iba loca
de pintureada,
por el aire
como llevada.

En esta misma
madrugada,
pasó el río
de una lanzada.
La mañanita
pura y rasada

quedó linda
de la venteada.

Los que no vieron
no saben nada;
duermen a sábana
pegada,
y yo me alcé
con lucerada;
medio era noche,
medio albada.

Me crujió el aire
a su pasada,
y ella cruzó
como rasgada,

por cara y hombro
mío azotada.

Pareció lirio
o pez-espada.
Subió los aires
hondeada,
de cielo abierto
devorada,
y en un momento
fue nonada.
Quedé temblando
en la quebrada.
¡Albricia mía [1]
arrebatada!

LA ROSA

La riqueza del centro de la rosa
es la riqueza de tu corazón.
Desátala como ella:
su ceñidura es toda tu aflicción.

Desátala en un canto
o en un tremendo amor.
No defiendas la rosa:
¡te quemaría con el resplandor!

---

[1] Véase nota "Nocturno de la derrota" en la pág. 176.

HISTORIAS DE LOCA

LA MUERTE-NIÑA

A Gonzalo Zaldumbide.

En esa cueva nos nació,
y como nadie pensaría,
nació desnuda y pequeñita
como el pobre pichón de cría.

¡Tan entero que estaba el mundo!
¡tan fuerte que era al mediodía!
¡tan armado como la piña,
cierto del Dios que sostenía!

Alguno nuestro la pensó
como se piensa villanía;
la Tierra se lo consintió
y aquella cueva se le abría.

De aquel hoyo salió de pronto,
con esa carne de elegía;
salió tanteando y gateando
y apenas se la distinguía.

Con una piedra se aplastaba,
con el puño se la exprimía.
Se balanceaba como un junco
y con el viento se caía...

Me puse yo sobre el camino
para gritar a quien me oía:
"¡Es una muerte de dos años
que bien se muere todavía!"

Recios rapaces la encontraron,
hembras fuertes cruzó la vía;
la miraron Nemrod y Ulises,
pero ninguno comprendía...

Se envilecieron las mañanas,
torpe se hizo el mediodía;

cada sol aprendió su ocaso
y cada fuente su sequía.

La pradera aprendió el otoño
y la nieve su hipocresía,
la bestezuela su cansancio,
la carne de hombre su agonía.

Yo me entraba por casa y casa
y a todo hombre se lo decía:
"¡Es una muerte de siete años
que bien se muere todavía!"

Y dejé de gritar mi grito
cuando vi que se adormecían.
Ya tenían no sé qué dejo
y no sé qué melancolía...

Comenzamos a ser los reyes
que conocen postrimería
y la bestia o la criatura
que era la sierva nos hería.

Ahora el aliento se apartaba
y ahora la sangre se perdía,
y la canción de las mañanas
como cuerno se enronquecía.

La Muerte tenía treinta años;
ya nunca más se moriría,
y la segunda Tierra nuestra
iba abriendo su epifanía.

Se lo cuento a los que han venido,
y se ríen con insanía:
"Yo soy de aquellas que bailaban
cuando la Muerte no nacía..."

LA FLOR DEL AIRE [1]

A Consuelo Saleva.

Yo la encontré por mi destino,
de pie a mitad de la pradera,
gobernadora del que pase,
del que le hable y que la vea.

Y ella me dijo: "Sube al monte.
Yo nunca dejo la pradera,
y me cortas las flores blancas
como nieves, duras y tiernas."

Me subí a la ácida montaña,
busqué las flores donde albean,
entre las rocas existiendo
medio-dormidas y despiertas.

Cuando bajé, con carga mía,
la hallé a mitad de la pradera,
y fui cubriéndola frenética,
con un torrente de azucenas.

Y sin mirarse la blancura,
ella me dijo: "Tú acarrea
ahora sólo flores rojas.
Yo no puedo pasar la pradera."

Trepé las peñas con el venado,
y busqué flores de demencia,
las que rojean y parecen
que de rojez vivan y mueran.

Cuando bajé se las fui dando
con un temblor feliz de ofrenda,
y ella se puso como el agua
que en ciervo herido se ensangrienta.

Pero mirándome, sonámbula,
me dijo: "Sube y acarrea
las amarillas, las amarillas.
Yo nunca dejo la pradera."

Subí derecho a la montaña
y me busqué las flores densas,
color de sol y de azafranes,
recién nacidas y ya eternas.

Al encontrarla, como siempre,
a la mitad de la pradera,
segunda vez yo fui cubriéndola,
y la dejé como las eras.

Y todavía, loca de oro,
me dijo: "Súbete, mi sierva,
y cortarás las sin color,
ni azafranadas ni bermejas."

"Las que yo amo por recuerdo
de la Leonora y la Ligeia,
color del Sueño y de los sueños.
Yo soy Mujer de la pradera."

Me fui ganando la montaña,
ahora negra como Medea,
sin tajada de resplandores,
como una gruta vaga y cierta.

Ellas no estaban en las ramas,
ellas no abrían en las piedras
y las corté del aire dulce,
tijereteándolo ligera.

Me las corté como si fuese
la cortadora que está ciega.
Corté de un aire y de otro aire,
tomando el aire por mi selva...

Cuando bajé de la montaña
y fui buscándome a la reina,
ahora ella caminaba,
ya no era blanca ni violenta;

ella se iba, la sonámbula,
abandonando la pradera,
y yo siguiéndola y siguiéndola
por el pastal y la alameda,

cargada así de tantas flores,
con espaldas y mano aéreas,
siempre cortándolas del aire
y con los aires como siega...

---

[1] "La Aventura", quise llamarla; mi aventura con la Poesía...

Ella delante va sin cara;
ella delante va sin huella,
y yo la sigo todavía
entre los gajos de la niebla,

con estas flores sin color,
ni blanquecinas ni bermejas,
hasta mi entrega sobre el límite,
cuando mi Tiempo se disuelva...

LA SOMBRA [1]

En un metal de cipreses
y de cal espejeadora,
sobre mi sombra caída
bailo una danza de mofa.

Como plumón rebanado
o naranja que se monda,
he aventado y no recojo
el racimo de mi sombra.

La cobra negra seguíame,
incansable, por las lomas,
o en el patio, sin balido,
en oveja querenciosa.

Cuando mi néctar bebía,
me arrebataba la copa;
y sobre el telar soltaba
su greña gitana o mora.

Cuando en el cerro yo hacía
fogata y cena dichosa,
a comer se me sentaba
en niña de manos rotas...

Besó a Jacob hecha Lía,
y él le creyó a la impostora,
y pensó que me abrazaba
en antojo de mi sombra.

Está muerta y todavía
juega, mañosa a mi copia,
y la gritan con mi nombre
los que la giran en ronda...

Veo de arriba su red
y el cardumen que desfonda;
y yo río, liberada
perdiendo al corro que llora,

siento un oreo divino
de espaldas que el aire toma
y de más en más me sube
una brazada briosa.

Llego por un mar trocado
en un despeño de sonda,
y arribo a mi derrotero
de las Divinas Personas.

En tres cuajos de cristales
o tres grandes velas solas,
me encontré y revoloteo,
en torno de las Gloriosas.

Cubren sin sombra los cielos,
como la piedra preciosa,
y yo sin mi sombra bailo
los cielos como mis bodas...

EL FANTASMA

En la dura noche cerrada
o en la húmeda mañana tierna,
sea invierno, sea verano,
esté dormida, esté despierta,

aquí estoy si acaso me ven,
y lo mismo si no me vieran,

queriendo que abra aquel umbral
y me conozca aquella puerta.

En un turno de mando y ruego,
y sin irme, porque volviera,
con mis sentidos que tantean
sólo este leño de una puerta,

---

[1] Véase nota de la pág. 176.

aquí me ven si es que ellos ven,
y aquí estoy aunque no supieran,
queriendo haber lo que yo había,
que como sangre me sustenta;

en país que no es mi país,
en ciudad que ninguno mienta,
junto a casa que no es mi casa,
pero siendo mía una puerta,

detrás la cual yo puse todo,
yo dejé todo como ciega,
sin traer llave que me conozca
y candado que me obedezca.

Aquí me estoy, y yo no supe
que volvería a esta puerta
sin brazo válido, sin mano dura
y sin la voz que mi voz era;

que guardianes no me verían
ni oiría su oreja sierva,
y sus ojos no entenderían
que soy íntegra y verdadera;

que anduve lejos y que vuelvo
y que yo soy, si hallé la senda,
me sé sus nombres con mi nombre
y entre puertas hallé la puerta,

¡por buscar lo que les dejé,
que es mi ración sobre la tierra,
de mí respira y a mí salta,
como un regato, si me encuentra!

A menos que él también olvide
y que tampoco entienda y vea
mi marcha de alga lamentable
que se retuerce contra su puerta,

si sus ojos también son esos
que ven sólo las formas ciertas,
que ven vides y ven olivos
y criaturas verdaderas;

y yo soy la rendida Larva
desgajada de otra ribera,
que resbala país de hombres
con el silencio de la niebla;

¡que no raya su pobre llano,
y no lo arruga de su huella,
y que no deja testimonio
sobre el aljibe de una puerta,

que dormida dejó su carne,
como el árabe deja la tienda,
y por la noche, sin soslayo,
llegó a caer sobre su puerta!

M A T E R I A S

PAN

A Teresa y Enrique Díez-Canedo.

Dejaron un pan en la mesa,
mitad quemado, mitad blanco,
pellizcado encima y abierto
en unos migajones de ampo.

Me parece nuevo o como no visto,
y otra cosa que él no me ha alimentado,
pero volteando su miga, sonámbula,
tacto y olor se me olvidaron.

Huele a mi madre cuando dio su leche,
huele a tres valles por donde he pasado:
a Aconcagua, a Pátzcuaro, a Elqui,
y a mis entrañas cuando yo canto.

Otros olores no hay en la estancia
y por eso él así me ha llamado;
y no hay nadie tampoco en la casa
sino este pan abierto en un plato,
que con su cuerpo me reconoce
y con el mío yo reconozco.

Se ha comido en todos los climas
el mismo pan en cien hermanos:
pan de Coquimbo, pan de Oaxaca,
pan de Santa Ana y de Santiago.

En mis infancias yo le sabía
forma de sol, de pez o de halo,
y sabía mi mano su miga
y el calor de pichón emplumado...

Después lo olvidé, hasta este día
en que los dos nos encontramos,
yo con mi cuerpo de Sara vieja
y él con el suyo de cinco años.

Amigos muertos con que comíalo
en otros valles sientan el vaho
de un pan en septiembre molido
y en agosto en Castilla segado.

Es otro y es el que comimos
en tierras donde se acostaron.
Abro la miga y les doy su calor;
lo volteo y les pongo su hálito.

La mano tengo de él rebosada
y la mirada puesta en mi mano;
entrego un llanto arrepentido
por el olvido de tantos años,
y la cara se me envejece
o me renace en este hallazgo.

Como se halla vacía la casa,
estemos juntos los reencontrados,
sobre esta mesa sin carne y fruta,
los dos en este silencio humano,
hasta que seamos otra vez uno
y nuestro día haya acabado...

SAL

La sal cogida de la duna,
gaviota viva de ala fresca,
desde su cuenco de blancura,
me busca y vuelve su cabeza.

Yo voy y vengo por la casa
y parece que no la viera
y que tampoco ella me viese,
Santa Lucía blanca y ciega.

Pero la Santa de la sal,
que nos conforta y nos penetra,
con la mirada enjuta y blanca,
alancea, mira y gobierna
a la mujer de la congoja
y a lo tendido de la cena.

De la mesa viene a mi pecho;
va de mi cuarto a la despensa,
con ligereza de vilano
y brillos rotos de saeta.

La cojo como a criatura
y mis manos la espolvorean,
y resbalando con el gesto
de lo que cae y se sujeta,

halla la blanca y desolada
duna de sal de mi cabeza.

Me salaba los lagrimales
y los caminos de mis venas,
y de pronto me perdería
como en juego de compañera,
pero en mis palmas, al regreso,
con mi sangre se reencuentra...

Mano a la mano nos tenemos
como Raquel, como Rebeca.
Yo volteo su cuerpo roto
y ella voltea mi guedeja,
y nos contamos las Antillas
o desvariamos las Provenzas.

Ambas éramos de las olas
y sus espejos de salmuera,
y del mar libre nos trajeron
a una casa profunda y quieta;
y el puñado de Sal y yo,
en beguinas o en prisioneras,
las dos llorando, las dos cautivas,
atravesamos por la puerta...

A G U A

Hay países que yo recuerdo
como recuerdo mis infancias.
Son países de mar o río,
de pastales, de vegas y aguas.
Aldea mía sobre el Ródano,
rendida en río y en cigarras;
Antilla en palmas verdi-negras
que a medio mar está y me llama;
¡roca lígure de Portofino:
mar italiana, mar italiana!

Me han traído a país sin río,
tierras-Agar, tierras sin agua;
Saras blancas y Saras rojas,
donde pecaron otras razas,
de pecado rojo de atridas
que cuentan gredas tajeadas;
que no nacieron como un niño
con unas carnazones grasas,
cuando las oigo, sin un silbo,
cuando las cruzo, sin mirada.

Quiero volver a tierras niñas;
llévenme a un blando país de aguas.
En grandes pastos envejezca
y haga al río fábula y fábula.
Tenga una fuente por mi madre
y en la siesta salga a buscarla,
y en jarras baje de una peña
en agua dulce, aguda y áspera.

Me venza y pare los alientos
el agua acérrima y helada.
¡Rompa mi vaso y al beberla
me vuelva niñas las entrañas!

CASCADA EN SEQUEDAL

Ganas tengo de cantar,
sin razón de mi algarada;
ni vivo en la tierra
de donde es la palma,

ni la madre mía
entra por mi casa,
ni regreso a ella
gritando en la barca...

Ganas de cantar
partiendo tres ráfagas,
sin poder cantar
de lo alborotada;

por la luz devuelta
que anduvo trocada;
por sierras que paso
con su tribu de hayas,

y un ruido que suena,
no sé dónde, de aguas,
que me viene al pecho
y que es de cascada.

Cae donde cae
y ayer no rodaba;
cerca de mi cuerpo
se despeña y llama.

Me paro y escucho,
sin ir a buscarla:
¡agua, madre mía,
e hija mía, el agua!

¡Yo la quiero ver
y no puedo, de ansia,
y sigue cayendo,
l'agua palmoteada!

EL AIRE

A José Ma. Quiroga Plá.

En el llano y la llanada
de salvia y menta salvaje,
encuentro como esperándome
el Aire.

Gira redondo, en un niño
desnudo y voltijeante,
y me toma y arrebata
por su madre.

Mis costados coge enteros,
por cosa de su donaire,
y mis ropas entregadas
por casales...

Silba en áspid de las ramas
o empina los matorrales;
o me para los alientos
como un Ángel.

Pasa y repasa en helechos
y pechugas inefables,
que son gaviotas y aletas
de Aire.

Lo tomo en una brazada;
cazo y pesco, palpitante,
ciega de plumas y anguilas
del Aire...

A lo que hiero no hiero,
o lo tomo sin lograrlo,
aventándome y cazando
burlas de Aire...

Cuando camino de vuelta,
por encinas y pinares,
todavía me persigue
el Aire.

Entro en mi casa de piedra
con los cabellos jadeantes,
ebrios, ajenos y duros
del Aire.

En la almohada, revueltos,
no saben apaciguarse,
y es cosa, para dormirse,
de atarles...

Hasta que él allá se cansa
como un albatros gigante,
o una vela que rasgaron
parte a parte.

Al amanecer, me duermo
—cuando mis cabellos caen—
como la madre del hijo,
rota del Aire...

A M É R I C A

D O S   H I M N O S [1]

A don Eduardo Santos.

I

Sol del Trópico

Sol de los Incas, sol de los Mayas,
maduro sol americano,
sol en que mayas y quichés
reconocieron y adoraron,
y en el que viejos aimaráes
como el ámbar fueron quemados.
Faisán rojo cuando levantas
y cuando medias, faisán blanco,
sol pintador y tatuador
de casta de hombre y de leopardo.
Sol de montañas y de valles,
de los abismos y los llanos,
Rafael de las marchas nuestras,
lebrel de oro de nuestros pasos,
por toda tierra y todo mar
santo y seña de mis hermanos.
Si nos perdemos, que nos busquen
en unos limos abrasados,
donde existe el árbol del pan
y padece el árbol del bálsamo.[2]

Sol del Cuzco, blanco en la puna,
Sol de México canto dorado,
canto rodado sobre el Mayab,[3]
maíz de fuego no comulgado,
por el que gimen las gargantas
levantadas a tu viático;
corriendo vas por los azules

estrictos o jesucristianos,
ciervo blanco o enrojecido,
siempre herido, nunca cazado...

Sol de los Andes, cifra nuestra,
veedor de hombres americanos,
pastor ardiendo de grey ardiendo
y tierra ardiendo en su milagro,
que ni se funde ni nos funde,
que no devora ni es devorado;
quetzal de fuego emblanquecido
que cría y nutre pueblos mágicos;
llama pasmado en rutas blancas
guiando llamas alucinados...

Raíz del cielo, curador
de los indios alanceados;
brazo santo cuando los salvas,
cuando los matas, amor santo.
Quetzalcóatl, padre de oficios
de la casta de ojo almendrado,
el moledor de los añiles,
el tejedor de algodón cándido;
los telares indios enhebras
en colibríes alocados
y das las grecas pintureadas
al mujerío de Tacámbaro.
¡Pájaro Roc,[4] plumón que empolla
dos orientes desenfrenados!

Llegas piadoso y absoluto
según los dioses no llegaron,

---

[1] Véase nota de la pág. 176.
[2] El llamado "bálsamo del Perú".
[3] Nombre indígena de Yucatán.
[4] Castellanizo la palabra ajena Rock.

tórtolas blancas en bandada,
maná que baja sin doblarnos.
No sabemos qué es lo que hicimos
para vivir transfigurados.
En especies solares nuestros
Viracochas se confesaron,
y sus cuerpos los recogimos
en sacramento calcinado.

A tu llama fié a los míos,
en parva de ascuas acostados.
Sobre tendal de salamandras
duermen y sueñan sus cuerpos santos.
O caminan contra el crepúsculo,
encendidos como retamos,
azafranes sobre el poniente
medio Adanes, medio topacios...

Desnuda mírame y reconóceme,
si no me viste en cuarenta años,
con Pirámide de tu nombre,[1]
con pitahayas y con mangos,
con los flamencos de la aurora
y los lagartos tornasolados.

¡Como el maguey, como la yuca,
como el cántaro del peruano,
como la jícara de Uruapan,
como la quena de mil años,
a ti me vuelvo, a ti me entrego,
en ti me abro, en ti me baño!
Tómame como los tomaste,
el poro al poro, el gajo al gajo,
y ponme entre ellos a vivir,
pasmada dentro de tu pasmo.

Pisé los cuarzos extranjeros,
comí sus frutos mercenarios;
en mesa dura y vaso sordo
bebí hidromieles que eran lánguidos;
recé oraciones mortecinas
y me canté los himnos bárbaros,[2]
y dormí donde son dragones
rotos y muertos los Zodíacos.

Te devuelvo por mis mayores
formas y bultos en que me alzaron.
Riégame así con rojo riego;
dame el hervir vuelta tu caldo.

Emblanquéceme u oscuréceme
en tus lejías y tus cáusticos.

¡Quémame tú los torpes miedos,
sécame lodos, avienta engaños;
tuéstame habla, árdeme ojos,
sollama boca, resuello y canto,
límpiame oídos, lávame vistas,
purifica manos y tactos!

Hazme las sangres, y las leches,
y los tuétanos, y los llantos.
Mis sudores y mis heridas
sécame en lomos y en costados.
Y otra vez íntegra incorpórame
a los coros que te danzaron:
los coros mágicos, mecidos
sobre Palenque y Tihuanaco.

Gentes quechuas y gentes mayas
te juramos lo que jurábamos.
De ti rodamos hacia el Tiempo
y subiremos a tu regazo;
de ti caímos en grumos de oro,
en vellón de oro desgajado,
y a ti entraremos rectamente
según dijeron Incas Magos.

¡Como racimos al lagar
volveremos los que bajamos,
como el cardumen de oro sube
a flor de mar arrebatado
y van los grandes anacondas
subiendo al silbo del llamado!

II

CORDILLERA

¡Cordillera de los Andes,
Madre yacente y Madre que anda,
que de niños nos enloquece
y hace morir cuando nos falta;
que en los metales y el amianto
nos aupaste las entrañas;
hallazgo de los primogénitos,
de Mama Ocllo y Manco Cápac,
tremendo amor y alzado cuerno
del hidromiel de la esperanza!

---

[1] La Pirámide del Sol en México.
[2] Bárbaros, en su recto sentido de ajenos, de extraños.

Jadeadora del Zodíaco,
sobre la esfera galopada;
corredora de meridianos,
piedra Mazzepa que no se cansa,
Atalanta que en la carrera
es el camino y es la marcha,
y nos lleva, pecho con pecho,
a lo madre y lo marejada,
a maná blanco y peán rojo
de nuestra bienaventuranza.

Caminas, Madre, sin rodillas,
dura de ímpetu y confianza;
con tus siete pueblos caminas
en tus faldas acigüeñadas;
caminas la noche y el día,
desde mi Estrecho a Santa Marta,
y subes de las aguas últimas
la cornamenta del Aconcagua.
Pasas el valle de mis leches,
amoratando la higuerada;
cruzas el cíngulo de fuego
y los ríos Dioscuros lanzas;[1]
pruebas Sargassos de salmuera
y desciendes alucinada...

Viboreas de las señales
del camino del Inca Huayna,
veteada de ingenierías
y tropeles de alpaca y llama,
de la hebra del indio atónito
y del ¡ay! de la quena mágica.
Donde son valles, son dulzuras;
donde repechas, das el ansia;
donde azurea el altiplano
es la anchura de la alabanza.

Extendida como una amante
y en los soles reverberada,
punzas al indio y al venado
con el jenjibre y con la salvia;
en las carnes vivas te oyes
lento hormiguero, sorda vizcacha;
oyes al puma ayuntamiento
y a la nevera, despeñada,
y te escuchas el propio amor
en tumbo y tumbo de tu lava...
Bajan de ti, bajan cantando,
como de nupcias consumadas,
tumbadores de las caobas
y rompedor de araucarias.

Aleluya por el tenerte
para cosecha de las fábulas,
alto ciervo que vio San Jorge
de cornamenta aureolada
y el fantasma del Viracocha,
vaho de niebla y vaho de habla.
¡Por las noches nos acordamos
de bestia negra y plateada,
leona que era nuestra madre
y de pie nos amamantaba!

En los umbrales de mis casas,
tengo tu sombra amoratada.
Hago, sonámbula, mis rutas,
en seguimiento de tu espalda,
o devanándome en tu niebla,
o tanteando un flanco de arca;
y la tarde me cae al pecho
en una madre desollada.
¡Ancha pasión, por la pasión
de hombros de hijos jadeada!

¡Carne de piedra de la América,
halalí de piedras rodadas,
sueño de piedra que soñamos,
piedras del mundo pastoreadas;
enderezarse de las piedras
para juntarse con sus almas!
¡En el cerco del valle de Elqui,
bajo la luna de fantasma,
no sabemos si somos hombres
o somos peñas arrobadas!

Vuelven los tiempos en sordo río
y se les oye la arribada
a la meseta de los Cuzcos
que es la peana de la gracia.
Silbaste el silbo subterráneo
a la gente color del ámbar;
te desatamos el mensaje
enrollado de salamandra;
y de tus tajos recogemos
nuestro destino en bocanada.

¡Anduvimos como los hijos
que perdieron signo y palabra,
como beduino o ismaelita,
como las peñas hondeadas,
vagabundos envilecidos,
gajos pisados de vid santa,
hasta el día de recobrarnos
como amantes que se encontraran!

---

[1] El Cauca y el Magdalena.

Otra vez somos los que fuimos,
cinta de hombres, anillo que anda,
viejo tropel, larga costumbre
en derechura a la peana,
donde quedó la madre-augur
que desde cuatro siglos llama,
en toda noche de los Andes
y con el grito que es lanzada.

Otra vez suben nuestros coros
y el roto anillo de la danza,
por caminos que eran de chasquis [1]
y en pespunte de llamaradas.
Son otra vez adoratorios
jaloneando la montaña
y la espiral en que columpian
mirra-copal, mirra-copaiba,
¡para tu gozo y nuestro gozo
balsámica y embalsamada!

Al fueguino sube al Caribe
por tus punas espejeadas;

a criaturas de salares
y de pinar lleva a las palmas.
Nos devuelves al Quetzalcóatl
acarreándonos al maya,
y en las mesetas cansa-cielos,
donde es la luz transfigurada,
braceadora, ata tus pueblos
como juncales de sabana.

¡Suelde el caldo de tus metales
los pueblos rotos de tus abras;
cose tus ríos vagabundos,
tus vertientes acainadas.
Puño de hielo, palma de fuego,
a hielo y fuego purifícanos!
Te llamemos en aleluya
y en letanía arrebatada:
¡Especie eterna y suspendida,
Alta-ciudad — Torres-doradas,
Pascual Arribo de tu gente,
Arca tendida de la Alianza!

EL MAÍZ

I

El maíz del Anáhuac,
el maíz de olas fieles,
cuerpo de los mexitlis,
a mi cuerpo se viene.
En el viento me huye,
jugando a que lo encuentre,
y que me cubre y me baña
el Quetzalcóatl [2] verde
de las colas trabadas
que lamen y que hieren.
Braceo en la oleada
como el que nade siempre;
a puñados recojo
las pechugas huyentes,
riendo risa india
que mofa y que consiente,
y voy ciega en marea
verde resplandeciente,
braceándole la vida,
braceándole la muerte.

II

Al Anáhuac lo ensanchan
maizales que crecen.
La tierra, por divina,
parece que la vuelen.
En la luz sólo existen
eternidades verdes,
remada de esplendores
que bajan y que ascienden.
Las Sierras Madres pasa
su pasión vehemente.
El indio que los cruza
como que no parece.
Maizal hasta donde
lo postrero emblanquece,
y México se acaba
donde el maíz se muere.

III

Por bocado de Xóchitl,
madre de las mujeres,

---

[1] "Chasquis", correos quechuas.
[2] Quetzalcoatl, la serpiente emplumada de los aztecas.

porque el umbral en hijos
y en danza reverbere,
se matan los mexitlis
como Tlálocs [1] que jueguen
y la piel del Anáhuac
de escamas resplandece.
Xóchitl va caminando
filos y filos verdes.
Su hombre halla tendido
en caña de la muerte.
Lo besa con el beso
que a la nada desciende
y le siembra la carne
en el Anáhuac leve,
en donde llama un cuerno
por el que todo vuelve...

IV

Mazorcada del aire [2]
y mazorcal terrestre,
el tendal de los muertos
y el Quetzalcóatl verde,
se están como uno solo
mitad frío y ardiente,
y la mano en la mano,
se velan y se tienen.
Están en turno y pausa
que el Anáhuac comprende,
hasta que el silbo largo
por los maíces suene
mandan que las cañas
dancen y desperecen:
¡eternidad que va
y eternidad que viene!

V

Las mesas del maíz
quieren que yo me acuerde.
El corro está mirándome
fugaz y eternamente.
Los sentados son órganos;[3]
las sentadas, magueyes.
Delante de mi pecho
la mazorcada tienden.
De la voz y los modos

gracia tolteca llueve.
La casta come lento,
como el venado bebe.
Dorados son el hombre,
el bocado, el aceite,
y en sesgo de ave pasan
las jícaras alegres.
Otra vez me tuvieron
éstos que aquí me tienen,
y el corro, de lo eterno,
parece que espejee...

VI

El santo maíz sube
en un ímpetu verde,
y dormido se llena
de tórtolas ardientes.
El secreto maíz
en vaina fresca hierve
y hierve de unos crótalos
y de unos hidromieles.
El dios que lo consuma,
es dios que lo enceguece;
le da forma de ofrenda
por dársela ferviente;
en voladores hálitos
su entrega se disuelve.
Y México se acaba
donde la milpa [4] muere.

VII

El pecho del maíz
su fervor lo retiene.
El ojo del maíz
tiene el abismo breve.
El habla del maíz
en valva y valva envuelve.
Ley vieja del maíz,
caída no perece,
y el hombre del maíz
se juega, no se pierde.
Ahora es en Anáhuac
y ya fue en el Oriente:
¡eternidades van
y eternidades vienen!

---

[1] Espíritus juguetones del agua.
[2] Alusión al fresco del maíz de Diego Rivera llamado "Fecundación".
[3] Cactus cirial simple.
[4] "Milpa", el maizal en lengua indígena.

VIII

Molinos rompe-cielos
mis ojos no los quieren.
El maizal no aman
y su harina no muelen:
no come grano santo
la hiperbórea gente.
Cuando mecen sus hijos
de otra mecida mecen,
en vez de los niveles
de balanceadas frentes.
A costas del maíz
mejor que no naveguen:
maíz de nuestra boca
lo coma quien lo rece.
El cuerno mexicano
de maizal se vierte
y así tiemblan los pulsos
en trance de cogerle
y así canta la sangre

con el arcángel verde,
porque el mágico Anáhuac
se ama perdidamente...

IX

Hace años que el maíz
no me canta en las sienes
ni corre por mis ojos...
su crinada serpiente.
Me faltan los maíces
y me sobran las mieses.
Y al sueño, en vez de Anáhuac,
le dejo que me suelte
su mazorca infinita
que me aplaca y me duerme.
Y grano rojo y negro [1]
y dorado y en cierne,
el sueño sin Anáhuac
me cuenta hasta mi muerte...

MAR CARIBE

A E. Ribera Chevremont.

Isla de Puerto Rico,
isla de palmas,
apenas cuerpo, apenas,
como la Santa,
apenas posadura
sobre las aguas;
del millar de palmeras
como más alta,
y en las dos mil colinas
como llamada.

Isla en amaneceres
de mí gozada,
sin cuerpo acongojado,
trémula de alma;
de sus constelaciones
amamantada,
en la siesta de fuego
punzada de hablas,
y otra vez en el alba,
adoncellada.

Isla en caña y cafés
apasionada;

tan dulce de decir
como una infancia;
bendita de cantar
como un ¡hosanna!
sirena sin canción
sobre las aguas,
ofendida de mar
en marejada:
¡Cordelia de las olas,
Cordelia amarga!

Seas salvada como
la corza blanca
y como el llama nuevo
del Pachacámac,[2]
y como el huevo de oro
de la nidada,
y como la Ifigenia,
viva en la llama.

Te salven los Arcángeles
de nuestra raza:
Miguel castigador,
Rafael que marcha,

---

[1] Especies coloreadas del maíz en México.
[2] Dios máximo de los quechuas.

y Gabriel que conduce
la hora colmada.
 Antes que en mí se acaben
marcha y mirada;
antes de que mi carne

sea una fábula
y antes que mis rodillas
vuelen en ráfagas...

Día de la liberación de Filipinas.

"TAMBORITO PANAMEÑO" [1]

A Méndez Pereira.

Panameño, panameño,
panameño de mi vida,
yo quiero que tú me lleves
al tambor de la alegría. [2]

De una parte mar de espejos,
de la otra, serranía,
y partiéndonos la noche
el tambor de la alegría.

Donde es bosque de quebracho,
panamá y especiería,
apuñala de pasión
el tambor de la alegría.

Emboscado silbador,
cebo de la hechicería,
guiño de la media noche,
panameña idolatría...

Los muñones son caoba
y la piel venadería,
y más loco a cada tumbo
el tambor de la alegría.

Jadeante como pecho
que las sierras subiría

¡Y la noche que se funde
el tambor de la alegría!

Vamos donde tú nos quieres,
que era donde nos querías,
embozado de las greñas,
tamborito de alegría.

Danza de la gente roja,
fiebre de panamería,
vamos como quien se acuerda
al tambor de la alegría.

Como el niño que en el sueño
a su madre encontraría,
vamos a la leche roja
del tambor de la alegría.

Mar pirata, mar fenicio,
nos robó a la paganía,
y. nos roba al robador
el tambor de la alegría.

¡Vamos por ningún sendero.
que el sendero sobraría,
por el tumbo y el jadeo
del tambor de la alegría!

---

[1] Nombre de un baile indígena de Panamá.
[2] Estrofa única del canto folklórico aludido.

TIERRA DE CHILE

SALTO DEL LAJA

A Radomiro Tomio.

Salto del Laja, viejo tumulto,
hervor de las flechas indias,
despeño de belfos vivos,
majador de tus orillas.

Escupes las rocas, rompes
tu tesoro, te avientas tú mismo,
y por morir o más vivir,
agua india, te precipitas.

Cae y de caer no acaba
la cegada maravilla:
cae el viejo fervor terrestre,
la tremenda Araucanía.

Juegas cuerpo y juegas alma
enteros, agua suicida.
Caen contigo los tiempos,
caen gozos y agonías;
cae la mártir indiada
y cae también mi vida.

Las bestias cubres de espumas;
ciega a las liebres tu neblina,

y hieren cohetes blancos
mis brazos y mis rodillas.

Te oyen rodar los que talan,
los que hacen pan o caminan,
y los que duermen o están muertos,
o dan su alma o cavan minas,
o en pastales o en lagunas
hallan el coipo y la chinchilla.

Baja el ancho amor vencido,
medio-dolor, medio-dicha,
en un ímpetu de madre
que a sus hijos hallaría...

Y te entiendo y no te entiendo,
Salto del Laja, vocería,
vaina de antiguos sollozos
y aleluya nunca rendida.

Me voy por el río Laja,
me voy con las locas víboras,
me voy por el cuerpo de Chile,
doy vida y voluntad mías.
Juego sangre, juego sentidos
y me entrego, ganada y perdida...

VOLCÁN OSORNO

A don Rafael Larco Herrera.

Volcán de Osorno, David
que te hondeas a ti mismo,
mayoral en llanada verde,
mayoral ancho de tu gentío.

Salto que ya va a saltar
y que se queda cautivo;
lumbre que al indio cegaba,
huemul [1] de nieves albino.

---
[1] Ciervo chileno.

Volcán del Sur, gracia nuestra,
no te tuve y serás mío,
no me tenías y era tuya,
en el valle donde he nacido.

Ahora caes a mis ojos,
ahora bañas mis sentidos
y juego a hacerte la ronda,
foca blanca, viejo pingüino...

Cuerpo que reluces, cuerpo
a nuestros ojos caído,
que en el agua de Llanquihue
comulgan, bebiendo, tus hijos.

Volcán Osorno, el fuego es bueno
y lo llevamos como tú mismo
el fuego de la tierra india,
al nacer, lo recibimos.

Guarda las viejas regiones,
salva a tu santo gentío,
vela indiada de leñadores,
guía chilotes que son marinos.

Guía a pastores con tu relumbre,
Volcán Osorno, viejo novillo,
¡levanta el cuello de tus mujeres,
empina gloria de tus niños!

¡Boyero blanco, tu yugo blanco,
dobla cebadas, provoca trigos!
Da a tu imagen la abundancia,
rebana el hambre con gemido.

¡Despeña las voluntades,
hazte carne, vuélvete vivo,
quémanos nuestras derrotas
y apresura lo que no vino!

Volcán Osorno, pregón de piedra,
peán que oímos y no oímos,
quema la vieja desventura,
¡mata a la muerte como Cristo!

T R O Z O S   D E L
"P O E M A   D E   C H I L E"

CUATRO TIEMPOS DEL HUEMUL

I

Ciervo de los Andes, aire
de los aires consentido,
¿donde mascarás la hierba
con belfos enternecidos?

En los Natales [1] partías
trébol y avena floridos,
punteados de luz los cuernos
y las ancas de rocíos.

A la siesta, los gandules
no te gozaron dormido,
la oreja en hoja de chopo,
los párpados con batido.

El matrero, el perdulario
y el compra y vende prodigios
iban zumbando a tu zaga
viento, fogonazo y grito.

Los hálitos te volaban
adelantados como hijos
y te humeaban las corvas
como las del indio huido...

Prefirieron los chalanes
a tu vela y a tu cuido
ir arreando muladas
y carneros infinitos...

II

Resbalaste de los llanos
hacia los valles urgidos,
escapabas y volvías
como el Señor Jesucristo.

Cuando fue el atravesar
los límites indecisos,
se quejaron las aguadas
y los alerces benditos;

Hasta que no regresaste
en tu equinoccio sabido
tragado de soledades
y peladeros andinos.

El aire preguntó al aire,
la llanura viuda, al risco,
y las liebres demandaron
a los tres vientos ladinos...

En nuestra luz se borraron
unos cuellos y belfillos,
y la Pampa se bebió
la saeta de tus ritmos.

III

¿Dónde husmeas en la niebla,
mirada de hembra y de niño,
y por qué no vadeamos
ijar con ijar los ríos?

---

[1] Natal, región de la Patagonia chilena.

Estás sin lodos ni bestias
ni corazón pavorido,
en verdes postrimerías,
celado de quien te hizo;

remecidos los costados
del saberte manumiso
en trasluz de piñoneros
o entre quijadas de riscos.

Y en llegando día y hora,
bajas los Andes-zafiros,
a hilvanes deshilvanados,
por los hielos derretidos.

Castañetea el faldeo
de cascos y cuernecillos;
después, ya todo ensordece
en avenas y carrizos...

Entonces la Pampa se abre
en miembros estremecidos,
da un alerta de ojos anchos
y echa un oscuro vagido.

IV

Todavía puedo verte,
mi ganado y mi perdido,
cuando lo recobro todo
y entre fantasmas me abrigo.

Me voy, forrada de noche,
paso el mar, llego a los trigos
que en lo herido y lo postrado
me dicen tu calofrío.

Veo desde lejos, veo
la Pampa de tus arribos,
mayor que el entendimiento
y de diez oros, divina.

Rastreando voy tu pechada
que tumba, en blanco, el carrizo
y oliendo, en polvo de espigas,
sólo tu sangre que sigo.

Tanteo en los pajonales;
sorteo esteros subidos,
y en mimbres encuclillados,
doy con unos tactos tibios.

Bien que sabes, bien que llegas,
como el grito respondido,
y me rebosas los brazos
de pelambres y latidos...

Me echas tu aliento azorado
en dos tiempos blanquecinos.
Con tus cascos traveseo;
cuello y orejas te atizo...

Patria y nombre te devuelvo,
para fundirte el olvido,
antes de hacerte dormir
con tu sueño y con el mío.

La Pampa va abriendo labios
oscuros y apercibidos,
y, con insomnio de amor,
habla a punzadas y a silbos.

Echada está como un dios,
prieta de engendros distintos,
y se hace a la medianoche
densa y dura de sentido.

Pesadamente voltea
el bulto y da un gran respiro.
El respiro le sorbemos
mujer y bestia contritos...

SELVA AUSTRAL

Algo se asoma y gestea
y de vago pasa a cierto,
un largo manchón de noche
que nos manda llamamientos
y forra el pie de los Andes
o en hija los va subiendo...

Aunque taimada, la selva
va poco a poco entreabriéndose,
y en rasgando su ceguera,
ya por nuestra la daremos.

Caen copihues rosados
atarantándome al ciervo

y los blancos se descuelgan
con luz y estremecimiento.

Ella, con gestos que vuelan,
se va a sí misma creciendo:
se alza, bracea, se abaja,
echando, oblicuo, el ojeo;
abre apretadas aurículas
y otras hurta, con recelo,
y así va, la Marrullera,
llevándonos magia adentro.

Sobre un testuz y dos frentes
ahora palpita entero
un trocado cielo verde
de avellanos y canelos,
y la araucaria negra,
toda brazo o toda cuello.

Huele el ulmo, huele el pino,
y el humus huele tan denso
como fue el Segundo Día,
cuando el soplo y el fermento.
Por la merced de la siesta
todo, exhalándose, es nuestro,
y el huemul corre alocado,
o gira y se estruja en cedros,
reconociendo resinas
olvidadas de su cuerpo...

Está en cuclillas el niño,
juntando piñones secos,
y espía a la selva que
mira en madre, consintiendo...
Ella como que no entiende,
pero se llena de gestos,
como que es cerrada noche
y hierve de unos siseos,
y como que está cribando
la lunada y los luceros...

Cuando es que ya sosegamos
en hojarascas y légamos,
van subiendo, van subiendo
rozaduras, balbuceos,
mascaduras, frotecillos,
temblores calenturientos,
pizcas de nido, una baya,
la resina, el gajo muerto...
(Abuela silabeadora,
yo te entiendo, yo te entiendo...)

Deshace redes y nudos;
abaja, Abuela, el aliento;
pasa y repasa las caras,
cuélate de sueño adentro.
Yo me fui sin entenderte
y tal vez por eso vuelvo,[1]
pero allá olvido a la Tierra
y en bajando olvido el Cielo...
Y así, voy, y vengo, y vivo
a puro desasosiego...

La tribu de tus pinares
gime con oscuro acento
y se revuelve y voltea,
mascullando y no diciendo.
Eres una y eres tantas
que te tomo y que te pierdo,
y guiñas y silbas, burla,
burlando, y hurtas el cuerpo,
carcajeadora que escapas
y mandas mofas de lejos...
Y no te mueves, que tienes
los pies cargados de sueño...

Se está volteando el indio
y queda, pecho con pecho,
con la tierra, oliendo el rastro
de la chilla y el culpeo.
Que te sosiegues los pulsos,
aunque sea el puma-abuelo.
Pasarían rumbo al agua,
secos y duros los belfos,
y en sellos vivos dejaron
prisa, peso y uñeteo.

El puma sería padre;
los zorrillos eran nuevos.
Ninguno de ellos va herido,
que van a galope abierto,
y beberemos nosotros
sobre el mismo sorbo de ellos...
Aliherido el puelche junta
la selva como en arreo
y con resollar de niño
se queda en platas durmiendo...

Vamos a dormir, si es dable,
tú, mi atarantado ciervo,
y mi bronce silencioso,
en mojaduras de helechos,
si es que el puelche maldadoso
no vuelve a darnos manteo...

---

[1] Yo vuelvo, pero en fantasma.

Que esta noche no te corra
la manada por el sueño,
mira que quiero dormirme
como el coipo en su agujero,
con el sueño duro de esta
!uma donde me recuesto.

¡Ay, qué de hablar a dos mudos
más ariscos que becerros,
qué disparate no haber
cuerpo y guardar su remedo!

¡A qué dejaron voz
si yo mismo no la creo
y los dos que no la oyen
me bizquean con recelo!

Pero no, que el desvariado,
dormido sigue corriendo.
Algo masculla su boca
en jerga con que no acierto,
y el puelche ahora berrea
sobre los aventureros...

BÍO - BÍO

Yo no quiero que me atajen
sin que vea el río lento
que cuchichea dos sílabas
como quien fía secreto.
Dice Bío-Bío, y dícelo
en dos estremecimientos.
Me he de tender a beberlo
hasta que corra mis tuétanos...

Poco lo tuve de viva,
pero ahora me lo tengo:
larga cuchillada dulce,
voz bajada a balbuceo,
agua mayor de nosotros,
red en que nos envolvemos,
bautizador como Juan,
pero sin golpe de treno...

Lava y lava piedrecillas,
cabra herida, puma enfermo.
Así Dios *dice* y responde,
a puro estremecimiento,
con respiro susurrado
que no le levanta el pecho.
Y así los tres te miramos,
quedados como sin tiempo,
hijos amantes que beben
el tu pasar sempiterno.

Y así te oímos los tres,
tirados en pastos crespos

y en arenillas que sumen
pies de niño y pies de ciervo.
No sabemos irnos, ¡no!,
cogidos de tu silencio
de Ángel Rafael, que pasa
y resta, y dura, asintiendo,
grave y dulce, dulce y grave,
porque es que bebe un sediento...
Dale de beber tu sorbo
al indio, y le vas diciendo
el secreto de durar
así, quedándose y yéndose.

Ya mi ciervo te vadea,
a braceadas de foquero;
los ojos del niño buscan
el puente que mata el miedo,
y yo pasaré sin pies
y sin barcaza de remos,
porque más me vale, ¡sí!
el alma que valió el cuerpo.

Bío-Bío, espaldas anchas,
con hablas de Abel pequeño;
corres tierno, gris y blando,
por tierra que es duro reino.
Tal vez estás según Cristo,
en la tierra y en los cielos,
y volvemos a encontrarte
para beberte de nuevo...

S A U D A D E[1]

PAÍS DE LA AUSENCIA

A Ribeiro Couto.

País de la ausencia,
extraño país,
más ligero que ángel
y seña sutil,
color de alga muerta,
color de neblí,
con edad de siempre,
sin edad feliz.

No echa granada,
no cría jazmín,
y no tiene cielos
ni mares de añil.
Nombre suyo, nombre,
nunca se lo oí,
y en país sin nombre
me voy a morir.

Ni puente ni barca
me trajo hasta aquí,
no me lo contaron
por isla o país.
Yo no lo buscaba
ni lo descubrí.

Parece una fábula
que ya me aprendí,
sueño de tomar
y de desasir.

Y es mi patria donde
vivir y morir.

Me nació de cosas
que no son país;
de patrias y patrias
que tuve y perdí;
de las criaturas
que yo vi morir;
de lo que era mío
y se fue de mí.

Perdí cordilleras
en donde dormí;
perdí huertos de oro
dulces de vivir;
perdí yo las islas
de caña y añil,
y las sombras de ellos
me las vi ceñir
y juntas y amantes
hacerse país.

Guedejas de nieblas
sin dorso y cerviz,
alientos dormidos
me los vi seguir,
y en años errantes
volverse país,
y en país sin nombre
me voy a morir.

---

[1] Véase nota de la pág. 177.

LA EXTRANJERA

A Francis de Miomandre

"Habla con dejo de sus mares bárbaros,
con no sé qué algas y no sé qué arenas;
reza oración a dios sin bulto y peso,
envejecida como si muriera.
En huerto nuestro que nos hizo extraño,
ha puesto cactus y zarpadas hierbas.
Alienta del resuello del desierto
y ha amado con pasión de que blanquea,
que nunca cuenta y que si nos contase
sería como el mapa de otra estrella.
Vivirá entre nosotros ochenta años,
pero siempre será como si llega,
hablando lengua que jadea y gime
y que le entienden sólo bestezuelas.
Y va a morirse en medio de nosotros,
en una noche en la que más padezca,
con sólo su destino por almohada,
de una muerte callada y *extranjera*."

BEBER [1]

Al Dr. Pedro de Alba.

*Recuerdo gestos de criaturas
y son gestos de darme el agua.*

En el Valle de Río Blanco,
en donde nace el Aconcagua,
llegué a beber, salté a beber
en el fuete [2] de una cascada,
que caía crinada y dura
y se rompía yerta y blanca.
Pegué mi boca al hervidero,
y me quemaba el agua santa,
y tres días sangró mi boca
de aquel sorbo del Aconcagua.

En el campo de Mitla, un día
de cigarras, de sol, de marcha,
me doblé a un pozo y vino un indio
a sostenerme sobre el agua,
y mi cabeza, como un fruto,
estaba dentro de sus palmas.
Bebía yo lo que bebía,
que era su cara con mi cara,
y en un relámpago yo supe
carne de Mitla ser mi casta.

En la isla de Puerto Rico,
a la siesta de azul colmada,
mi cuerpo quieto, las olas locas,
y como cien madres las palmas,
rompió una niña por donaire
junto a mi boca un coco de agua,
y yo bebí, como una hija,
agua de madre, agua de palma.
Y más dulzura no he bebido
con el cuerpo ni con el alma.

A la casa de mis niñeces
mi madre me llevaba el agua.

---

[1] Véase nota de la pág. 177.
[2] El español dice foete; nosotros, fuete.

Entre un sorbo y el otro sorbo
la veía sobre la jarra.
La cabeza más se subía
y la jarra más se abajaba.
Todavía yo tengo el valle,
tengo mi sed y su mirada.

Será esto la eternidad
que aún estamos como estábamos.

Recuerdo gestos de criaturas
y son gestos de darme el agua.

TODAS ÍBAMOS A SER REINAS [1]

Todas íbamos a ser reinas,
de cuatro reinos sobre el mar:
Rosalía con Efigenia
y Lucila con Soledad.

En el valle de Elqui, ceñido
de cien montañas o de más,
que como ofrendas o tributos
arden en rojo y azafrán.

Lo decíamos embriagadas,
y lo tuvimos por verdad,
que seríamos todas reinas
y llegaríamos al mar.

Con las trenzas de los siete años,
y batas claras de percal,
persiguiendo tordos huidos
en la sombra del higueral.

De los cuatro reinos, decíamos,
indudables como el Korán,
que por grandes y por cabales
alcanzarían hasta el mar.

Cuatro esposos desposarían,
por el tiempo de desposar,
y eran reyes y cantadores
como David, rey de Judá.

Y de ser grandes nuestros reinos,
ellos tendrían, sin faltar,
mares verdes, mares de algas,
y el ave loca del faisán.

Y de tener todos los frutos,
árbol de leche, árbol del pan,
el guayacán no cortaríamos
ni morderíamos metal.

Todas íbamos a ser reinas,
y de verídico reinar;

pero ninguna ha sido reina
ni en Arauco ni en Copán. . .

Rosalía besó marino
ya desposado con el mar,
y al besador, en las Guaitecas,
se lo comió la tempestad.

Soledad crió siete hermanos
y su sangre dejó en su pan,
y sus ojos quedaron negros
de no haber visto nunca el mar.

En las viñas de Montegrande,
con su puro seno candeal,
mece los hijos de otras reinas
y los suyos nunca-jamás.

Efigenia cruzó extranjero
en las rutas, y sin hablar,
le siguió, sin saberle nombre,
porque el hombre parece el mar.

Y Lucila, que hablaba a río,
a montaña y cañaveral,
en las lunas de la locura
recibió reino de verdad.

En las nubes contó diez hijos
y en los salares su reinar,
en los ríos ha visto esposos
y su manto en la tempestad.

Pero en el Valle de Elqui, donde
son cien montañas o son más,
cantan las otras que vinieron
y las que vienen cantarán:

"En la tierra seremos reinas,
y de verídico reinar,
y siendo grandes nuestros reinos,
llegaremos todas al mar."

---

[1] Véase nota de la pág. 177.

COSAS

A Max Daireaux.

Amo las cosas que nunca tuve
con las otras que ya no tengo:

Yo toco un agua silenciosa,
parada en pastos friolentos,
que sin un viento tiritaba
en el huerto que era mi huerto.

La miro como la miraba;
me da un extraño pensamiento,
y juego, lenta, con esa agua
como con pez o con misterio.

Pienso en umbral donde dejé
pasos alegres que ya no llevo,
y en el umbral veo una llaga
llena de musgo y de silencio.

Yo busco un verso que he perdido,
que a los siete años me dijeron.
Fue una mujer haciendo el pan
y yo su santa boca veo.

Viene un aroma roto en ráfagas;
soy muy dichosa si lo siento;
de tan delgado no es aroma,
siendo el olor de los almendros.

Me vuelve niños los sentidos;
le busco un nombre y no lo acierto,
y huelo el aire y los lugares
buscando almendros que no encuentro.

Un río ruena siempre cerca.
Ha cuarenta años que lo siento.
Es canturía de mi sangre
o bien un ritmo que me dieron.

O el río Elqui de mi infancia
que me repecho y me vadeo.
Nunca lo pierdo; pecho a pecho,
como dos niños nos tenemos.

Cuando sueño la Cordillera,
camino por desfiladeros,
y voy oyéndoles, sin tregua,
un silbo casi juramento.

Veo al remate del Pacífico
amoratado mi archipiélago,
y de una isla me ha quedado
un olor acre de alción muerto...

Un dorso, un dorso grave y dulce
remata el sueño que yo sueño.
Es al final de mi camino
y me descanso cuando llego.

Es tronco muerto o es mi padre,
el vago dorso ceniciento.
Yo no pregunto, no lo turbo.
Me tiendo junto, callo y duermo.

Amo una piedra de Oaxaca
o Guatemala, a que me acerco,
roja y fija como mi cara
y cuya grieta da un aliento.

Al dormirme queda desnuda;
no sé por qué yo la volteo.
Y tal vez nunca la he tenido
y es mi sepulcro lo que veo...

LA OLA MUERTA

DÍA

Día, día del encontrarnos,
tiempo llamado Epifanía.
Día tan fuerte que llegó
color tuétano y ardentía,
sin frenesí sobre los pulsos
que eran tumulto y agonía,
tan tranquilo como las leches
de las vacadas con esquilas.

Día nuestro, por qué camino,
bulto sin pies, se allegaría,
que no supimos, que no velamos,
que cosa alguna lo decía,
que no silbamos a los cerros
y él sin pisada se venía.

Parecían todos iguales,
y de pronto maduró un Día.
Era lo mismo que los otros,
como son cañas y son olivas,
y a ninguno de sus hermanos,
como José, se parecía.

Le sonriamos entre los otros.
Tenga talla sobre los días,
como es el buey de grande alzada
y es el carro de las gavillas.

Lo bendigan las estaciones,
Nortes y Sures lo bendigan,
y su padre, el año, lo escoja
y lo haga mástil de la vida.

No es un río ni es un país,
ni es un metal: se llama un Día.
Entre los días de las grúas,
de las jarcias y de las trillas,
entre aparejos y faenas,
nadie lo nombra ni lo mira.

Lo bailemos y lo digamos
por galardón de Quien lo haría,
por gratitud de suelo y aire,
por su regato de agua viva,
antes que caiga como pavesa
y como cal que molerían
y se vuelquen hacia lo Eterno
sus especies de maravilla.

¡Lo cosamos en nuestra carne,
en el pecho y en las rodillas,
y nuestras manos lo repasen,
y nuestros ojos lo distingan,
y nos relumbre por la noche
y nos conforte por el día,
como el cáñamo de las velas
y las puntadas de las heridas!

ADIÓS

En costa lejana
y en mar de Pasión,
dijimos adioses
sin decir *adiós*.
Y no fue verdad

la alucinación.
Ni tú la creíste
ni la creo yo,
"y es cierto y no es cierto"
como en la canción.

Que yendo hacia el Sur
diciendo iba yo:
—Vamos hacia el mar
que devora al Sol.

Y yendo hacia el Norte
decía tu voz:
—Vamos a ver juntos
donde se hace el Sol.

Ni por juego digas
o exageración
que nos separaron
tierra y mar, que son:
ella, sueño, y él,
alucinación.

No te digas solo
ni pida tu voz

albergue para uno
al albergador.
Echarás la sombra
que siempre se echó,
morderás la duna
con paso de dos...

¡Para que ninguno,
ni hombre ni dios,
nos llame partidos
como luna y sol;
para que ni roca
ni viento errador,
ni río con vado
ni árbol sombreador,
aprendan y digan
mentira o error
del Sur y del Norte,
del uno y del dos!

AUSENCIA

Se va de ti mi cuerpo gota a gota.
Se va mi cara en un óleo sordo;
se van mis manos en azogue suelto;
se van mis pies en dos tiempos de polvo.

¡Se te va todo, se nos va todo!
Se va mi voz, que te hacía campana
cerrada a cuanto no somos nosotros.
Se van mis gestos que se devanaban,
en lanzaderas, debajo tus ojos.
Y se te va la mirada que entrega,
cuando te mira, el enebro y el olmo.

Me voy de ti con tus mismos alientos:
como humedad de tu cuerpo evaporo.
Me voy de ti con vigilia y con sueño,
y en tu recuerdo más fiel ya me borro.
Y en tu memoria me vuelvo como esos
que no nacieron en llanos ni en sotos.

Sangre sería y me fuese en las palmas
de tu labor, y en tu boca de mosto.
Tu entraña fuese, y sería quemada
en marchas tuyas que nunca más oigo,
¡y en tu pasión que retumba en la noche
como demencia de mares solos!

¡Se nos va todo, se nos va todo!

M U R O

Muro fácil y extraordinario,
muro sin peso y sin color:
un poco de aire en el aire.

Pasan los pájaros de un sesgo,
pasa el columpio de la luz,
pasa el filo de los inviernos

como el resuello del verano;
pasan las hojas en las ráfagas
y las sombras incorporadas.

¡Pero no pasan los alientos,
pero el brazo no va a los brazos
y el pecho al pecho nunca alcanza!

VIEJO LEÓN

Tus cabellos ya son
blancos también;
miedo, la dura voz,
la boca, «amén».

Tarde se averiguó,
tarde se ven
ojos sin resplandor,
sorda la sien.

Tanto se padeció
para aprender
apagado el fogón,
rancia la miel.

Mucho amor y dolor
para saber
canoso a mi león,
¡viejos sus pies!

ENFERMO

Vendrá del Dios alerta
que cuenta lo fallido.
Por diezmo no pagado,
rehén me fue cogido.
Por algún daño oscuro
así me han afligido.

Está dentro la noche
ligero y desvalido
como una corta fábula
su cuerpo de vencido.
Parece tan distante
como el que no ha venido,
el que me era cercano
como aliento y vestido.

Apenas late el pecho
tan fuerte de latido.

¡Y cae si yo suelto
su cuello y su sentido!

Me sobra el cuerpo vano
de madre recibido;
y me sobra el aliento
en vano retenido:
me sobran nombre y forma
junto al desposeído.

Afuera dura un día
de aire aborrecido.
Juega como los ebrios
el aire que lo ha herido.
Juega a diamante y hielo
con que cortó lo unido
y oigo su voz cascada
de destino perdido...

CRIATURAS

CANCIÓN DE LAS MUCHACHAS MUERTAS

Recuerdo de mi sobrina Graciela.

¿Y las pobres muchachas muertas,
escamoteadas en abril,
las que asomáronse y hundiéronse
como en las olas el delfín?

¿A dónde fueron y se hallan,
encuclilladas por reír
o agazapadas esperando
voz de un amante que seguir?

¿Borrándose como dibujos
que Dios no quiso reteñir
o anegadas poquito a poco
como en sus fuentes un jardín?

A veces quieren en las aguas
ir componiendo su perfil,

y en las carnudas rosas-rosas
casi consiguen sonreír.

En los pastales acomodan
su talle y bulto de ceñir
y casi logran que una nube
les preste cuerpo por ardid;

casi se juntan las deshechas;
casi llegan al sol feliz;
casi reniegan su camino
recordando que eran de aquí;

casi deshacen su traición
y van llegando a su redil.
¡Y casi vemos en la tarde
el divino millón venir!

DESHECHA

Hay una congoja de algas
y una sordera de arenas,
un solapamiento de aguas
con un quebranto de hierbas.

Estamos bajo la noche
las criaturas completas:
los muros, blancos de fieles;
el pinar lleno de esencia,
una pobre fuente impávida
y un dintel de frente alerta.

Y mirándonos en ronda,
sentimos como vergüenza
de nuestras rodillas íntegras
y nuestras sienes sin mengua.

Cae el cuerpo de una madre
roto en hombros y en caderas;
cae en un lienzo vencido
y en unas tardas guedejas.

La oyen caer sus hijos
como la duna su arena;
en mil rayas soslayadas,
se va y se va por la puerta.

Y nadie para el estrago,
y están nuestras manos quietas,
mientras que bajan sus briznas
en un racimo de abejas.

Descienden abandonados
sus gestos que no sujeta,
y su brazo se relaja,
y su color no se acuerda.

¡Y pronto va a estar sin nombre
la madre que aquí se mienta,
y ya no le convendrán
perfil, ni casta, ni tierra!

Ayer no más era una
y se podía tenerla,
diciendo nombre verídico
a la madre verdadera.

De sien a pies, era única
como el compás o la estrella.
Ahora ya es el reparto

entre dos devanaderas
y el juego de "toma y daca"
entre Miguel y la Tierra.

Entre orillas que se ofrecen,
vacila como las ebrias
y después sube tomada
de otro aire y otra ribera.

Se oye un duelo de orillas
por la madre que era nuestra:
una orilla que la toma
y otra que aún la jadea.

¡Llega al tendal dolorido
de sus hijos en la aldea,
el trance de su conflicto
como de un río en el delta!

CONFESIÓN

I

Pende en la comisura de tu boca,
pende tu confesión, y yo la veo:
casi cae a mis manos.

Di tu confesión, hombre de pecado,
triste de pecado, sin paso alegre,
sin voz de álamos, lejano de los que amas,
por la culpa que no se rasga como el fruto.

Tu madre es menos vieja
que la que te oye, y tu niño es tan tierno
que lo quemas como un helecho si se la dices.

Yo soy vieja como las piedras para oírte,
profunda como el musgo de cuarenta años,
para oírte;
con el rostro sin asombro y sin cólera,
cargado de piedad desde hace muchas vidas,
para oírte.

Dame los años que tú quieras darme,
y han de ser menos de los que yo tengo,
porque otros ya, también sobre esta arena,
me entregaron las cosas que no se oyen en vano,
y la piedad envejece como el llanto
y engruesa el corazón como el viento a la duna.

Di la confesión para irme con ella
y dejarte puro.
No volverás a ver a la que miras

ni oirás más la voz que te contesta;
pero serás ligero como antes
al bajar las pendientes y al subir las colinas,
y besarás de nuevo sin zozobra
y jugarás con tu hijo en unas peñas de oro.

II

Ahora tú echa yemas y vive
días nuevos y que te ayude el mar con yodos.
No cantes más canciones que supiste
y no mientes los pueblos ni los valles
que conocías, ni sus criaturas.
¡Vuelve a ser el delfín y el buen petrel
loco de mar y el barco empavesado!

Pero siéntate un día
en otra duna, al sol, como me hallaste,
cuando tu hijo tenga ya treinta años,
y oye al otro que llega,
cargado como de alga el borde de la boca.
Pregúntale también con la cabeza baja,
y después no preguntes, sino escucha
tres días y tres noches.
¡Y recibe su culpa como ropas
cargadas de sudor y de vergüenza,
sobre tus dos rodillas!

JUGADORES

Jugamos nuestra vida
y bien se nos perdió.
Era robusta y ancha
como montaña al sol.

Y se parece al bosque
raído, y al dragón
cortado, y al mar seco,
y a ruta sin veedor.

La jugamos por nuestra
como sangre y sudor,
y era para la dicha
y la Resurrección.

Otros jugaban dados,
otros colmado arcón;
nosotros los frenéticos,
jugamos lo mejor.

Fue más fuerte que vino
y que agua de turbión

ser en la mesa el dado
y ser el jugador.

Creímos en azares,
en el *sí* y en el *no*.
Jugábamos, jugando,
infierno y salvación.

No nos guarden la cara,
la marcha ni la voz;
ni nos hagan fantasma
ni nos vuelvan canción.

Ni nombre ni semblante
guarden del jugador.
¡Volveremos tan nuevos
como ciervo y alción!

Si otra vez asomamos,
si hay segunda ración,
traer, no traeremos
cuerpo de jugador.

LEÑADOR

Quedó sobre las hierbas
el leñador cansado,
dormido en el aroma
del pino de su hachazo.
Tienen sus pies majadas
las hierbas que pisaron.
Le canta el dorso de oro
y le sueñan las manos.
Veo su umbral de piedra,
su mujer y su campo. .
Las cosas de su amor
caminan su costado;
las otras que no tuvo
le hacen como más casto,
y el soñoliento duerme
sin nombre, como un árbol.

El mediodía punza
lo mismo que venablo.
Con una rama fresca
la cara le repaso.
Se viene de él a mí
su día como un canto
y mi día le doy
como pino cortado.
Regresando, a la noche,
por lo ciego del llano,
oigo gritar mujeres
al hombre retardado;
y cae a mis espaldas
y tengo en cuatro dardos
nombre del que guardé
con mi sangre y mi hálito.

MUJERES CATALANAS

"Será que llama y llama vírgenes
la vieja mar epitalámica;
será que todas somos una
a quien llamaban Nausicaa."

"Que besamos mejor en dunas
que en los umbrales de las casas,

probando boca y dando boca
en almendras dulces y amargas."

"Podadoras de los olivos,
y moledoras de almendrada,
descendemos de Montserrat
por abrazar la marejada..."

GRACIAS EN EL MAR

A Margot Arce.

Por si nunca más yo vuelvo
de la santa mar amarga
y no alcanza polvo tuyo
a la puerta de mi casa,
en el mar de los regresos,
con la sal en la garganta,
voy cantándote al perderme:
—¡Gracias, gracias!

Por si ahora hay más silencio
en la entraña de tu casa,
y se vuelve, anocheciendo,
la diorita sin mirada,
de la joven mar te mando,

en cien olas verdes y altas,
Beatrices y Leonoras,
y Leonoras y Beatrices
a cantar sobre tu costa:
—¡Gracias, gracias!

Por si pones al comer
plato mío, miel, naranjas;
por si cantas para mí,
con la roja fe insensata;
por si mis espaldas ves
en el claro de las palmas,
para ti dejo en el mar
¡gracias, gracias!

Por si roban tu alegría
como casa transportada;
por si secan en tu rostro
el maná que es de tu raza,
para que en un hijo tuyo
vuelvas, en segunda albada,
digo vuelta hacia el Oeste:
—¡Gracias, gracias!

Por si no hay después encuentros
en ninguna Vía Láctea,
ni país donde devuelva
tu piedad de blanco llama,
en el hoyo que es sin párpado
ni pupila, de la nada,
oigas tú mis dobles gritos,
y te alumbren como lámparas
y te sigan como canes:
—¡Gracias, gracias!

Para tallarte
gruta de plata
o hacerte el puño
de la granada,
en donde duermas
profunda y alta,
y de la muerte seas librada,
mitad del mar yo canto:
—¡Gracias, gracias!

Para mandarte
oro en la ráfaga,
y hacer metal
mi bocanada,
y crearte ángeles
de una palabra,
canto vuelta al Oeste:
—¡Gracias, gracias!

VIEJA

Ciento veinte años tiene, ciento veinte,
y está más arrugada que la Tierra.
Tantas arrugas lleva que no lleva otra cosa
sino alforzas y alforzas como la pobre estera.

Tantas arrugas hace como la duna al viento,
y se está al viento que la empolva y pliega;
tantas arrugas muestra que le contamos sólo
sus escamas de pobre carpa eterna.

Se le olvidó la muerte inolvidable,
como un paisaje, un oficio, una lengua.
Y a la muerte también se le olvidó su cara,
porque se olvidan las caras sin cejas...

Arroz nuevo le llevan en las dulces mañanas;
fábulas de cuatro años al servirle le cuentan;
aliento de quince años al tocarla le ponen;
cabellos de veinte años al besarla le allegan.

Mas la misericordia que la salva es la mía.
Yo le regalaré mis horas muertas,
y aquí me quedaré por la semana,
pegada a su mejilla y a su oreja.

Diciéndole la muerte lo mismo que una patria;
dándosela en la mano como una tabaquera;
contándole la muerte como se cuenta a Ulises,
hasta que me la oiga y me la aprenda.

"La Muerte", le diré al alimentarla;
y "La Muerte", también, cuando la duerma;
"La Muerte", como el número y los números,
como una antífona y una secuencia.

Hasta que alargue su mano y la tome,
lúcida al fin en vez de soñolienta,
abra los ojos, la mire y la acepte
y despliegue la boca y se la beba.

Y que se doble lacia de obediencia
y llena de dulzura se disuelva,
con la ciudad fundada el año suyo
y el barco que lanzaron en su fiesta.

Y yo pueda sembrarla lealmente,
como se siembran maíz y lenteja,
donde a tiempo las otras se sembraron,
más dóciles, más prontas y más frescas.

El corazón aflojado soltando,
y la nuca poniendo en una arena,
las viejas que pudieron no morir:
Clara de Asís, Catalina y Teresa.

P O E T A [1]

A Antonio Aita.

"En la luz del mundo
yo me he confundido.
Era pura danza
de peces benditos,
y jugué con todo
el azogue vivo.
Cuando la luz dejo,
quedan peces lívidos
y a la luz frenética
vuelvo enloquecido."

"En la red que llaman
la noche fui herido,
en nudos de Osas
y luceros vivos.
Yo le amaba el coso
de lanzas y brillos,
hasta que por red
me la he conocido
que pescaba presa
para los abismos."

"En mi propia carne
también me he afligido.
Debajo del pecho
me daba un vagido.
Y partí mi cuerpo
como un enemigo,
para recoger
entero el gemido."

"En límite y límite
que toqué fui herido.
Los tomé por pájaros
del mar, blanquecinos.
Puntos cardinales
son cuatro delirios...
Los anchos alciones
no traigo cautivos
y el morado vértigo
fue lo recogido."

"En los filos altos
del alma he vivido:

_____
[1] Véase nota de la pág. 177.

donde ella espejea
de luz y cuchillos,
en tremendo amor
y en salvaje ímpetu,
en grande esperanza
y en rasado hastío.
Y por las cimeras
del alma fui herido."

"Y ahora me llega
del mar de mi olvido
ademán y seña
de mi Jesucristo
que, como en la fábula,

el último vino,
y en redes ni cáñamos
ni lazos me ha herido."

"Y me doy entero
al Dueño divino
que me lleva como
un viento o un río,
y más que un abrazo
me lleva ceñido,
en una carrera
en que nos decimos
nada más que «¡Padre!»
y nada más que «¡Hijo!»

PALOMAS

En la azotea de mi siesta
y al mediodía que la agobia,
dan conchitas y dan arenas
las pisadas de las palomas...

La siesta blanca, la casa terca
y la enferma que abajo llora,
no oyen anises ni pespuntes
de estas pisadas de palomas.

Levanto el brazo con el trigo,
vieja madre consentidora,

y entonces canta y reverbera
mi cuerpo lleno de palomas.

Tres me sostengo todavía
y les oigo la lucha ronca,
hasta que vuelan aventadas
y me queda paloma sola...

No sé las voces que me llaman
ni la siesta que me sofoca:
¡epifanía de mi falda,
Paloma, Paloma!

R E C A D O S[1]

RECADO DE NACIMIENTO PARA CHILE

Mi amigo me escribe: "Nos nació una niña".
La carta esponjada me llega
de aquel vagido; y yo la abro y pongo
el vagido caliente en mi cara.

Les nació una niña con los ojos suyos,
que son tan bellos cuando tiene dicha,
y tal vez con el cuello de la madre
que es parecido a cuello de vicuña.

Les nació de sorpresa una noche
como se abre la hoja del plátano.
No tenía pañales cortados
la madre, y rasgó el lienzo al dar su grito.

Y la chiquita se quedó una hora
con su piel de suspiro,
como el niño Jesús en la noche,
lamida del Géminis, el León y el Cangrejo,
cubierta del Zodíaco de enero.

Se la pusieron a la madre al pecho
y ella se vio como recién nacida,
con una hora de vida y los ojos
pegados de cera...

Le decía al bultito los mismos primores
que María la de las vacas, y María la de las cabras:
"Conejo cimarrón", "Suelta de talle"...[2]
Y la niña gritaba pidiéndole
volver donde estuvo sin cuatro estaciones...

Cuando abrió los ojos,
la besaron los monstruos arribados:
la tía Rosa, la "china" Juana,

---

[1] Véase nota de la pág. 178.
[2] Expresión popular chilena que quiere decir desparpajada y donairosa a la vez.

166

dobladas como los grandes quillayes
sobre la perdiz de dos horas.

Y volvió a llorar, despertando vecinos,
noticiando al barrio,
importante como la Armada Británica,
sin querer aplacarse hasta que todos hubiesen sabido...
Le pusieron mi nombre,
para que coma salvajemente fruta,
quiebre las hierbas donde repose
y mire el mundo tan familiarmente
como si ella lo hubiese creado, y por gracia...

Mas añadieron en aquel conjuro
que no tenga nunca mi suelta imprudencia,
que no labre panales para osos
ni se ponga a azotar a los vientos...

Pienso ahora en las cosas pasadas,
en esa noche cuando ella nacía
allá en un claro de mi Cordillera.

Yo soñaba una higuera de Elqui
que manaba su leche en mi cara.
El paisaje era seco, las piedras
mucha sed, y la siesta, una rabia.

Me he despertado y me ha dicho mi sueño:
"Lindo suceso camina a tu casa."

Ahora les escribo los encargos:
No me le opriman el pecho con faja.
Llévenla al campo verde de Aconcagua,
pues quiero hallármela bajo un aromo
en desorden de lanas, y como encontrada.

Guárdenle la cerilla del cabello,
porque debo peinarla la primera
y lamérsela como vieja loba.
Mézanla sin canto, con el puro ritmo
de las viejas estrellas.

Ojalá que hable tarde y que crezca poco;
como la manzanilla está bien.
Que la parturienta la deje
bajo advocación de Marta o Teresa.
Marta hacía panes
para alimentar al Cristo hambreado
y Teresa gobernó sus monjas
como el viejo Favre sus avispas bravas...

Yo creo volver para Pascua
en el tiempo de tunas [1] fundidas

---

[1] Higos chumbos.

y cuando en vitrales arden los lagartos.
Tengo mucho frío en Lyón
y me abrigo nombrando el sol de Vicuña.

Me la dejarán unas noches
a dormir conmigo.
Ya no tengo aquellas pesadillas duras
y vuelta el armiño, me duermo tres meses.

Dormiré con mi cara tocando
su oreja pequeña,
y así le echaré soplo de Sibila.
(Kipling cuenta de alguna pantera
que dormía olfateando un granito
de mirra pegado en su pata...) [1]

Con su oreja pequeña en mi cara,
para que, si me muero, me sienta,
pues estoy tan sola
que se asombra de que haya mujer así sola
el cielo burlón,

¡y se para en tropel el Zodíaco
a mirar si es verdad o si es fábula
esta mujer que está sola y dormida!

RECADO A LOLITA ARRIAGA, EN MÉXICO

Lolita Arriaga, de vejez divina,
Luisa Michel, sin humo y barricada,
maestra parecida a pan y aceite
que no saben su nombre y su hermosura,
pero que son "los gozos de la Tierra".

Maestra en tiempo rojo de vikingos,
con escuela ambulante entre vivacs y rayos,
cargando la pollada de niños en la falda
y sorteando las líneas de fuego con las liebres.

Panadera en aldea sin pan, que tomó Villa
para que no llorasen los chiquitos, y en otra
aldea del azoro, partera a medianoche,
lavando al desnudito entre los silabarios;

o escapando en la noche del saqueo
y el pueblo ardiendo, vuelta salamandra,
con el recién nacido colgado de los dientes
y en el pecho terciadas las mujeres.

---

[1] Kipling no cuenta nada... Cita para honrar a don Palurdo, gran citador...

Providencia y perdón de tus violentos,
cuyas corvas azota Huitzilopochtli, el negro,
"porque todos son buenos, alanceados del diablo
que anda a zancadas a medianoche haciendo locos"...

Comadre de las cuatro preñadas estaciones,
que sabes mes de mangos, de mamey y de yucas,
mañas de raros árboles, trucos de injertos vírgenes;
floreal y frutal con la Cibeles madre.

Contadora de *casos* de iguanas y tortugas,
de bosques duros alanceados de faisanes,
de ponientes partidos por cuernos de venados
y del árbol que suda el sudor de la muerte,

vestida de tus fábulas como jaguar de rosas,
cortándolas de ti por darlas a los otros
y tejiéndome a mí el ovillo del sueño
con tu viejo relato innumerable.

Bondad abrahámica de Lola Arriaga,
maestra del Dios del cielo enseñando en Anáhuac,
sustento de milagro que me dura en los huesos
y que afirma mis piernas en las siete caídas.

Encuentro tuyo en la tierra de México,
conversación feliz en el patio con hierbas,
casa desahogada como tu corazón,
y escuela tuya y mía que es nuestro largo abrazo.

Madre mía sin sueño, velándome dormida
del odio suelto que llegaba hasta la puerta
como el tigrillo, se hallaba tus ojos,
y se alejaba con carrera rota...

Los cuentos que en la Sierra a darme no alcanzaste
me los llevas a un ángulo del cielo.
¡En un rincón, sin volteadura de alas,
dos viejas blancas como la sal diciendo a México
con unos tiernos ojos como las tiernas aguas
y con la eternidad del bocado de oro
en nuestra lengua sin polvo del mundo!

RECADO PARA LAS ANTILLAS

I

La Isla celebra fiesta de la niña.
El Trópico es como Dios absoluto
y en esos soles se muere o se salva.

Anda el café como un alma vehemente
en venas anda de valle o montaña

y punza el sueño de niños oscuros:
hierve en el pan y sosiega en el agua.

De leño tiene su casa la niña
y llega el viento del mar a su cama;
llega en truhán con olor de plantíos
y entran en él toronjales y cañas.

La niña lee un poema de Blake
y de San Juan de la Cruz una estancia;
cuenta sus años y saltan los veinte
como polluelos que están en nidada...

Se lo sabía y no los sabía;
en huevos de oro le colman la falda:
cuando pasea son veinte flamencos;
cuando conversa son veinte calandrias.

Ella se acuerda de Cuba y Castilla,
de adolescencias de ayer y de infancias.
Niña, jugó bajo un árbol del pan
y amó de amor en las Córdobas blancas.

Cantan sus muros de fábulas locas;
cuando se duerme, más alto le cantan;
toda canción que cantaron los hombres
ellos las tienen, las silban, las danzan;

van por los muros en aves o gnomos;
y si ella duerme a la cara le bajan
el Siboney y la india Guarina,
el Mar Sargasso y el Barco Fantasma.

La negra sirve un café subterráneo,
denso en el vértigo, casto en la nata.
Entra partida de su delantal,
de risa grande y bandeja de plata.

Yo, que estoy lejos, la mando que llegue
tosca y divina como es una fábula,
y mientras bebe la niña su néctar,
la negra dice su ensalmo de magia.

Sale corriendo a encontrar sus amigas,
grita sus nombres de tierras cristianas.
Se llaman dulce, modoso o agudo:
Agueda, Juana, Clarisa, Esperanza.
Y entre ellas cruzan revoloteando
locas palomas pardi-jaspeadas.

Los mozos llegan a la hora de siesta;
son del color de la piña y el ámbar.
Cuando la miran la mientan "su sangre",
cuando consiente, le dicen "*la Patria*".

En medio de ellos parece la piña,
dando su aroma y ceñida de espaldas.
En medio de ellas será *flambuayana*,[1]
fuego que el viento tajea en mil llamas.

La aman diversa y nacida de ellos,
como los lagos se gozan sus garzas.
Y otra vez caen y vuelan en sesgo
palomas rojas y amoratadas.

II

Ahora duerme en cardumen de oro
del cielo tórrido, junto a las palmas,
adormecida en su Isla de fuego,
pura en su tierra y en su agua antillana.

Duerme su noche de aromas y duerme
sus mocedades que aún son infancias.
¡Duerme sus patrias que son las Antillas
y los destinos que están en su raza!

RECADO A RAFAELA ORTEGA, EN CASTILLA

Sabiduría de Rafaela Ortega,
hallazgo en la vía,
copa de plata ganada en mi viaje.
Se me rompe tu cara
en los cien países cruzados,
y voy a juntarla
y a colgarla en el muro de todas mis casas.

En una comisura la paciencia,
la piedad en la otra, y, al medio, la sonrisa;
gotas de aceite dorado que tiemblan,
las dos iguales como las cejas.

Grueso cuerpo sin manchas y ademanes dormidos,
algodones candeales que se van y se vienen.
Modo de hablar de madeja de lana,
tan suave, tanto, que engaña al rebelde,
porque es gobierno de cuanto la toca,
imperceptible y ceñido gobierno.

Si me lo enseña, volteo este mundo,
mudo los cerros y tuerzo los ríos
y hago que dancen muchachos y viejos
sin que ellos sepan que danzan sonámbulos...

---

[1] El *flamboyant*, "árbol del fuego", que vino del Océano Índico con nombre medio galo.

Caminar suave que el aire no parte,
para hospitales con caras volteadas
y con oídos que son inefables;
o para playas con siestas de niños
hundidos como pollada en la duna.
Ella es un ruedo de lienzos volando
sin que su viento le grite en la cofia
ni le rezongue la guija a los pies...

Vino después de su tiempo. Ha dejado
por cortesía pasar a los otros,
que se llamaban Quiroga y Las Casas.
No llegó a América a darnos oficios
—viejos oficios en tierra doncella—,
y yo por ella, perdí para siempre,
anchos telares cruzando mi cara,
el rollo de unos tapices vehementes
y el azureo muslín de una jarra.

Rojez de prisa, no se la miraron;
carrera loca, no le conocieron.
Una reina perdió su reino,
por no galopar rompiendo los céspedes
y llegar a día y hora de repartos.

Su único pecado yo se lo conozco:
se quedó sola; reza y borda sola,
sin nube de amor sobre su cabeza
y sin arrayán de amor a su espalda,
pecado en tremenda tierra de Castilla,
donde las aldeas de soledad gritan
a cielo absoluto y tierra absoluta...

Sabiduría de Rafaela Ortega,
tarde llegó a sazonarme la lengua.
¡Igual que la oveja lame la sal gema
para un corazón que va al matadero,
yo la he conocido de paso a la muerte,
y la dejo aquí contada y bendita!

RECADO PARA LA "RESIDENCIA DE PEDRALBES" EN CATALUÑA

La casa blanca de cien puertas
brilla como ascua a mediodía.
Me la topé como a la Gracia,
me saltó al cuello como niña.

La patria no me preguntaron,
la cara no me la sabían.
Me señalaron con la mano
lecho tendido, mesa tendida,
y la fiebre me conocieron
en la cabeza de ceniza.

La palma entra por las ventanas,
el pinar viene de las colinas,
el mar llega de todas partes,
regalándole Epifanía.
La tierra es fuerte como Ulises,
el mar es fiel como Nausica.

Me miran blando las que miran;
blando hablan, recto caminan.
No pesa el techo a mis espaldas,
no cae el muro a las rodillas.

El umbral fresco como el agua
y cada sala como madrina;
la hora quieta, el muro fiel,
la loza blanca, la cama pía.
Y en silla dulce descansando
las Noemíes y las Marías.

De Cataluña es la aceituna
y el frenesí del malvasía;
de Mallorca son las naranjas;
de las Provenzas, el habla fina.
Unas manos que no se ven
traen el pan de gruesa miga
y esto pasa donde se acaba
Francia y es Francia todavía...

Los días son fieles y francos
y más prieta la noche fija.
Por los patios corre, en espejos
y en regatos, la mocería.
El silencio después se raya
de unos ángeles sin mejillas,
y en el lecho la medianoche,
como un guijarro, mi cuerpo afila.

Hacía años que no paraba,
y hacía más que no dormía.
Casas en valles y en mesetas
no se llamaron casas mías.
El sueño era como las fábulas,
la posada como el Escita;
mi sosiego la presa de agua
y mis gozos la dura mina.

Pulpa de sombra de la casa
tome mi máscara en carne viva.
La pasión mía me recuerden,
la espalda mía me la sigan.
Pene en los largos corredores
un caminar de cierva herida,
y la oración, que es la Verónica,
tenga mi faz cuando la digan.

¡Volteo el ámbito que dejo,
miento el techo que me tenía,
marco escalera, beso puerta
y doy la cara a mi agonía!

RECADO A VICTORIA OCAMPO, EN LA ARGENTINA

Victoria, la costa a que me trajiste,
tiene dulces los pastos y salobre el viento,
el mar Atlántico como crin de potros
y los ganados como el mar Atlántico.
Y tu casa, Victoria, tiene alhucemas,
y verídicos tiene hierro y maderas,
conversación, lealtad y muros.

Albañil, plomero, vidriero,
midieron sin compases, midieron mirándote,
midieron, midieron...
Y la casa, que es tu vaina,
medio es tu madre, medio tu hija...
Industria te hicieron de paz y sueño;
puertas dieron para tu antojo;
umbral tendieron a tus pies...

Yo no sé si es mejor fruta que pan
y es el vino mejor que la leche en tu mesa.
Tú decidiste ser "la terrestre",
y te sirve la Tierra de la mano a la mano,
con espiga y horno, cepa y lagar.

La casa y el jardín cruzan los niños;
ellos parten tus ojos yendo y viniendo;

sus siete nombres llenan tu boca,
los siete donaires sueltan tu risa
y te enredas con ellos en hierbas locas
o te caes con ellos pasando médanos.

Gracias por el sueño que me dio tu casa,
que fue de vellón de lana merino;
por cada copo de tu árbol de ceibo,
por la mañana en que oí las torcazas;
por tu ocurrencia de "fuente de pájaros",[1]
por tanto verde en mis ojos heridos,
y bocanada de sal en mi aliento:
por tu paciencia para poetas
de los cuarenta puntos cardinales...

Te quiero porque eres vasca
y eres terca y apuntas lejos,
a lo que viene y aún no llega;
y porque te pareces a bustos naturales:
a maíz que rebosa la América
—rebosa mano, rebosa boca—,
y a la Pampa que es de su viento
y al alma hija del Dios tremendo...

Te digo adiós y aquí te dejo,
como te hallé, sentada en dunas.
Te encargo tierras de la América,
¡a ti tan ceiba y tan flamenca,
y tan andina y tan fluvial
y tan cascada cegadora
y relámpago de la Pampa!

Guarda libre a tu Argentina
el viento, el cielo y las trojes;
libre la Cartilla, libre el rezo,
libre el canto, libre el llanto,
el pericón y la milonga,
libre el lazo y el galope
¡y el dolor y la dicha libres!

Por la Ley vieja de la Tierra;
por lo que es, por lo que ha sido,
por tu sangre y por la mía,
¡por Martín Fierro y el gran Cuyano[2]
y por Nuestro Señor Jesucristo!

---

[1] V. O. ha hecho en su jardín de Mar de Plata una fuentecita mínima de piedra donde beben los pájaros. Y la alimenta...

[2] Nombre popular chileno de José de San Martín, nuestro héroe común.

N O T A S

EXCUSA DE UNAS NOTAS

Alfonso Reyes creó entre nosotros el precedente de las notas del autor sobre su propio libro. Cargue él, sabio y bueno, con la responsabilidad de las que siguen.

Es justa y útil la novedad. Entre el derecho del crítico capaz —llamémosle Monsieur Sage— y el que usa el eterno Don Palurdo, para tratar de la pieza que cae a sus manos, cabe una lonja de derecho para que el autor diga alguna cosa. En especial el autor que es poeta y no puede dar sus *razones* entre la materia alucinada que es la poesía. Monsieur Sage dirá que *sí* a la pretensión; Don Palurdo dirá, naturalmente, que *no*.

Una cauda de notas finales no da énfasis a un escrito, sea verso o prosa. Ayudar al lector no es protegerlo; sería cuanto más saltarle al paso, como el duende, y acompañarle unos trechos de camino, desapareciendo en seguida...

DEDICATORIA

Tardo en pagar mis deudas. Pero en esta ausencia de doce años de mi México no tuve antes sosiego largo para juntar lo disperso y aventado.

"MUERTE DE MI MADRE"

Ella se me volvió una larga y sombría posada; se me hizo un país en que viví cinco o siete años, país amado a causa de la muerta, odioso a causa de la volteadura de mi alma en una larga crisis religiosa. No son ni buenos ni bellos los llamados "frutos del dolor" y a nadie se los deseo. De regreso de esta vida en la más prieta tiniebla, vuelvo a decir, como al final de *Desolación*, la alabanza de la alegría. El tremendo viaje acaba en la esperanza de las *Locas Letanías* y cuenta su remate a quienes se cuidan de mi alma y poco saben de mí desde que vivo errante.

"NOCTURNO DE LA CONSUMACIÓN"

Cuantos trabajan con la expresión rimada, más aún con la cabalmente rimada, saben que la rima, que escasea al comienzo, a poco andar se viene sobre nosotros en un lluvia cerrada, entrometiéndose dentro del verso mismo, de tal manera que, en los poemas largos, ella se vuelve lo natural y no lo perseguido... En este momento, rechazar una rima interna llega a

175

parecer... rebeldía artificiosa. Ahí he dejado varias de esas rimas internas y espontáneas. Rabie con ellas el de oído retórico, que el niño o Juan Pueblo, criaturas poéticas cabales, aceptan con gusto la infracción.

"NOCTURNO DE LA DERROTA"

No sólo en la escritura sino también en mi habla, dejo por complacencia mucha expresión arcaica, sin poner más condición al arcaísmo que la de que esté vivo y sea llano. Muchos, digo, y no todos los arcaísmos que me acuden y que sacrifico en obsequio de la persona anti-arcaica que va a leer. En América esta persona resulta siempre ser una capitalina. El campo americano —y en el campo yo me crié— sigue hablando su lengua nueva veteada de ellos. La ciudad, lectora de libros doctos, cree que un tal repertorio arranca en mí de los clásicos añejos, y la muy urbana se equivoca.

"L A   S O M B R A "

Ya otras veces ha sido (para algún místico), el cuerpo la sombra y el alma la "verdad verídica". Como aquí.

"DOS HIMNOS"

Después de la trompa épica, más elefantina que metálica de nuestros románticos, que recogieron la gesticulación de los Quintana y los Gallegos, vino en nuestra generación una repugnancia exagerada hacia el himno largo y ancho, hacia el tono mayor. Llegaron las flautas y los carrizos, ya no sólo de maíz, sino de arroz y cebada... El tono menor fue el bienvenido, y dejó sus primores, entre los que se cuentan nuestras canciones más íntimas y acaso las más puras. Pero ya vamos tocando al fondo mísero de la joyería y de la creación en acónitos. Suele echarse de menos, cuando se mira a los monumentos indígenas o la Cordillera, una voz entera que tenga el valor de allegarse a esos materiales formidables.

Nuestro cumplimiento con la tierra de América ha comenzado por sus cogollos. Parece que tenemos contados todos los caracoles, los colibríes y las orquídeas nuestros, y que siguen en vacancia cerros y soles, como quien dice la peana y el nimbo de la Walkiria terrestre que se llama América.

Lo mismo que cuando hice unas *Rondas* de niños y unas *Canciones de Cuna*, balbuceo el tema por vocear su presencia a los mozos, es decir, a los que vienen mejor dotados que nosotros y "con la estrella de la fortuna" a mitad de la frente. Puede que, como en el caso anterior, el que entendió la señal siga la ruta y alcance el logro. Yo sé muy bien que doy un puro balbuceo del asunto. Igual que otras veces, afronto el ridículo con la sonrisa de la mujer rural cuando se le malogra el frutillar o el arrope en el fuego...

El que discuta la necesidad de hacer de tarde en tarde el himno en tono mayor, sepa a lo menos que vamos sintiendo un empalago de lo mínimo y de lo blando, del "mucílago de linaza..."

Si nuestro Rubén, después de la *Marcha Triunfal* (que es griega o romana) y del *Canto a Roosevelt* que es ya americano, hubiese querido dejar los Parises y los Madriles y venir a perderse en la naturaleza americana por unos largos años —era el caso de perderse a las buenas— ya no tendríamos

estos temas en la cantera; estarían devastados y andarían entonando el
alma del mocerío. Llega el escuadrón de mozos sin mucho gusto que digamos del "Aire Suave" o de la Marquesa Eulalia. Tienen razón: el aire del
mundo se ha vuelto un *puelche* [1] violento y el mar de jacintos se muda
de pronto en el otro mar que los marinos llaman *acarnerado*.

"S A U D A D E"

Suelo creer con Stefan George en un futuro préstamo de lengua a
lengua latina. Por lo menos, en el de ciertas palabras, logro definitivo del
genio de cada una de ellas, expresiones inconmovibles en su rango de palabras "verdaderas". Sin empacho encabezo una sección de este libro, rema-
tado en el dulce suelo y el dulce aire portugueses, con esta palabra *Saudade*.
Ya sé que dan por equivalente de ella la castellana "soledades". La
sustitución vale para España; en América el sustantivo *soledad* no se aplica
sino en su sentido inmediato, único que allá le conocemos.

"B E B E R"

Falta la rima final, para algunos oídos. En el mío, desatento y basto, la
palabra esdrújula no da rima precisa ni vaga. El salto del esdrújulo deja
en el aire su cabriola como una trampa que engaña al amador del sonso-
nete. Este amador, persona colectiva que fue millón, disminuye a ojos vistas,
y bien se puede servirlo a medias, y también dejar de servirlo...

"TODAS ÍBAMOS A SER REINAS"

Esta imaginería tropical vivida en un valle caliente, aunque sea cordi-
llerano, tenía su razón de ser. El hacendado don Adolfo Iribarren —Dios
le dé bellas visiones en el cielo—, por una fantasía rara de hallar el hombre de sangre vasca, se había creado, en su casa de Montegrande, casi un
parque medio botánico y zoológico. Allí me había yo de conocer el ciervo
y la gacela, el pavo real, el faisán y muchos árboles exóticos, entre ellos el
flamboyán de Puerto Rico, que él llamaba por su nombre verdadero de
"árbol de fuego" y que de veras ardía en el florecer, no menos que la
hoguera.

No bautizan con Ifigenia sino con Efigenia, en mis cerros de Elqui.
A esto lo llaman disimilación los filólogos, y es operación que hace el
pueblo, la mejor criatura verbal que Dios crió, quien avienta el vocablo
de pronunciación forzada y pedante, por holgura de la lengua y agrado
del oído.

"P O E T A"

La poesía entrecomillada pertenece al orden que podría llamarse *La
garganta prestada* como "Jugadores". A alguno que rehuía en la conversación su confesión o su anécdota, se le cedió filialmente la garganta. Fue

---

[1] *Puelche*, viento de la Patagonia.

porque en la confidencia ajena corría la experiencia nuestra a grandes oleadas o fue sencillamente porque la confidencia patética iba a perderse como el vilano en el aire. Infiel es el aire al hombre que habla, y no quiere guardarle ni siquiera el hálito. Yo cumplo aquí, en vez del mal servidor...

"ALBRICIAS"

Albricia mía: En el juego de las *Albricias* que yo jugaba en mis niñeces del valle de Elqui, sea porque los chilenos nos evaporamos la *s* final, sea porque las albricias eran siempre cosa en singular —un objeto escondido que se buscaba— la palabra se volvía una especie de sustantivo colectivo. Tengo aún en el oído los gritos de las *buscadoras* y nunca más he dicho la preciosa palabra sino como la oí entonces a mis camaradas de juego.

La feliz criatura que inventó la expresión donosa y la soltó en el aire, vio el contenido de ella en pluralidad, como una especie de gajo de uvas o de puñado de algas, y en plural la dio, puesto que así *la veía.* El sentido de la palabra en la tierra mía es el de *suerte, hallazgo* o *regalo.* Yo corrí tras la *albricia* en mi valle de Elqui, gritándola y viéndola en unidad. Puedo corregir en mi seso y en mi lengua lo aprendido en las edades feas —adolescencia, juventud, madurez— pero no puedo mudar de raíz las expresiones recibidas en la infancia. Aquí quedan, pues, esas albricias en singular...

"RECADOS"

Las cartas que van para muy lejos y que se escriben cada tres o cinco años, suelen aventar lo demasiado temporal —la semana, el año— y lo demasiado menudo —el natalicio, el año nuevo, el cambio de casa—. Y cuando, además, se las escribe sobre el rescoldo de una poesía, sintiendo todavía en el aire el revoloteo de un ritmo sólo a medias roto y algunas rimas de esas que llamé entrometidas, en tal caso, la carta se vuelve esta cosa juguetona, tirada aquí y allá por el verso y por la prosa que se la disputan.

Por otra parte, la persona nacional con quien se vivió (personas son siempre para mí los países) a cada rato se pone delante del destinatario y a trechos lo desplaza. Un paisaje de huertos o de caña o de cafetal, tapa de un golpe la cara del amigo al que sonreíamos; un cerro suele cubrir la casa que estábamos mirando y por cuya puerta la carta va a entrar llevando su manojo de noticias.

Me ha pasado esto muchas veces. No doy por novedad tales caprichos o jugarretas: otros las han hecho y, con más pudor que yo, se las guardaron. Yo las dejo en los suburbios del libro, *fuora dei muri,* como corresponde a su clase un poco plebeya o tercerona. Las incorporo por una razón atrabiliaria, es decir, por una loca razón, como son las razones de las mujeres: al cabo, estos Recados llevan el tono más mío, el más frecuente, mi dejo rural en el que he vivido y en el que me voy a morir.

RAZÓN DE ESTE LIBRO [1]

Alguna circunstancia me arranca siempre el libro que yo había dejado para las Calendas, por dejadez criolla. La primera vez el Maestro Onís y los profesores de español de Estados Unidos forzaron mi flojedad y publicaron *Desolación;* ahora entrego *Tala* por no tener otra cosa que dar a los niños españoles dispersados a los cuatro vientos.

Tomen ellos el pobre libro de mano de su Gabriela, que es una mestiza de vasco, y se lave *Tala* de su miseria esencial por este ademán de servir, de ser únicamente el criado de mi amor hacia la sangre inocente de España, que va y viene por la Península y por Europa entera.

Es mi mayor asombro, podría decir también que mi más aguda vergüenza, ver a mi América Española cruzada de brazos delante de la tragedia de los niños vascos. En la anchura física y en la generosidad natural de nuestro Continente, había lugar de sobra para haberlos recibido a todos, evitándoles los países de lengua imposible, los climas agrios y las razas extrañas. El océano esta vez no ha servido para nuestra caridad, y nuestras playas, acogedoras de las más dudosas emigraciones, no han tenido un desembarcadero para los pies de los niños errantes de la desgraciada Vasconia. Los vascos y medio vascos de la América hemos aceptado el aventamiento de esas criaturas de nuestra sangre y hemos leído, sin que el corazón se nos arrebate, los relatos desgarrantes del regateo que hacían algunos países para recibir los barcos de fugitivos o de huérfanos. Es la primera vez en mi vida en que yo no entiendo a mi raza y en que su actitud moral me deja en un verdadero estupor.

La grande argentina que se llama Victoria Ocampo y que no es la descastada que suele decirse, regala enteramente la impresión de este libro hecho en su Editorial Sur. Dios se lo pague y los niños españoles conozcan su alto nombre.

En el caso de que la tragedia española continúe, yo confío en que mis compatriotas repetirán el gesto cristiano de Victoria Ocampo. Al cabo Chile es el país más vasco entre los de América.

La "Residencia de Pedralbes", a la cual dediqué el último poema de *Tala,* alberga un grupo numeroso de niños y a mí me conmueve saber que ellos viven cobijados por un techo que también me dio amparo en un invierno duro. Es imposible en este momento rastrear desde la América las rutas y los campamentos de aquellas criaturas desmigadas por el suelo europeo. Destino, pues, el producto de *Tala* a las instituciones catalanas que los han recogido dentro del territorio, de donde ojalá nunca hubiesen salido, a menos de venir a la América de su derecho natural. Dejo a cargo de Victoria Ocampo y de Palma Guillén la elección del asilo al cual se apliquen los pocos dineros recogidos.

Ruego que no despojen a los niños vascos las editoriales siguientes, que me han pirateado los derechos de autor de *Desolación* y de *Ternura,* invocando el nombre de esos huérfanos: la Editorial catalana Bauzá y la Editorial Claudio García, del Uruguay, son las autoras de aquella mala acción.

---

[1] Esta nota se refiere a la primera edición de *Tala.*

LAGAR

LOCAS MUJERES

LA OTRA

Una en mí maté:
yo no la amaba.

Era la flor llameando
del cactus de montaña;
era aridez y fuego;
nunca se refrescaba.

Piedra y cielo tenía
a pies y a espaldas
y no bajaba nunca
a buscar "ojos de agua".

Donde hacía su siesta,
las hierbas se enroscaban
de aliento de su boca
y brasa de su cara.

En rápidas resinas
se endurecía su habla,
por no caer en linda
presa soltada.

Doblarse no sabía
la planta de montaña,

y al costado de ella,
yo me doblaba...

La dejé que muriese,
robándole mi entraña.
Se acabó como el águila
que no es alimentada.

Sosegó el aletazo,
se dobló, lacia,
y me cayó a la mano
su pavesa acabada...

Por ella todavía
me gimen sus hermanas,
y las gredas de fuego
al pasar me desgarran.

Cruzando yo les digo:
—Buscad por las quebradas
y haced con las arcillas
otra águila abrasada.

Si no podéis, entonces,
¡ay!, olvidadla.
Yo la maté. ¡Vosotras
también matadla!

LA ABANDONADA

A Emma Godoy.

Ahora voy a aprenderme
el país de la acedía,
y a desaprender tu amor
que era la sola lengua mía,
como río que olvidase
lecho, corriente y orillas.

183

¿Por qué trajiste tesoros
si el olvido no acarrearías?
Todo me sobra y yo me sobro
como traje de fiesta para fiesta no habida;
¡tanto, Dios mío, que me sobra
mi vida desde el primer día!

Denme ahora las palabras
que no me dio la nodriza.
Las balbucearé demente
de la sílaba a la sílaba:
palabra "expolio", palabra "nada"
y palabra "postrimería",
¡aunque se tuerzan en mi boca
como las víboras mordidas!

Me he sentado a mitad de la Tierra,
amor mío, a mitad de la vida,
a abrir mis venas y mi pecho,
a mondarme en granada viva,
y a romper la caoba roja
de mis huesos que te querían.

Estoy quemando lo que tuvimos:
los anchos muros, las altas vigas,
descuajando una por una
las doce puertas que abrías
y cegando a golpes de hacha
el aljibe de la alegría.

Voy a esparcir, voleada,
la cosecha ayer cogida,
a vaciar odres de vino
y a soltar aves cautivas;
a romper como mi cuerpo
los miembros de la "masía"
y a medir con brazos altos
la parva de las cenizas.

¡Cómo duele, cómo cuesta,
cómo eran las cosas divinas,
y no quieren morir, y se quejan muriendo,
y abren sus entrañas vívidas!
Los leños entienden y hablan,
el vino empinándose mira,
y la banda de pájaros sube
torpe y rota como neblina.

Venga el viento, arda mi casa
mejor que bosque de resinas;
caigan rojos y sesgados
el molino y la torre madrina.
¡Mi noche, apurada del fuego,
mi pobre noche no llegue al día!

LA ANSIOSA

Antes que él eche a andar, está quedado
el viento Norte, hay una luz enferma,
el camino blanquea en brazo muerto
y, sin gracia de amor, pesa la tierra.

Y cuando viene, lo sé por el aire
que me lo dice, alácrito y agudo;
y abre mi grito en la venteada un tubo
que la mima y le cela los cabellos,
y le guarda los ojos del pedrisco.

Vilano o junco ebrio parecía;
apenas era y ya no voltijea;
viene más puro que el disco lanzado,
más recto, más que el albatrós sediento,
y ahora ya la punta de mis brazos
afirman su cintura en la carrera...

Pero ya saben mi cuerpo y mi alma
que viene caminando por la raya
amoratada de mi largo grito,
sin enredarse en el fresno glorioso
ni relajarse en los bancos de arena.

¿Cómo no ha de llegar si me lo traen
los elementos a los que fui dada?
El agua me lo alumbra en los hondones,
el fuego me lo urge en el poniente
y el viento Norte aguija sus costados.

Mi grito vivo no se le relaja;
ciego y exacto lo alcanza en los riscos.
Avanza abriendo el matorral espeso
y al acercarse ya suelta su espalda,
libre lo deja y se apaga en mi puerta.

Y ya no hay voz cuando cae a mis brazos
porque toda ella quedó consumida,
y este silencio es más fuerte que el grito
si así nos deja con los rostros blancos.

LA BAILARINA

La bailarina ahora está danzando
la danza del perder cuanto tenía.
Deja caer todo lo que ella había,
padres y hermanos, huertos y campiñas,
el rumor de su río, los caminos,

el cuento de su hogar, su propio rostro
y su nombre, y los juegos de su infancia
como quien deja todo lo que tuvo
caer de cuello, de seno y de alma.

En el filo del día y el solsticio
baila riendo su cabal despojo.
Lo que avientan sus brazos es el mundo
que ama y detesta, que sonríe y mata,
la tierra puesta a vendimia de sangre,
la noche de los hartos que no duermen
y la dentera del que no ha posada.

Sin nombre, raza ni credo, desnuda
de todo y de sí misma, da su entrega,
hermosa y pura, de pies voladores.
Sacudida como árbol y en el centro
de la tornada, vuelta testimonio.

No está danzando el vuelo de albatroses
salpicados de sal y juegos de olas;
tampoco el alzamiento y la derrota
de los cañaverales fustigados.
Tampoco el viento agitador de velas,
ni la sonrisa de las altas hierbas.

El nombre no le den de su bautismo.
Se soltó de su casta y de su carne
sumió la canturia de su sangre
y la balada de su adolescencia.

Sin saberlo le echamos nuestras vidas
como una roja veste envenenada
y baila así mordida de serpientes
que alácritas y libres la repechan,
y la dejan caer en estandarte
vencido o en guirnalda hecha pedazos.

Sonámbula, mudada en lo que odia,
sigue danzando sin saberse ajena
sus muecas aventando y recogiendo
jadeadora de nuestro jadeo,
cortando el aire que no la refresca
única y torbellino, vil y pura.

Somos nosotros su jadeado pecho,
su palidez exangüe, el loco grito
tirado hacia el poniente y el levante
la roja calentura de sus venas,
el olvido del Dios de sus infancias.

LA DESASIDA

En el sueño yo no tenía
padre ni madre, gozos ni duelos,
no era mío ni el tesoro
que he de velar hasta el alba,
edad mi nombre llevaba,
ni mi triunfo ni mi derrota.

Mi enemigo podía injuriarme
o negarme Pedro, mi amigo,
que de haber ido tan lejos
no me alcanzaban las flechas:
para la mujer dormida
lo mismo daba este mundo
que los otros no nacidos...

Donde estuve nada dolía:
estaciones, sol ni lunas,
no punzaban ni la sangre
ni el cardenillo del Tiempo;
ni los altos silos subían
ni rondaba el hambre los silos.
Y yo decía como ebria:
"¡Patria mía. Patria, la Patria!"

Pero un hilo tibio retuve,
—pobre mujer— en la boca,

vilano que iba y venía
por la nonada del soplo,
no más que un hilo de araña
o que un repunte de arenas.

Pude no volver y he vuelto.
De nuevo hay muro a mi espalda,
y he de oír y responder
y, voceando pregones,
ser otra vez buhonera.

Tengo mi cubo de piedra
y el puñado de herramientas.
Mi voluntad la recojo
como ropa abandonada,
desperezo mi costumbre
y otra vez retomo el mundo.

Pero me iré cualquier día
sin llantos y sin abrazos,
barca que parte de noche
sin que la sigan las otras,
la ojeen los faros rojos
ni se la oigan sus costas...

LA DESVELADA

En cuanto engruesa la noche
y lo erguido se recuesta,
y se endereza lo rendido,
le oigo subir las escaleras.
Nada importa que no le oigan
y solamente yo lo sienta.
¡A qué había de escucharlo
el desvelo de otra sierva!

En un aliento mío sube
y yo padezco hasta que llega
—cascada loca que su destino
una vez baja y otras repecha
y loco espino calenturiento
castañeteando contra mi puerta—.

No me alzo, no abro los ojos,
y sigo su forma entera.
Un instante, como precitos,

bajo la noche tenemos tregua;
pero le oigo bajar de nuevo
como en una marea eterna.

Él va y viene toda la noche
dádiva absurda, dada y devuelta,
medusa en olas levantada
que ya se ve, que ya se acerca.
Desde mi lecho yo lo ayudo
con el aliento que me queda,
porque no busque tanteando
y se haga daño en las tinieblas.

Los peldaños de sordo leño
como cristales me resuenan.
Yo sé en cuáles se descansa,
y se interroga, y se contesta.
Oigo donde los leños fieles,
igual que mi alma, se le quejan,
y sé el paso maduro y último
que iba a llegar y nunca llega...

Mi casa padece su cuerpo
como llama que la retuesta.
Siento el calor que da su cara
—ladrillo ardiendo— contra mi puerta.
Pruebo una dicha que no sabía:
sufro de viva, muero de alerta,
¡y en este trance de agonía
se van mis fuerzas con sus fuerzas!

Al otro día repaso en vano
con mis mejillas y mi lengua,
rastreando la empañadura
en el espejo de la escalera.
Y unas horas sosiega mi alma
hasta que cae la noche ciega.

El vagabundo que lo cruza
como fábula me lo cuenta.
Apenas él lleva su carne,
apenas es de tanto que era,
y la mirada de sus ojos
una vez hiela y otras quema.

No le interrogue quien lo cruce:
sólo le digan que no vuelva,
que no repeche su memoria,
para que él duerma y que yo duerma.
Mate el nombre que como viento
en sus rutas turbillonea
¡y no vea la puerta mía,
¡recta y roja como una hoguera!

LA DICHOSA

A Paulita Brook.

Nos tenemos por la gracia
de haberlo dejado todo;
ahora vivimos libres
del tiempo de ojos celosos;
y a la luz le parecemos
algodón del mismo copo.

El Universo trocamos
por un muro y un coloquio.
País tuvimos y gentes
y unos pesados tesoros,
y todo lo dio el amor
loco y ebrio de despojo.

Quiso el amor soledades
como el lobo silencioso.
Se vino a cavar su casa
en el valle más angosto
y la huella le seguimos
sin demandarle retorno...

Para ser cabal y justa
como es en la copa el sorbo,
y no robarle el instante,
y no malgastarle el soplo,
me perdí en la casa tuya
como la espada en el forro.

Nos sobran todas las cosas
que teníamos por gozos:
los labrantíos, las costas,
las anchas dunas de hinojos.
El asombro del amor
acabó con los asombros.

Nuestra dicha se parece
al panal que cela su oro;
pesa en el pecho la miel
de su peso capitoso,
y ligera voy, o grave,
y me sé y me desconozco.

Ya ni recuerdo cómo era
cuando viví con los otros.
Quemé toda mi memoria
como hogar menesteroso.
Los tejados de mi aldea
si vuelvo, no los conozco,
y el hermano de mis leches
no me conoce tampoco.

Y no quiero que me hallen
donde me escondí de todos;
antes hallen en el hielo
el rastro huido del oso.
El muro es negro de tiempo
el líquen del umbral, sordo,
y se cansa quien nos llame
por el nombre de nosotros.

Atravesaré de muerta
el patio de hongos morosos.
Él me cargará en sus brazos
en chopo talado y mondo.
Yo miraré todavía
el remate de sus hombros.
La aldea que no me vio
me verá cruzar sin rostro,
y sólo me tendrá el polvo
volador, que no es esposo.

LA FERVOROSA

En todos los lugares he encendido
con mi brazo y mi aliento el viejo fuego;
en toda tierra me vieron velando
el faisán que cayó desde los cielos,
y tengo ciencia de hacer la nidada
de las brasas juntando sus polluelos.

Dulce es callando en tendido rescoldo,
tierno cuando en pajuelas lo comienzo.
Malicias sé para soplar sus chispas
hasta que él sube en alocados miembros.

Costó, sin viento, prenderlo, atizarlo:
era o el humo o el chisporroteo;
pero ya sube en cerrada columna
recta, viva, leal y en gran silencio.

No hay gacela que salte los torrentes
y el carrascal como mi loco ciervo;
en redes, peces de oro no brincaron
con rojez de cardumen tan violento.
He cantado y bailado en torno suyo
con reyes, versolaris y cabreros,
y cuando en sus pavesas él moría
yo le supe arrojar mi propio cuerpo.

Cruzarían los hombres con antorchas
mi aldea, cuando fue mi nacimiento
o mi madre se iría por las cuestas
encendiendo las matas por el cuello.
Espino, algarrobillo y zarza negra,
sobre mi único Valle están ardiendo,
soltando sus torcidas salamandras,
aventando fragancias cerro a cerro.

Mi vieja antorcha, mi jadeada antorcha
va despertando majadas y oteros;
a nadie ciega y va dejando atrás
la noche abierta a rasgones bermejos.
La gracia pido de matarla antes
de que ella mate el Arcángel que llevo.

(Yo no sé si lo llevo o si él me lleva;
pero sé que me llamo su alimento,
y me sé que le sirvo y no le falto
y no lo doy a los titiriteros.)

Corro, echando a la hoguera cuanto es mío.
Porque todo lo di, ya nada llevo,
y caigo yo, pero él no me agoniza
y sé que hasta sin brazos lo sostengo.
O me lo salva alguno de los míos,
hostigando a la noche y su esperpento,
hasta el último hondón, para quemarla
en su cogollo más alto y señero.

Traje la llama desde la otra orilla,
de donde vine y adonde me vuelvo.
Allá nadie la atiza y ella crece
y va volando en albatrós bermejo.
He de volver a mi hornaza dejando
caer en su regazo el santo préstamo.

¡Padre, madre y hermana adelantados,
y mi Dios vivo que guarda a mis muertos:
corriendo voy por la canal abierta
de vuestra santa Maratón de fuego!

LA FUGITIVA

Árbol de fiesta, brazos anchos,
cascada suelta, frescor vivo
a mi espalda despeñados:
¿quién os dijo de pararme
y silabear mi nombre?

Bajo un árbol yo tan solo
lavaba mis pies de marchas
con mi sombra como ruta
y con el polvo por saya.

¡Qué hermoso que echas tus ramas
y que abajas tu cabeza,
sin entender que no tengo
diez años para aprenderme
tu verde cruz que es sin sangre
y el disco de tu peana!

Atísbame, pino-cedro,
con tus ojos verticales,
y no muevas ni descuajes
los pies de tu terrón vivo:
que no pueden tus pies nuevos

con rasgones de los cactus
y encías de las risqueras.

Y hay como un desasosiego,
como un siseo que corre
desde el hervor del Zodíaco
a las hierbas erizadas.
Viva está toda la noche
de negaciones y afirmaciones,
las del Ángel que te manda
y el mío que con él lucha;

y un azoro de mujer
llora a su cedro de Líbano
caído y cubierto de noche,
que va a marchar desde el alba
sin saber ruta ni polvo
y sin volver a ver más
su ronda de dos mil pinos.

¡Ay, árbol mío, insensato
entregado a la ventisca
a canícula y a bestia
al azar de la borrasca.
Pino errante sobre la Tierra!

LA GRANJERA

Para nadie planta la lila
o poda las azaleas
y carga el agua para nadie
en baldes que la espejean.

Vuelta a uno que no da sombra
y sobrepasa su cabeza,
estira un helecho mojado
y a darlo y a hurtárselo, juega.

Abre las rejas sin que llamen,
sin que entre nadie, las cierra
y se cansa para el sueño
que la toma, la suelta y la deja.

Desvíen el agua de la vertiente
que la halla gateando ciega,
espolvoreen sal donde siembre,
entierren sus herramientas.

Háganla dormir, pónganla a dormir
como al armiño o la civeta.
Cuando duerma bajen su brazo
y avienten el sueño que sueña.

La muerte anda desvariada,
borracha camina la Tierra,
trueca rutas, tuerce dichas,
en la esfera tamborilea.

Viento y Arcángel de su nombre
trajeron hasta su puerta
la muerte de todos sus vivos
sin traer la muerte de ella.

Las fichas vivas de los hombres
en la carrera le tintinean.
¡Trocaría, perdería
la pobre muerte de la granjera!

LA HUMILLADA

Un pobre amor humillado
arde en la casa que miro.
En el espacio del mundo,
lleno de duros prodigios,
existe y peña este amor,
como ninguno ofendido.

Se cansa cuanto camina,
cuanto alienta, cuanto es vivo,
y no se rinde ese fuego,
de clavos altos y fijos.

Junto con los otros sueños,
el sueño suyo Dios hizo
y ella no quiere dormir
de aquel sueño recibido.

La pobre llama demente
violento arde y no cansino,
sin tener el viento Oeste
sin alcanzar el marino,

y arde quieta, arde parada
aunque sea torbellino.

Mejor que caiga su casa
para que ella haga camino
y que marche hasta rodar
en el pastal o los trigos.

Ella su casa la da
como se entrega un carrizo;
da su canción dolorida,
da su mesa y sus vestidos.

¡Pero ella no da su pecho
ni el brazo al fuego extendido,
ni la oración que le nace
como un hijo, con vagido,
ni el árbol de azufre y sangre
cada noche más crecido,
que ya la alcanza y la cubre
tomándola para él mismo!

LA QUE CAMINA

Aquel mismo arenal, ella camina
siempre hasta cuando ya duermen los otros;
y aunque para dormir caiga por tierra
ese mismo arenal sueña y camina.
La misma ruta, la que lleva al Este
es la que toma aunque la llama el Norte,

y aunque la luz del sol le da diez rutas
y se·las sabe, camina la Única.
Al pie del mismo espino se detiene
y con el ademán mismo lo toma
y lo sujeta porque es su destino.

La misma arruga de la tierra ardiente
la conduce, la abrasa y la obedece
y cuando cae de soles rendida
la vuelve a alzar para seguir con ella.
Sea que ella la viva o que la muera
en el ciego arenal que todo pierde,
de cuanto tuvo dado por la suerte
esa sola palabra ha recogido
y de ella vive y de la misma muere.

Igual palabra, igual, es la que dice
y es todo lo que tuvo y lo que lleva
y por su sola sílaba de fuego
ella puede vivir hasta que quiera.
Otras palabras aprender no quiso
y la que lleva es su propio sustento
a más sola que va más la repite
pero no se la entienden sus caminos.

¿Cómo, si es tan pequeña, la alimenta?
¿Y cómo, si es tan breve, la sostiene,
y cómo, si es la misma, no la rinde,
y adonde va con ella hasta la muerte?
No le den soledad porque la mude,
ni palabra le den, que no responde.
Ninguna más le dieron, en naciendo,
y como es su gemela no la deja.

¿Por qué la madre no le dio sino ésta?
¿Y por qué cuando queda silenciosa
muda no está, que sigue balbuceándola?
Se va quedando sola como un árbol
o como arroyo de nadie sabido
así marchando entre un fin y un comienzo
y como sin edad o como en sueño.
Aquellos que la amaron no la encuentran,
el que la vio se la cuenta por fábula
y su lengua olvidó todos los nombres
y solo en su oración dice el del Único.

Yo que la cuento ignoro su camino
y su semblante de soles quemado,
no sé si la sombrean piño o cedro
ni en qué lengua ella mienta a los extraños.

Tanto quiso olvidar que ya ha olvidado.
Tanto quiso mudar que ya no es ella,
tantos bosques y ríos se ha cruzado
que al mar la llevan ya para perderla,

y cuando me la pienso, yo la tengo,
y le voy sin descanso recitando
la letanía de todos los nombres
que me aprendí, como ella vagabunda;
pero el Ángel oscuro nunca, nunca,
quiso que yo la cruce en los senderos.

Y tanto se la ignoran los caminos
que suelo comprender, con largo llanto,
que ya duerme del sueño fabuloso,
mar sin traición y monte sin repecho,
ni dicha, ni dolor, no más olvido.

MARTA Y MARÍA

Al doctor Cruz Coke.

Nacieron juntas, vivían juntas,
comían juntas Marta y María.
Cerraban las mismas puertas,
al mismo aljibe bebían,
el mismo soto las miraba,
y la misma luz las vestía.

Sonaban las lozas de Marta,
borbolleaban sus marmitas.
El gallinero hervía en tórtolas,
en gallos rojos y ave-frías,
y, saliendo y entrando, Marta
en plumazones se perdía.

Rasgaba el aire, gobernaba
alimentos y lencerías,
el lagar y las colmenas
y el minuto, la hora y el día...

Y a ella todo le voceaba
a grito herido por donde iba:
vajillas, puertas, cerrojos,
como a la oveja con esquila;
y a la otra se le callaban,
hilado llanto y Ave-Marías.

Mientras que en ángulo encalado,
sin alzar mano, aunque tejía
María, en azul mayólica,
algo en el aire quieto hacía:
¿Qué era aquello que no se acababa,
ni era mudado ni le cundía?

Y un mediodía ojidorado,
cuando es que Marta rehacía

a diez manos la vieja Judea,
sin voz ni gesto *pasó* María.

Sólo se hizo más dejada,
sólo embebió sus mejillas,
y se quedó en santo y seña
de su espalda, en la cal fría,
un helecho tembloroso
una lenta estalactita,
y no más que un gran silencio
que rayo ni grito rompían.

Cuando Marta envejeció,
sosegaron horno y cocina;
la casa ganó su sueño,
quedó la escalera supina,
y en adormeciendo Marta,
y pasando de roja a salina,
fue a sentarse acurrucada
en el ángulo de María,
donde con pasmo y silencio
apenas su boca movía...

Hacia María pedía ir
y hacia ella se iba, se iba,
diciendo: "¡María!", sólo eso,
y volviendo a decir: "¡María!"
Y con tanto fervor llamaba
que, sin saberlo, ella partía,
soltando la hebra del hálito
que su pecho no defendía.
Ya iba los aires subiendo,
ya "no era" y no lo sabía...

UNA MUJER

Donde estaba su casa sigue
como si no hubiera ardido.
Habla sólo la lengua de su alma
con los que cruzan, ninguna.

Cuando dice "pino de Alepo",
no dice árbol que dice un niño
y cuando dice "regato"
y "espejo de oro", dice lo mismo.

Cuando llega la noche cuenta
los tizones de su casa
o endereza su frente
ve erguido su pino de Alepo.
(El día vive por su noche
y la noche por su milagro.)

En cada árbol endereza
al que acostaron en tierra
y en el fuego de su pecho
lo calienta, lo enrolla, lo estrecha.

MUJER DE PRISIONERO

A Victoria Kent.

Yo tengo en esa hoguera de ladrillos,
yo tengo al hombre mío prisionero.
Por corredores de filos amargos
y en esta luz sesgada de murciélago,
tanteando como el buzo por la gruta,
voy caminando hasta que me lo encuentro,
y hallo a mi cebra pintada de burla
en los anillos de su befa envuelto.

Me lo han dejado, como a barco roto,
con anclas de metal en los pies tiernos;
le han esquilado como a la vicuña
su gloria azafranada de cabellos.
Pero su Ángel-Custodio anda la celda
y si nunca lo ven es que están ciegos.
Entró con él al hoyo de cisterna;
tomó los grillos como obedeciendo;
se alzó a coger el vestido de cobra,
y se quedó sin el aire del cielo.

El Ángel gira moliendo y moliendo
la harina densa del mar denso sueño;
le borra el mar de zarcos oleajes,
le sumerge una casa y un viñedo,
y le esconde mi ardor de carne en llamas,
y su esencia, y el nombre, que dieron.

En la celda, las olas de bochorno
y frío, de los dos, yo me las siento,
y trueque y turno que hacen y deshacen

se queja y queja los dos prisioneros
¡y su guardián nocturno ni ve ni oye
que dos espaldas son y dos lamentos!

Al rematar el pobre día nuestro,
hace el Ángel dormir al prisionero,
dando y lloviendo olvido imponderable
a puñados de noche y de silencio.
Y yo desde mi casa que lo gime
hasta la suya, que es dedal ardiendo,
como quien no conoce otro camino,
en lanzadera viva voy y vengo,
y al fin se abren los muros y me dejan
pasar el hierro, la brea, el cemento...

En lo oscuro, mi amor que come moho
y telarañas, cuando es que yo llego,
entero ríe a lo blanquidorado;
a mi piel, a mi fruta y a mi cesto.
El canasto de frutas a hurtadillas
destapo, y uva a uva se lo entrego;
la sidra se la doy pausadamente,
porque el sorbo no mate a mi sediento,
y al moverse le siguen —pajarillos
de perdición— sus grillos cenicientos.

Vuestro hermano vivía con vosotros
hasta el día de cielo y umbral negro;
pero es hermano vuestro, mientras sea
la sal aguda y el agraz acedo,
hermano con su cifra y sin su cifra,
y libre o tanteando en su agujero,
y es bueno, sí, que hablemos de él, sentados
o caminando, y en vela o durmiendo,
si lo hemos de contar como una fábula
cuando nos haga responder su Dueño.

Cuando rueda la nieve los tejados
o a sus espaldas cae el aguacero,
mi calor con su hielo se pelea
en el pecho de mi hombre friolento:
él ríe, ríe a mi nombre y mi rostro
y al cesto ardiendo con que lo festejo,
¡y puedo, calentando sus rodillas,
contar como David todos sus huesos!

Pero por más que le allegue mi hálito
y le funda su sangre pecho a pecho,
¡cómo con brazo arqueado de cuna
yo rompo cedro y pizarra de techos,
si en dos mil días los hombres sellaron
este panal cuya cera de infierno
más arde más, que aceites y resinas,
y que la pez, y arde mudo y sin tiempo!

UNA PIADOSA

Quiero ver al hombre del faro,
quiero ir a la peña del risco,
probar en su boca la ola,
ver en sus ojos el abismo.
Yo quiero alcanzar, si vive,
al viejo salobre y salino.

Dicen que sólo mira al Este,
—emparedado que está vivo—
y quiero, cortando sus olas
que me mire en vez del abismo.

Todo se sabe de la noche
que ahora es mi lecho y camino:
sabe resacas, pulpos, esponjas,
sabe un grito que mata el sentido.

Está escupido de marea
su pecho fiel y con castigo,
está silbando de gaviotas
y tan albo como el herido
¡y de inmóvil, y mudo y ausente,
ya no parece ni nacido!

Pero voy a la torre del faro,
subiéndome ruta de filos
por el hombre que va a contarme
lo terrestre y lo divino,
y en brazo y brazo le llevo
jarro de leche, sorbo de vino...

Y él sigue escuchando mares
que no aman sino a sí mismos.
Pero tal vez ya nada escuche,
de haber parado en sal y olvido.

NATURALEZA, II

AMAPOLA DE CALIFORNIA

A Eda Ramelli.

Llama de la California
que solo un palmo levantas
y en regreso de oro lames
las avenidas de hayas:
contra-amapola que llevas
color de miel derramada.

La nonada por prodigio,
unas semanas por dádiva,
y con lo poco que llevas,
igual que el alma, sobrada,
para rendir testimonio
y aupar acción de gracias.

En la palma apenas duras
y recoges, de tomada,
como unos labios sorbidos
tus cuatro palabras rápidas,
cuando te rompen lo erguido
y denso de la alabanza.

Californiana ardentía,
aguda como llamada,
con cuatro soplos de fuego
que das a la ruta pávida
a quien no sabes parar,
ni irte corriendo a su zaga.

Corre la ruta frenética
como la Furia lanzada,
y tú que quieres salvar

te quedas a sus espaldas,
ámbar nutriendo su arena,
sustancia californiana.

Entre altos naranjales
y pomares que se exhalan,
tú no le guiñas al hambre
ni a la sed: tan solo alabas
con las cuatro lenguas vivas
y la abrasada garganta.

Alabas rasgando el día,
mas a la siesta mediada,
y al soslayo de la tarde,
ya con las vistas cegadas,
tus hijas, como los cinco
sentidos, dicen y alaban.

¿Qué eres allí donde *eres*
y estás alta y arrobada
y de donde te abajaste
acortando gozo y llama?
¡Qué íntegra estabas arriba
sin ruta y sin invernada!

¡Pobre gloria tuya y mía
(pobre tu alma, pobre mi alma)
arder sin atizadura
e igual que acicateadas,
en una orilla del mundo,
caídas de nuestra Llama!

HALLAZGO DEL PALMAR [1]

Me hallé la mancha de palmeras.
Reina tan dulce no me sabía.
A la Minerva del pagano
o a la Virgen se parecían.
Les dieron el mayor cielo
—de verlas tan dignas sería—.
Les regalaron los veranos
y ramos de Epifanía;
y les dijeron que alimentasen
al Oriente y la raza mía.

Yo les gozaba, les gozaba
los cogollos de su alegría.
—Denme el agua fina, les dije,
y la miel de mi regalía
y la cuerda que dicen recia

y la cera que llaman pía
(el agua de otro bautismo,
la miel para amargo día,
la cuerda de atar las fieras,
las ceras de mi agonía,
que me puedo morir de noche
y el alto cirio llega al día...).

Yo les hablaba como a madres
y el corazón se me fundía.
Yo me abrazaba a las cuelludas
y las cuelludas me cubrían.
Las palmeras en el calor
eran géiseres de agua viva;
se mecían sobre mi cuerpo
y con mi alma se mecían.

LA PIEDRA DE PARAHIBUNA

Entre hallazgos me encontré
la Piedra de Parahibuna.
La moja el primer rocío
y el sol primero la enjuga.
Ella retuesta los quiscos
y retuerce cacto y yuca.

Parece mi Cordillera
abajada, sierva y junta.
Parece Madre-Elefanta,
y el regazo que más dura
y la voz que más aúpa.
Parece el haz de una Gloria,
y el perdón de nuestras culpas,

y de lo ancha que es, la noche,
a ella no más arrebuja.

Buena para hacer la ofrenda
y alzar de lo alto su aleluya,
para encender una hoguera
u ofrecer desnudo un hijo
o morir dando el espíritu
de muerte aceptada y pura.

Niños blanquean sus faldas:
Rey que pasa la saluda;
la hebra de los indios muertos
hasta el alba se la rondan,
y mi desvelo la busca
y la halla, marchando ciego.

MUERTE DEL MAR

A Doris Dana

Se murió el Mar una noche,
de una orilla a la otra orilla;
se arrugó, se recogió,
como manto que retiran.

Igual que albatrós beodo
y que la alimaña huída,
hasta el último horizonte
con diez oleajes corría.

---

[1] Se refiere a la palma de Chile, que produce una miel exquisita.

Y cuando el mundo robado
volvió a ver la luz del día,
él era un cuerno cascado
que al grito no respondía.

Los pescadores bajamos
a la costa envilecida,
arrugada y vuelta como
la vulpeja consumida.

El silencio era tan grande
que los pechos oprimía,
y la costa se sobraba
como la campana herida.

Donde él bramaba, hostigado
del Dios que lo combatía,
y replicaba a su Dios
con saltos de ciervo en ira,

y donde mozos y mozas
se daban bocas salinas
y en trenza de oro danzaban
solo el ruedo de la vida,

quedaron las madreperlas
y las caracolas lívidas
y las medusas vaciadas
de su amor y de sí mismas.

Quedaban dunas-fantasmas
más viudas que la ceniza,
mirando fijas la cuenca
de su cuerpo de alegrías.

Y la niebla, manoseando
plumazones consumidas,
y tanteando albatrós muerto,
rondaba como la Antígona.

Mirada huérfana echaban
acantilados y rías
al cancelado horizonte
que su amor no devolvía.

Y aunque el mar nunca fue nuestro
como cordera tundida,
las mujeres cada noche
por hijo se lo mecían.

Y aunque al sueño él volease
el pulpo y la pesadilla,
y al umbral de nuestras casas
los ahogados escupía,

de no oírle y de no verle
lentamente se moría,
y en nuestras mejillas áridas
sangre y ardor se sumían.

Con tal de verlo saltar
con su alzada de novilla,
jadeando y levantando
medusas y praderías,

con tal de que nos batiese
con sus pechugas salinas,
y nos subiesen las olas
aspadas de maravillas,

pagaríamos rescate
como las tribus vencidas
y daríamos las casas,
y los hijos y las hijas.

Nos jadean los alientos
como al ahogado en mina
y el himno y el peán mueren
sobre nuestras bocas mismas.

Pescadores de ojos fijos
le llamamos todavía,
y lloramos abrazados
a las barcas ofendidas.

Y meciéndolas, meciéndolas,
tal como él se las mecía,
mascamos algas quemadas
vueltos a la lejanía,
o mordemos nuestras manos
igual que esclavos escitas.

Y cogidos de las manos,
cuando la noche es venida,
aullamos viejos y niños
como unas almas perdidas:

"¡Talassa, viejo Talassa,
verdes espaldas huídas,
si fuimos abandonados
llámanos a donde existas,

y si estás muerto, que sople
el viento color de Erinna
y nos tome y nos arroje
sobre otra costa bendita,
para contarle los golfos
y morir sobre sus islas!"

OCOTILLO [1]

Ocotillo de Arizona
sustentado en el desierto,
huesecillos requemados
crepitando y resistiendo,
tantos gestos aventados
y uno, y solo, y terco anhelo.

Por sus filos empolvados
sube un caldo de tormento.
En el viento va su lengua
como va el lebrel sediento,
y al remate está el descanso
del ansiar y del jadeo:
¡ocotillo refrescado
de su sangre, no del viento!

Rasa patria, raso polvo,
raso plexo del desierto;
duna y dunas enhebradas,
y hasta Dios, rasos los cielos,
todo arena voladora
y sólo él permaneciendo;
toda hierba consumida
y no más su grito entero.

Dice "¡no!" la vieja arena
y el blanquear del castor muerto,
y el anillo de horizonte
dice "¡no!" a su prisionero,
y Dios dice "¡sí!" tan solo
por el ocotillo ardiendo.

¿A quién manda su palabra
que parece juramento?
¿A quién clama lo que pide
que será su refrigerio?
¿A quién llama todavía,
insistente como el eco?
Al nacer, ¿a quién llamó?
¿Y 'a quién mira y ve en muriendo?

Cuando para y cae rota
la borrasca, y no hay senderos,
voy andando, voy llegando
a su magullado cuerpo
y lo oscuro y lo ofendido
yo le enjugo y enderezo
—como a aquel que me troncharon—
con la esponja de mi cuerpo
y mi palma lo repasa
en sus miembros que son fuego.

PALMAS DE CUBA

Isla Caribe y Siboney,
tallo de aire, peana de arena,
como tortuga palmoteada,
de conjunciones de palmeras,
clara en los turnos de la caña,
sombría en discos de la ceiba.

Palmas reales doncelleando
a medio cielo y a media tierra,
por el ciclón arrebatadas
y suspendidas y devueltas.

Corren del Este hacia el Oeste.
Por piadosas siempre regresan.
El cielo habla a Siboney
por el cuello de las palmeras
y contesta la Siboney
con avalancha de palmeras.

Si no las hallo quedo huérfana,
si no las gozo estoy aceda.
Duermo mi siesta azuleada
de un largo vuelo de cigüeñas,
y despierto si me despiertan
con su silbo de tantas flechas.

Los palmares de Siboney
me buscan, me toman, me llevan.
La palma columpia mi aliento;
de palmas llevo marcha lenta.
Tránsito y vuelo de palmeras
éxtasis lento de la Tierra.
Y en el sol acre, pasan, pasan,
y yo también pasé con ellas.
Y me llevan sus escuadrones
como es que lleva la marea
y me llevan ebria de viento
con las potencias como ebrias...

---

[1] Cacto americano.

CEIBA SECA

En la llanura del Guayas
la ceiba se quedó muerta.
¿Cómo es que ella se moría,
y si murió, cómo reina?

Más noble está que de viva,
y más alta en su despojo,
y aún verídica sigue
librada de toda mengua.

El viento que pasa no sabe.
La mira y no entiende la Tierra,
y no acaba de morir
para que su cuerpo extiendan.

La larva y la sabandija
tardan en subir por ella
y la esperan en dos ríos
hormigas rubias y negras.

Murió sin hacha ni rayo
sin resuello de sequía,
murió de haber horizonte
raso de sus compañeras.

Llano y cielo no me ayudan
a acostarla en rojas gredas
con el rocío en su espalda
y el Zodíaco en sus guedejas.

Parada junto a mi Madre
antes que las hachas lleguen,
mascullando un santo salmo,
tengo que entregarla al Fuego,

al fuego rojo, al azul,
al amor llamado hoguera
que sube al Padre y la pone
sobre su Segunda Tierra.

ESPIGA URUGUAYA

Al filo del sol de enero
está granando la espiga;
ojos cerrados, dedos juntos
y la pestaña en neblina.

Tan violenta va granando
que bien se la escucharía
con que yo abaje mi mano
o le allegue mi mejilla.

Dura se hace en diez semanas
como el cobre de la mina,

la que volaba en un vaho
y en la luz no se veía.

Al granar impetuoso
no le teme, de ser niña;
pero a mí toda me azora
esta explosión de la espiga.

La muerte puede quebrarla
ahora, con seca encía
que desgranada ya vuela
libre de muerte, la espiga.

SONETOS DE LA PODA

1. PODA DE ROSAL

En el rosal, zarpado y poderoso
como Holofernes vegetal, entraron
mis pulsos del acero iluminados
a herir con seco golpe numeroso.

Yacen bajo el rosal sus dolorosos
miembros como algas de la marejada

y entra la luz en madre alborotada
por las ramas abiertas y dichosas.

Tiene, como Roldán, setenta heridas
el rosal mío y se las seca el viento,
pero quedan mis manos, del violento,
como por lengua de león lamidas...

Caen y restan en la maravilla
de un descanso perfecto abandonadas
y grito al ver las dos ensangrentadas
salamandras que tengo en las rodillas...

2. PODA DE ALMENDRO

Podo el menudo almendro contra el cielo
con una mano pura y acendrada,
como se palpa la mejilla amada
con el semblante alzado del anhelo.

Como creo la estrofa verdadera
en que dejo correr mi sangre viva,
pongo mi corazón a que reciba
la sangre inmensa de la primavera.

Mi pecho da al almendro su latido
y el tronco oye, en su médula escondido,
mi corazón como un cincel profundo.

Todos los que me amaban me han perdido,
y es mi pecho, en almendro sostenido,
la sola entrega que yo doy al mundo...

3. HIJO ÁRBOL

El árbol invernal se estampa sobre
el cielo azul, como el perfil de Erasmo
de Rotterdam, absorto por el pasmo
de su dureza y su enjutez de cobre.

Más noble así que si estuviera vivo
de frondazón sensual, con su severa
forma que aguarda a la ancha primavera
en su perfil de Erasmo pensativo.

Mas yo lo podo con amargo brío
por darle gesto como a un hijo mío
hasta que se me vuelva criatura.

Y al cielo que bosteza de su hastío
y al paisaje sin escalofrío
lo entrego como norma de amargura.

VERTIENTE

En el fondo de la huerta
mana una vertiente viva
ciega de largos cabellos
y sin espumas herida,
que de abajada no llama
y no se crece, de fina.

De la concha de mis manos
resbala, oscura y huida.
Por lo bajo que rebrota
se la bebe de rodillas,
y yo le llevo tan solo
las sedes que más se inclinan:
la sed de las pobres bestias,
la de los niños, la mía.

En la luz ella no estaba
y en la noche no se oía,
pero desde que la hallamos
la oímos hasta dormidas,
porque desde ella se viene
como punzada divina,
o como segunda sangre
que el pecho no se sabía.

Era ella quien mojaba
los ojos de las novillas.
En la oleada de alhucenas

ella iba y venía
y hablaba igual que mi habla
que los pastos calofría.

No vino a saltos de liebre
bajando la serranía.
Subió cortando carbunclos,
mordiendo las cales frías.
La vieja tierra nocturna
le rebanaba la huída:
pero llegó a su querencia
con más viaje que Tobías...

(Al que manó solo una
noche en el Huerto de olivas
no lo miraron los troncos
ni la noche enceguecida,
y no le oyeron la sangre,
de abajada que corría.

Pero nosotras que vimos
esta agua de la acedía
que nos amó sin sabernos
y caminó dos mil días;
¿cómo ahora la dejamos
en la noche desvalida?
¿Y cómo dormir lo mismo
que cuando ella no se oía?)

D E S V A R Í O

EL REPARTO

Si me ponen al costado
la ciega de nacimiento,
le diré, bajo, bajito,
con la voz llena de polvo:
—Hermana, toma mis ojos.

¿Ojos? ¿Para qué preciso
arriba y llena de lumbres?
En mi Patria he de llevar
todo el cuerpo hecho pupila,
espejo devolvedor
ancha pupila sin párpados.

Iré yo a campo traviesa
con los ojos en las manos
y las dos manos dichosas
deletreando lo no visto
nombrando lo adivinado.

Tome otra mis rodillas
si las suyas se quedaron

trabadas y empedernidas
por las nieves o la escarcha.

Otra tómeme los brazos
si es que se los rebanaron.
Y otras tomen mis sentidos
con su sed y con su hambre.

Acabe así, consumada
repartida como hogaza
y lanzada a sur o a norte
no seré nunca más una.

Será mi aligeramiento
como un apear de ramas
que me abajan y descargan
de mí misma, como de árbol.

¡Ah respiro, ay dulce pago
vertical descendimiento!

ENCARGO A BLANCA

A Blanca Subercaseaux.

Yo no sé si podré venir.
A ver si te cumplo, hermana.

Llego, si vengo, en aire dulce
por no helarte la llanada
o en el filo de tu sueño
con amor, y sin palabra.

Empínate por si me cuesta
hallémonos a media marcha,

y me llevas un poco de tierra
por que recuerde mi Posada.

No temas si bulto no llevo
tampoco si llego mudada.
Y no llores si no te respondo
porque mi culpa fue la palabra.
Pero dame la tuya, la tuya,
que era como paloma posada.

205

G U E R R A

CAÍDA DE EUROPA

A Roger Caillois.

Ven, hermano, ven esta noche
a rezar con tu hermana que no tiene
hijo ni madre ni casta presente.
Es amargo rezar oyendo el eco
que un aire vano y un muro devuelven.
Ven, hermano o hermana, por los claros
del maizal antes que caiga el día
demente y ciego, sin saber que pena
la que nunca penó y acribillada
de fuegos y ahogada de humareda
arde la Vieja Madre que nos tuvo
dentro de su olivar y de su viña.

Solamente la Gea americana
vive su noche con olor de trébol,
tomillo y mejorana y escuchando
el rumor de castores y de martas
y la carrera azul de la chinchilla.
Tengo vergüenza de mi *Ave* rendida
que apenas si revuela por mis hombros
o sube y cae en gaviota alcanzada,
mientras la Madre en aflicción espera,
mirando fija un cielo de azabache
que juega a rebanarle la esperanza
y grita "No eres" a la Vieja Noche.

Somos los hijos que a su Madre nombran,
sin saber a estas horas si es la misma
y con el mismo nombre nos responde,
o si mechados de metal y fuego
arden sus miembros llamados Sicilia,
Flandes, la Normandía y la Campania.

Para la compunción y la plegaria
bastan dos palmos de hierbas y de aire.
Hogaza, vino y fruta no acarreen
hasta en el día de leticia y danza
y locos brazos que columpien ramos.

En esta noche, ni mesa punteada
de falerno feliz ni de amapolas;
tampoco el sollozar; tampoco el sueño.

CAMPEÓN FINLANDÉS

Campeón finlandés, estás tendido
en la relumbre de tu último Stadium,
rojo como el faisán en su vida y su muerte,
de heridas pespunteando y apurado
gárgola viva de tu propia sangre.

Has caído en las nieves de tu infancia,
en filos azulados y en espejos acérrimos
diciendo ¡no! hacia el Norte y el Este,
un ¡no! que aprieta los gajos de nieve,
endurece como diamantes los skíes
y para el tanque como un jabalí...
Nadador, pelotaris, corredor,
que te quemen el nombre y te llamen "Finlandia".
Benditos sean tu última pista,
el meridiano que tomó tu cuerpo
y el sol de medianoche, que te cedió el milagro.

Negaste al invasor el sorbo de tus lagos,
tus caminos y la hebra de tus renos,
el umbral de tu casa, el cubo de tu arena,
el arco-iris de las Vírgenes de Cristo,
la bautizada frente de tus niños.

Te miran tus quinientos lagos
que probaron tu cuerpo uno por uno.
Se empina, atarantada, por saberte, la morsa,
como cuando gritabas la Maratón ganada,
y dos renos te echan el humo del aliento
en dos pitones blancos que se hacen y deshacen...

Para que no te aúllen, te bailen ni te befen
esta noche los tártaros dementes,
cuyas botas humean de nieve y tropelía,
las mujeres te conducimos como a un hijo,
alzamos la nonada de tu cuerpo
y vamos a quemarte en tus pinos del Norte.

No lloran ni las madres ni los niños,
ni aun el hielo, en la Finlandia enjuta
como la Macabea, que da sudor de sangre
y da de mamar sangre, pero no llora llanto;
y nosotras tampoco lloramos, atizando
el ruedo y los cogollos de tu hoguera.

La hoguera es alta como el trance, y arde
sin humo y sin ceniza, toda en fucsias y en dalias,

mientras suena el infierno de los tanques,
la frontera de su metal, castañetea
y caen los aviones en sesgo de vergüenza...

Campeón finlandés, saltas ahora
más hermoso que en todos tus Stadiums.
Subes y vas oreando tu sangre
con el rollo del viento que te enjuga.
¡Partes el cielo, ríes y lloras
al abrazar a Judas Macabeo!

HOSPITAL

Detrás del muro encalado
que no deja pasar el soplo
y me ciega de su blancura,
arden fiebres que nunca toco,
brazos perdidos caen manando,
ojos marinos miran, ansiosos.

En sus lechos penan los hombres,
metales blancos bajo su forro,
y cada uno dice lo mismo
que yo, en la vaina de su sollozo.

Uno se muere con su mensaje
en el desuello del fruto mondo,
y mi oído iba a escucharlo
toda la noche, rostro con rostro.

Hacia el cristal de mi desvelo,
adonde baja lo que ignoro,
caen dorsos que no sujeto,
rollos de partos que no recojo,
y vienen carnes estrujadas
de lagares que no conozco.

Juntos estamos, según las cañas,
oyéndonos como los chopos,
y más distantes que Ghea y Sirio,
y el pobre coipo del faisán rojo.
Porque yo tengo y ellos tienen
muro yerto que vuelve el torso,
y no deja acudir los brazos,
ni se abre al amor deseoso.

El Celador costado blanco
nunca se parte en grietas de olmo,
y aunque me cele como un hijo
no me consiente ir a los otros:
espalda lisa que me guarda
sin volteadura y sin escorzo.

El Sordo quiere que vivamos
todos perdidos, juntos y solos,
sabiéndonos y en nuestra búsqueda,
en laberinto blanco y redondo,
hoy al igual de ayer, lo mismo
que en un cuento de hombre beodo,
aunque suban, del otro canto
de la noche, cuellos ansiosos,
y me nombren la Desvariada,
el que hace señas y el Niño loco.

LA HUELLA

Del hombre fugitivo
sólo tengo la huella,
el peso de su cuerpo
y el viento que lo lleva.
Ni señales ni nombre,
ni el país ni la aldea;
solamente la concha
húmeda de su huella;

solamente esta sílaba
que recogió la arena
¡y la Tierra—Verónica
que me lo balbucea!

Solamente la angustia
que apura su carrera;
los pulsos que lo rompen,

el soplo que jadea,
el sudor que lo luce
la encía con dentera
¡y el viento seco y duro
que el lomo le golpea!

Y el espinal que salta,
la marisma que vuela,
la mata que lo esconde,
y el sol que lo confiesa,
la duna que lo ayuda,
la otra que lo entrega,
¡y el pino que lo tumba,
y Dios que lo endereza!

¡Y su hija, la sangre,
que tras él lo vocea:
la huella, Dios mío,
la pintada huella:
el grito sin boca,
la huella, la huella!

Su señal la coman
las santas arenas.
Su huella tápenla

los perros de niebla.
Le tome de un salto
la noche que llega
su marca de hombre
dulce y tremenda.

Yo veo, yo cuento
las dos mil huellas.
¡Voy corriendo, corriendo
la vieja Tierra,
rompiendo con la mía
su pobre huella!
¡O me paro y la borran
mis locas trenzas,
o de bruces mi boca
lame la huella!

Pero la Tierra blanca
se vuelve eterna;
se alarga inacabable
igual que la cadena;
se estira en una cobra
que el Dios Santo no quiebra
¡y sigue hasta el término
del mundo la huella!

JUGARRETAS, II

AYUDADORES

A María Fernanda de Mélida.

Mientras el niño se me duerme,
sin que lo sepa ni la tierra,
por ayudarme en acabarlo
sus cabellos hace la hierba,
sus deditos la palma-dátil
y las uñas la buena cera.
Los caracoles dan su oído
y la fresa roja su lengua,
y el arroyo le trae risas
y el monte le manda paciencias.

(Cosas dejé sin acabar
y estoy confusa y con vergüenza:
apenas sienes, apenas habla,
apenas bulto que le vean.)

Los que acarrean van y vienen,
entran y salen por la puerta
trayendo orejitas de *cuye*
y unos dientes de concha-perla.

Tres Navidades y será otro,
de los tobillos a la cabeza:
será talludo, será recto
como los pinos de la cuesta.

Y yo iré entonces voceándolo
como una loca por los pueblos,
con un pregón que van a oírme
las praderías y los cerros.

CAJITA DE PASAS

A don Pedro Moral.

El negro dejó a la puerta
la cajita claveteada
que me coge y me retiene
en sus clavillos las faldas.

Llena de marcas, aturdida,
como oveja que desembarcan,
trae nombre y trae cifra
su costilla ensalmuerada.

Más recta vino que el barco
por las olas insensatas,
entre dormida y despierta,
enjuta en el agua amarga,
y pasó por diez caletas
de ancla y grúas asustada...

Me la destapo con tientos,
y con miedo de azorarla;
volteo el ferro de mentas
que las ciega y embalsama
y con un grito levanto
a las treinta sofocadas...

Van saliendo los sartales
de abejas y de cigarras
con sollamo de diez soles
y enjutas, pero enmieladas.

Cepa mía vendimiaron
Ana y Rosa al sol dobladas.
En sarmientos lagarteando,

210

donde yo corté, cortaban,
y toparon con mis dedos
de niña entre la maraña...

Los que llegan palpan todo
y se quejan sin la gracia:

ladera y viña no ven;
no cae el Valle a sus caras.
Ellos festejan racimos,
yo festejo resolanas,
gajos vivos de mi cuerpo
y la sangre mía arribada...

DOÑA VENENOS

Doña Venenos habita
a unos pasos de mi casa.
Ella quiere disfrutar
rutas, jardines y playas,
y todo ya se lo dimos,
pero no está apaciguada.

¿A qué vino de tan lejos
si viaja llevando su alma?
a los que nacen o mueren,
a los que arriban o zarpan,
y aunque son muchos sus días
¡no se cansa, no se cansa!

¿A qué vino de tan lejos
si viaja llevando su alma?
Pudo dejarla, sí, pudo,
en cactus abandonada,
y hacerse, cruzando mares,
otra de hieles *lavada*.

¿A qué vino a ser la misma
bajo el país de las palmas?
Me la dicen, me la traen
todos los días *contada*,
pero yo aún no la he visto
y me la tengo sin cara.
Cada día me conozco
árbol nuevo, bestia rara
y criaturas que llegan
a la puerta de mi casa.

¿Pero si no la vi nunca
cómo echo a la forastera?
Y si me la dejo entrar,
¿qué hace de mi paz ganada?,
¿qué de mi bien que es un árbol?

Todos me preguntan si
ya vino la malhadada
y luego me dicen que...
es peor si se retarda.

NACIMIENTO DE UNA CASA

Para Concha Romero James.

Una casa va naciendo
en duna californiana
y va saltando del médano
en gaviota atolondrada.

El nacimiento lo agitan
carreras y bufonadas,
chorros silbados de arena,
risas que suelta la grava,
y ya van las vigas-madres
subiendo apelicanadas.

Puerta y puertas van llegando
reñidas con las ventanas,
unas a guardarlo todo,
otras a darlo, fiadas.

Los umbrales y dinteles
se casan en cuerpos y almas,
y unas piernas de pilares
bajan a paso de danza...

Yo no sé si es que la hacen
o de sí misma se alza;
más sé que su alumbramiento
la costa trae agitada
y van llegando mensajes
en flechas enarboladas...

El amor acudiría
si ya se funde la helada,
y por dar fe, luz y aire,
hasta tocarla se abajan,

aunque se vea tan solo
a medio alzar las espaldas...

Llegando están los trabajos
menudos, pardos y en banda,
cargando en gibados gnomos
teatinos, mimbres y lanas
que ojean buscando manos
todavía no arribadas...

Y baja en un sesgo el Ángel
Custodio de las moradas

volea la mano diestra,
jurándole su alianza
y se la entrega a la costa
en alta virgen dorada.

En torno al bendecidor
hierven cien cosas trocadas;
fiestas, bodas, nacimientos,
risas, bienaventuranzas,
y se echa una Muerte grande,
al umbral, atravesada...

OCHO PERRITOS

A Esteban Tomic.

Los perrillos abrieron sus ojos
del treceavo al quinceavo día.
De golpe vieron el mundo,
con ansia, susto y alegría.
Vieron el vientre de la madre,
la puerta suya que es la mía,
el diluvio de la luz,
las azaleas floridas.

Vieron más: se vieron todos,
el rojo, el negro, el ceniza,
gateando y aupándose,
más vivos que las ardillas;

vieron los ojos de la madre
y mi grito rasgado, y mi risa.

Y yo querría nacer con ellos.
¿Por qué otra vez no sería?
Saltar de unos bananales
una mañana de maravilla,
en can, en coyota, en venada;
mirar con grandes pupilas,
correr, parar, correr, tumbarme
y gemir y saltar de alegría,
acribillada de sol y ladridos
hija de Dios, sierva oscura y divina.

L U T O

ANIVERSARIO

Todavía, Miguel, me valen,
como al que fue saqueado,
el voleo de tus voces,
las saetas de tus pasos
y unos cabellos quedados,
por lo que reste de tiempo
y albee de eternidades.

Todavía siento extrañeza
de no apartar tus naranjas
ni comer tu pan sobrado
y de abrir y de cerrar
por mano mía tu casa.

Me asombra el que, contra el logro
de Muerte y de matadores,
sigas quedado y erguido,
caña o junco no cascado
y que, llamado con voz
o con silencio, me acudas.

Todavía no me vuelven
marcha mía, cuerpo mío.
Todavía estoy contigo
parada y fija en tu trance,
detenidos como en puente,
sin decidirte tú a seguir,
y yo negada a devolverme.

Todavía somos el Tiempo,
pero probamos ya el sorbo
primero, y damos el paso
adelantado y medroso.

Y una luz llega anticipada
de La Mayor que da la mano,
y convida, y toma, y lleva.

Todavía como en esa
mañana de techo herido
y de muros humeantes,
seguimos, mano a la mano,
escarnecidos, robados,
y los dos rectos e íntegros.

Sin saber tú que vas yéndote,
sin saber yo que te sigo,
dueños ya de claridades
y de abras inefables
o resbalamos un campo
que no ataja con linderos
ni con el término aflige.

Y seguimos, y seguimos,
ni dormidos ni despiertos,
hacia la cita e ignorando
que ya somos arribados.
Y del silencio perfecto,
y de que la carne falta,
la llamada aún no se oye
ni el Llamador da su rostro.

¡Pero tal vez esto sea,
¡ay! amor mío, la dádiva
del Rostro eterno y sin gestos
y del reino sin contorno!

EL COSTADO DESNUDO

Carta a Inés María Muñoz Marín.

Otra vez sobre la Tierra
llevo desnudo el costado,
el pobre palmo de carne
donde el morir es más rápido
y la sangre está asomada
como a los bordes del vaso.

Va el costado como un vidrio
de sien a pies alargado
o en el despojo sin voz
del racimo vendimiado,
y más desnudo que nunca,
igual que lo desollado.

Va expuesto al viento sin tino
que lo befa sobre el flanco,
y, si duermo, queda expuesto
a las malicias del lazo,
sin el aspa de ese pecho
a la torre de ese amparo.

Marchábamos sin palabra,
la mano dada a la mano,
y hablaban las sangres nuestras
en los pulsos acordados.
Ahora llevo sin habla
esa diestra, ese costado.

Ahora es el tantear
con pobres ojos de ocaso,
preguntando por mi senda
a las bestias y a los pájaros,
y el oír que la respuesta
la dan el pinar o el traro.

Otra vez la escarcha helada
más dura que el aletazo,
el rayo que va siguiéndome
de fuego envalentonado
y la noche que se cierra
en puño oscuro de tártaro.

Ya no más su vertical
como un paso adelantado
abriéndome con su mástil
los duros cielos de estaño
y conjugando en la marcha
el álamo con el álamo.

Voy solo llevando el vaho
o el hálito apareado,
sin perfil ni coyunturas
en que llega mi trocado,
niebla de mar o de sierra,
rasando dunas y pastos.

Aunque el naranjal me dé,
cuando cruzo, brazo a brazo,
y se allegue el Cireneo
o dé el niño un grito blanco,
¿quién consigue que no vea
con volverme, mi costado?

Cargo la memoria viva
en el tuétano envainado
y a cada noche yo empino
y vierto el profundo vaso,
siendo yo misma la Hebe
y siendo el vino que escancio.

Me acuerdo al amanecer
y cuando el mundo es soslayo,
y subiendo y descendiendo
los azules meridianos.
Y a cada día camino
lenta, lenta, por el diálogo
en que la memoria mana
a turnos con mi costado.

Cuando me volví memoria
y bajé a tiniebla y vaho,
arañando entre madréporas
y pulpos envenenados,
volví sin él, pero traje,
desde el Hades, como dádiva,
la anémona que es de fuego
de la verdad al costado.

Ahora que supe puedo
con lo que falta de tránsito:
apenas tres curvas, tres
blancas lejías de llanto
y se me va apresurando
el correr como el regato.

Han de ponernos en valle
limpio de celada y garfio,

claros, íntegros, fundidos
como en la estrella los radios,
en la blanca geometría
del dado junto del dado,
como fuimos en la luz,
el costado en el costado.

Van a descubrirse, juntos,
el sol y el Cristo velados,
y a fundírsenos enteros
en río de desagravio,
rasgando mi densa noche,
hebra a hebra y gajo a gajo,

y aplacando con respuestas
el grito de mi costado.

Hacia ese mediodía
y esa eternidad sin gasto,
camino con cada aliento,
sin la deuda del tardado,
en este segundo cuerpo
de yodo y sal devorado,
que va de Gea hasta Dios
rectamente como el dardo,
¡así ligero de ser
solo el filo de un costado!

L U T O

En solo una noche brotó de mi pecho,
subió, creció el árbol de luto,
empujó los huesos, abrió las carnes,
su cogollo llegó a mi cabeza.

Sobre hombros, sobre espaldas,
echó hojazones y ramas,
y en tres días estuve cubierta,
rica de él como de mi sangre.
¿Dónde me palpan ahora?
¿Qué brazo daré que no sea luto?

Igual que las humaredas
ya no soy llama ni brasas.
Soy esta espiral y esta liana
y este ruedo de humo denso.

Todavía los que llegan
me dicen mi nombre, me ven la cara;
pero yo que me ahogo me veo
árbol devorado y humoso,
cerrazón de noche, carbón consumido,
enebro denso, ciprés engañoso,
cierto a los ojos, huido en la mano.

En una pura noche se hizo mi luto
en el dédalo de mi cuerpo
y me cubrió este resuello
noche y humo que llaman luto
que me envuelve y que me ciega.

Mi último árbol no está en la tierra
no es de semilla ni de leño,
no se plantó, no tiene riesgos.
Soy yo misma mi ciprés
mi sombreadura y mi ruedo,

mi sudario sin costuras,
y mi sueño que camina
árbol de humo y con ojos abiertos.

En lo que dura una noche
cayó mi sol, se fue mi día,
y mi carne se hizo humareda
que corta un niño con la mano.

El color se escapó de mis ropas,
el blanco, el azul, se huyeron
y me encontré en la mañana
vuelta un pino de pavesas.

Ven andar un pino de humo,
me oyen hablar detrás de mi humo
y se cansarán de amarme,
de comer y de vivir,
bajo de triángulo oscuro
falaz y crucificado
que no cría más resinas
y raíces no tiene ni brotes.
Un solo color en las estaciones,
un solo costado de humo
y nunca un racimo de piñas
para hacer el fuego, la cena y la dicha.

MESA OFENDIDA

A Margaret Bates.

A la mesa se han sentado,
sin señal, los forasteros,
válidos de casa huérfana
y patrona de ojos ciegos;
y al que es dueño de esta noche
y esta mesa no le tengo,
no le oigo, no le sirvo,
no le doy su mango ardiendo.

¿A qué pasaron, a qué
el umbral de roto espejo
que del animal nocturno
recogió el hedor y el peso,
cuando belfos y pelambres
los dice sus compañeros?

Mi soledad tengo a diestra,
en un escarchado helecho,
y delante un pan ladeado
de dos bandas de silencio,
y mi balbuceo rueda,
como las algas, sin eco.

Nunca me he sentado a mesa
de mayor despojamiento:
la fruta es sin luz, los vasos
llegan a las manos hueros.
Tiene el pan de oro vergüenza
y el mamey un agrio ceño;
en torpe desmaño cumplen
loza, mantel, vino muerto,
y los muros dan la espalda
por no tocar lo protervo.
Y ellos del ama reciben
la respuesta de heno seco
y su mirada perdida
de pura ausencia y destierro.

Por el caído y por mí,
por habernos pecho a pecho,
era esta cita nocturna
en suelo y aire extranjeros,
nuestra y de ninguno más,
largo y sollozado encuentro.

Para que él me lo dijese
todo en río de silencio,
en un rodar y rodar
de cordillera en deshielo,
y todo lo recibiese
yo de su alma y de su cuerpo.

Mirándoles y sin verles,
espero el liberamiento:
oír el último paso,
el tropel de los lobeznos
y ver que a purificar
la mansión llega su dueño.

LOS DOS

Cuando va acabando el día
María Madre sin marcha y senda,
llega trayéndolo consigo.
No hace ruta y siempre llega.

Van llegando, blanqui-azulados
de crepúsculo o de ausencia,
con los visos del eucalipto,
y sin paso como la niebla.

Madre María, hilos azules,
salvia en rama, cosa ligera,
nada dice, nada responde,
me lo adelanta y me lo entrega.

Se derriten las palabras,
se me deshacen como la arena
y en yéndose acuden otras
que saltarán, ¡Dios mío!, de ella.

Miguel y yo nos miramos
como era antes, *cuando la tierra,*
cuando la carne, cuando el Tiempo,
y la noche sin sus estrellas.

Ella azulada como los vidrios,
parecida al agua quieta,
dándole a mí, dándome a él,
calla, alienta y reverbera.

Ni se mueve ni se cansa,
brecha divina, rama entreabierta.

Con el corazón los llamo,
sin gesto, silbo, ni grito
y el venir es el doblarse
y ser los dos siendo que es ella.

Es mi día hora por hora
esperarles tras una puerta
segura de ellos como de mí,
ojos, oídos y alma ciertas.

El crepúsculo se me tarda
o se me apura sobre la tierra.
Maduro en fruta nunca vista
fija, alba, calenturienta.

NOCHE DE SAN JUAN

Está abriéndose la noche
como piña de sabino.
Saltan las treinta fogatas
en liebres y cabritillos.

Aquí había una casa vana
de vano leño y raso lino,
un vino sin bebedor
y una mujer sin destino.
¡Pero Juan me vio de lejos
y cruzó el Jordán contigo!

Mesa y mantel no tocados,
de intactos se hacen divinos.

Comida parece la fruta;
apurado parece el vino.
¡Nunca vimos alimentos
sin comensal consumidos!

El silencio, de no usado,
deja oír nuestros latidos,
y de huérfano el espacio,
nos deja así, cristalinos.
Y de boca ninguna llamados
seguimos rectos y embebecidos.

Nunca se entibió mi noche
de guayacán y de espino,

como de mirarte así,
yo libre y tú no cautivo.

Ya no hablas dándome el soplo,
mi abedul ensordecido,
y yo no digo ni pienso,
de bastarme lo que miro.

Así sería, mi amor,
cuando no éramos nacidos
y llameaba nuestra noche
de Casiopea y Sirio.
Cae en pavesas la memoria;
y comienza un futuro divino.

UNA PALABRA

Yo tengo una palabra en la garganta
y no la suelto, y no me libro de ella
aunque me empuje su empellón de sangre.
Si la soltase, quema el pasto vivo,
sangra al cordero, hace caer al pájaro.

Tengo que desprenderla de mi lengua,
hallar un agujero de castores
o sepultarla con cales y cales
porque no guarde como el alma el vuelo.

No quiero dar señales de que vivo
mientras que por mi sangre vaya y venga
y suba y baje por mi loco aliento.
Aunque mi padre Job la dijo, ardiendo
no quiero darle, no, mi pobre boca
porque no ruede y la hallen las mujeres
que van al río, y se enrede a sus trenzas
y al pobre matorral tuerza y abrase.

Yo quiero echarle violentas semillas
que en una noche la cubran y ahoguen
sin dejar de ella el cisco de una sílaba.
O rompérmela así, como a la víbora
que por mitad se parte con los dientes.

Y volver a mi casa, entrar, dormirme,
cortada de ella, rebanada de ella,
y despertar despué de dos mil días
recién nacida de sueño y olvido.

¡Sin saber más que tuve una palabra
de yodo y piedra-alumbre entre los labios
ni saber acordarme de una noche,
de una morada en país extranjero,
de la celada y el rayo a la puerta
y de mi carne marchando sin su alma!

NOCTURNOS

MADRE MÍA

1

Mi madre era pequeñita
como la menta o la hierba;
apenas echaba sombra
sobre las cosas, apenas,
y la Tierra la quería
por sentírsela ligera
y porque le sonreía
en la dicha y en la pena.

Los niños se la querían,
y los viejos y la hierba,
y la luz que ama la gracia,
y la busca y la corteja.

A causa de ella será
este amar lo que no se alza,
lo que sin rumor camina
y silenciosamente habla:
las hierbas aparragadas
y el espíritu del agua.

¿A quién se la estoy contando
desde la Tierra extranjera?
A las mañanas la digo
para que se le parezcan:
y en mi ruta interminable
voy contándola a la Tierra.

Y cuando es que viene y llega
una voz que lejos canta,
perdidamente la sigo,
y camino sin hallarla.

¿Por qué la llevaron tan
lejos que no se la alcanza?
¿Y si me acudía siempre
por qué no responde y baja?

¿Quién lleva su forma ahora
para salir a encontrarla?
Tan lejos camina ella que
su aguda voz no me alcanza.
Mis días los apresuro
como quien oye llamada.

Esta noche que está llena
de ti, sólo a ti entregada,
aunque estés sin tiempo tómala,
siéntela, óyela, alcánzala.
Del día que acaba queda
nada más que espera y ansia.

II

Algo viene de muy lejos,
algo acude, algo adelanta;
sin forma ni rumor viene
pero de llegar no acaba.
¿Y aunque viene así de recta
por qué camina y no alcanza?

Eres tú la que camina,
en lo leve y en lo cauta.
Llega, llega, llega al fin,
la más fiel y más amada.
¿Qué te falta donde moras?
¿Es tu río, es tu montaña?
¿O soy yo misma la que
sin entender se retarda?

No me retiene la Tierra
ni el Mar que como tú canta;
no me sujetan auroras
ni crepúsculos que fallan.

Estoy sola con la Noche,
la Osa Mayor, la Balanza,

219

por creer que en esta paz
puede viajar tu palabra
y romperla mi respiro
y mi grito ahuyentarla.

Vienes, madre, vienes, llegas,
también así, no llamada.
Acepta el volver a ver
y oír la noche olvidada
en la cual quedamos huérfanos
y sin rumbo y sin mirada.

Padece pedrusco, escarcha,
y espumas alborotadas.
Por amor a tu hija acepta
oír búho y marejada,
pero no hagas el retorno
sin llevarme a tu morada.

III

Así, allega, dame el rostro,
y una palabra siseada.
Y si no me llevas, dura
en esta noche. No partas,
que aunque tú no me respondas
todo esta noche es palabra:
rostro, siseo, silencio
v el hervir la Vía Láctea.

Así..., así... Más todavía.
Dura, que no ha amanecido.
Tampoco es noche cerrada.
Es adelgazarse el tiempo
y ser las dos igualadas
y volverse la quietud
tránsito lento a la Patria.

IV

Será esto, madre, di,
la Eternidad arribada,
el acabarse los días
y ser el siglo nonada,
y entre un vivir y un morir
no desear, de lo asombradas.
¿A qué más si nos tenemos
ni tardías ni mudadas?

¿Cómo esto fue, cómo vino,
cómo es que dura y no pasa?
No lo quiero demandar;
voy entendiendo, azorada,
con lloro y con balbuceo
y se funden las palabras
que me diste y que me dieron
en una sola y ferviente:
—"¡Gracias, gracias, gracias, gracias!"

CANTO QUE AMABAS

Yo canto lo que tú amabas, vida mía,
por si te acercas y escuchas, vida mía,
por si te acuerdas del mundo que viviste,
al atardecer yo canto, sombra mía.

Yo no quiero enmudecer, vida mía.
¿Cómo sin mi grito fiel me hallarías?
¿Cuál señal, cuál me declara, vida mía?

Soy la misma que fue tuya, vida mía.
Ni lenta ni trascordada ni perdida.
Acude al anochecer, vida mía;
ven recordando un canto, vida mía,
si la canción reconoces de aprendida
y si mi nombre recuerdas todavía.

Te espero sin plazo y sin tiempo.
No temas noche, neblina ni aguacero.
Acude con sendero o sin sendero.
Llámame adonde tú eres, alma mía,
y marcha recto hacia mí, compañero.

O F I C I O S

HERRAMIENTAS

A Ciro Alegría.

En el valle de mis infancias
en los Anáhuac y en las Provenzas,
con gestos duros y brillos dulces,
me miraron las herramientas
porque sus muecas entendiese
y el cuchicheo les oyera.

En montones como los hombres
encuclillados que conversan,
sordas de lodo, sonando arenas,
amodorradas, pero despiertas,
resbalan, caen y se enderezan
unas mirando y otras ciegas.

Revueltas con los aperos,
trabados los pies de hierbas
trascienden a naranjo herido
o al respiro de la menta.
Cuando mozas brillan de ardores
y rotas son madres muertas.

Pasando ranchos de noche
topé con la parva de ellas
y las azoró mi risa
como un eco de aguas sueltas.
Echadas de bruces, sueñan
sus frías espaldas negras

o echadas como mujeres
lucen a la luna llena.

Topándome en la mejilla
afilada, las horquetas,
y un rastrillo masticando
toda la pradera muerta
las unas bailan de mozas,
las otras sueñan de viejas,
torcidas, rectas, bruñidas,
enmudecido coro: herramientas.

Persigo mis pies errantes
ajetreados como ellas
y con la azada más pura,
por que descansen y duerman
voy persignando mi pecho
y el alma que lo gobierna.

Toque a toque la azada viva
me mira y recorre entera,
y le digo que me dé,
al caer, la última tierra;
y con ternura de hermana
yo la suelto, ella me deja:
azul tendal, adormecido,
hermosura callada: herramientas.

MANOS DE OBREROS

Duras manos parecidas
a moluscos o alimañas;
color de humus o sollamadas
con un sollamo de salamandra,
y tremendamente hermosas
se alcen frescas o caigan cansadas.

Amasa que amasa los barros,
tumba y tumba la piedra ácida
revueltas con nudos de cáñamo
o en algodones avergonzadas,
miradas ni vistas de nadie
solo de la Tierra mágica.

Parecidas a sus combos
o a sus picos, nunca a su alma:
a veces en ruedas locas,
como el lagarto rebanadas,
y después, Árbol-Adámico
viudo de sus ramas altas.

Las oigo correr telares;
en hornos las miro abrasadas.
El yunque las deja entreabiertas
y el chorro de trigo apuñadas.

Las he visto en bocaminas
y en canteras azuladas.
Remaron por mí en los barcos,
mordiendo las olas malas,
y mi huesa la harán justa
aunque no vieron mi espalda...

A cada verano tejen
linos frescos como el agua.
Después encardan y peinan
el algodón y la lana,
y en las ropas de los niños
y de los héroes, cantan.

Todas duermen de materias
y señales garabateadas.
Padre Zodíaco las toca
con el Toro y la Balanza.

¡Y cómo, dormidas, siguen
cavando o moliendo caña,
Jesucristo las toma y retiene
entre las suyas hasta el Alba!

RELIGIOSAS

ALMUERZO AL SOL

Bendícenos *el Padre,*
el tendal del almuerzo.

Bendice el mediodía
blanco como el cordero
que a los dispersos trae
y va sentando en ruedo.

La gracia de la hora
dibuja el cerco
en mandando su rayo
preciso y recto
¡y se dora la tierra
de hombres y de alimentos!

Bendícenos la mesa
hija de siete huertos,
y de un trigal dorado
y un herbazal al viento.

Bendícenos la jarra
que abaja el cuello fresco,
la fruta embelesada,
la mazorca riendo,

y el café de ojo oscuro
que está empinado, viéndonos.

Las grecas de los cuerpos
bendígalas su Dueño;
ahora el brazo en alto,
ahora el pecho,
y la mano de siembras,
y la mano de riegos.

Si acaso somos dignos
de sentir, Padre Nuestro,
que pasas y repasas
la parva de alimentos.

Y si yantan en torno
boyadas y boyeros,
y ya bebió el cabrito
y el pájaro sediento.

Al mediodía, Padre,
en el azul acérrimo,
¡qué íntegro tu pecho,
y redondo tu reino!

EL REGRESO

Desnudos volvemos a nuestro Dueño,
manchados como el cordero
de matorrales, gredas, caminos,
y desnudos volvemos al abra
cuya luz nos muestra desnudos:
y la Patria del arribo
nos mira fija y asombrada.

Pero nunca fuimos soltados
del coro de las Potencias
y de las Dominaciones,
y nombre nunca tuvimos
pues los nombres son del Único.

Soñamos madres y hermanos,
rueda de noches y días
y jamás abandonamos
aquel día sin soslayo.
Creímos cantar, rendirnos
y después seguir el canto;
pero tan solo ha existido
este himno sin relajo.

Y nunca fuimos soldados,
ni maestros ni aprendices,
pues vagamente supimos
que jugábamos al tiempo
siendo hijos de lo Eterno.
Y nunca esta Patria dejamos,
y lo demás, sueños han sido,
juegos de niños en patio inmenso:
fiestas, luchas, amores, lutos.

Dormidos hicimos rutas
y a ninguna parte arribábamos,
y al Ángel Guardián rendimos
con partidas y regresos.

Y los Ángeles reían
nuestros dolores y nuestras dichas
y nuestras búsquedas y hallazgos
y nuestros pobres duelos y triunfos.

Caímos y levantábamos,
cocida la cara de llanto,
y lo reído y lo llorado,
y las rutas y los senderos,
y las partidas y los regresos,
las hacían con nosotros,
el costado en el costado.

Y los oficios jadeados
nunca, nunca los aprendíamos:
el cantar, cuando era el canto,
en la garganta roto nacía.

De la jornada a la jornada
jugando a huerta, a ronda, o canto,
al oficio sin Maestro,
a la marcha sin camino,
y a los nombres sin las cosas
y a la partida sin el arribo
fuimos niños, fuimos niños,
inconstantes y desvariados.

Y baldíos regresamos,
¡tan rendidos y sin logro!,
balbuceando nombres de "patrias"
a las que nunca arribamos.

LÁMPARA DE CATEDRAL

A Jacques y Raïssa Maritain.

La alta lámpara, la amante lámpara,
tantea el pozo de la nave
en unos buceos de ansia.
Quiere coger la tiniebla
y la tiniebla se adensa,
retrocede y se le hurta.

Parece el ave cazada
a la mitad de su vuelo
y a la que atrapó una llama
que no la quema ni suelta,
ni le consiente que vaya
sorteando las columnas,
rasando los capiteles.

Corazón de Catedral,
ni enclavado ni soltado,
grave o ligero de aceite,
brazo ganoso o vencido,
sólo válido si alcanza
el flanco hendido de Cristo,
el ángulo de su boca.

La sustenta un pardo aceite
que cuando ya va a acabarse,
para que ella al fin descanse,
alguien sube, alguien provee
y le devuelve todos sus ojos.

Vengo a ver cuando es de día
a la que no tiene día,
y de noche otra vez vengo
a la que no tiene noche.
¡Y cuando caigo a sus pies,
citas son, llantos, siseos,
su llamada de lo alto
mi fracaso en unas losas!

Caigo a sus pies y la pierdo,
y corriendo al otro ángulo
de la nave, por fin logro
sus sangrientos lagrimales.
Entonces, loca, la rondo,
y me da el pecho y me inunda
su lampo de aceite y sangre.

Vendría de hogar saqueado
y con las ropas ardiendo,
como yo, y ha rebanado
pies, y memoria, y regresos.
Tambaleando en humareda,
ebria de dolor y amor,
desollada lanzaría
hasta que ya fue aupada.

Desde el hondón de la nave
oigo al Cristo prisionero,
que le dice: "Resta, dura".
"Ni te duelas ni te rindas,
y ningún relevo esperes."

Ni ella ni Él tienen sueño,
tampoco muerte ni Paraíso.

NOEL INDIO

A Gilda Pendola.

Madre sin aguinaldo
ni grande ni menudo,
soñando a media noche,
doy mi niño desnudo.

En aire de los Andes
y en el rastrojo crudo,
mi único don voy dando
a mi niño desnudo.

No hay viento de la Puna
que silbe tan agudo,
como silba llamándote
el tu niño desnudo.

Mi Dios ve toda carne,
y a mi Señor ayudo
dándole en noche santa
a mi niño desnudo.

PINOS DE NAVIDAD

A la medianoche justa,
en llegando el Bienvenido,
los que se durmieron hombre
se van despertando pinos.

Los gigantes son nonada,
los fuertes son temblorcillo,
y la Tierra sube y sube
por los brazos de los pinos...

Los bultos de gladiadores,
de almirantes y caudillos
serían escamoteados,
que esta noche manda un Niño...

Pesaban los animales,
las montañas y los ríos;
pero ahora pesa el mundo
lo que la aguja del pino.

El aire no huele a fruto
a flor, ni a viento marino.
Huele a renuevo de un día,
al Dios-Chiquito, al Dios-Niño.

De ramos verdea el mundo
porque está bajando un Pino,
¡rompe el aire, da en la Tierra
y posa el pie a lo divino!

ESTRELLA DE NAVIDAD

La niña que va corriendo
atrapó y lleva una estrella.
Va que vuela y va doblando
matas y bestias que encuentra.

Ya se le queman las manos,
se cansa, trastabillea,
tropieza, cae de bruces,
y con ella se endereza...

No se le queman las manos,
ni se le rompe la estrella
aunque ardan desde la cara
brazos, pecho, cabellera.

Llamea hasta la cintura
la gritan y no la suelta,

manotea sancochada,
pero no suelta la estrella.

—Como que la va sembrando
que la zumba y la volea.
Como que se les deshace
y se queda sin estrella.

No fue que cayó, no fue.
Era que quedó sin ella
y es que ya corre sin cuerpo,
trocada y vuelta centella.

Como que el camino enciende
y que nos arden las trenzas
y todas la recibimos
porque arde toda la Tierra.

MEMORIA DE LA GRACIA

Al Rev. Gabriel Méndez Plancarte.

I

Cincuenta años caminando
detrás de la Gracia
gracia de las dos Marías,
y de las dos Anas.

Cosa mejor que las albas,
y el golpe de ráfaga,
cayendo al pecho lo mismo
que niña azorada
y el instante diciendo ¡gracias!
y el asombro diciendo ¡gracias!

Me pasó por el costado
en niebla fugada;
en la piedra aguamarina
me echó la mirada.
La sospecho en rama sin
aire columpiada,
y sus iris hecho y deshecho
de las cataratas.

Conozco a la fugitiva
por aire y espaldas,
el volar de sus cabellos
y la seña rápida;
y el juego que va jugando

de niña trocada;
y con diez nombres la llamo
por si uno la alcanza.

Dura lo que el parpadeo
o el habla siseada.
Me la gano de camino,
la pierdo, arribada,
o me suelto de ella cuando
ya iba a ser salva,
y sigo por soledades
de Ismael sin patria.

En otra parte yo fui
de ella amamantada.
Rondas trenzaron conmigo
sus manos de agua.
O la seguía lo mismo
que oveja sebada,
o me caía en el sueño
como ave cazada...

La miraba de hito en hito
y ella me miraba.
No había hora futura
ni hora pasada
y a nudo de madre e hija
eso se igualaba.

II

Tal vez se rompió en el mundo
primero la Gracia
y ahora cuesta jadeo
y sangre ganarla.
Mas sin ella me reseco
de rostro y entrañas,
y me vuelvo la cal muerta,
la fruta pisada.

Pero a veces tres cruzamos
los campos llamándola,
desde que cae la noche
al rasgón del alba.

Nuestra carrera conturba
a las desveladas
y se llenan de memoria
las desmemoriadas.

Como quien suelta a una Isla
de noche, las barcas,
porque de ella no se olviden
en mesa ni almohada,
yo le nombro a las dormidas
la Madre olvidada.
Una noche hablan la lengua
que con ella hablaban;
pero en despertando vuelven
a ser trascordadas.

PROCESIÓN INDIA

Rosa de Lima, hija de Cristo
y de Domingo el Misionero,
que sazonas a la América
con Sazón que da tu cuerpo:
vamos en tu procesión
con gran ruta y grandes sedes,
y con el nombre de "Siempre",
y con el signo de "Lejos".

Y caminamos cargando
con fatiga y sin lamento
unas bayas que son veras
y unas frutas que son cuento:
el mamey, la granadilla,
la pitahaya, el higo denso.

Va la vieja procesión,
en anguila que es de fuego,
por los filos de los Andes
vivos, santos y tremendos,
llevando alpaca y vicuña
y callados llamas lentos,
para que tú nos bendigas
hijos, bestias y alimentos.

Polvo da la procesión
y ninguno marcha ciego,
pues el polvo se parece
a la niebla de tu aliento
y tu luz sobre los belfos
da Zodíacos ardiendo.

De la sierra embalsamada
cosas puras te traemos:

y pasamos voleando
árbol-quina y árbol-cedro,
y las gomas con virtudes
y las hierbas con misterios.

Santa Rosa de la Puna
y del alto ventisquero:
te llevamos nuestras marchas
en collares que hace el tiempo;
las escarchas que da junio,
los rescoldos que da enero.

De las puertas arrancamos
a los mozos y a los viejos
y en la cobra de la sombra
te llevamos a los muertos.

Abre, Rosa, abre los brazos,
alza tus ojos y venos.
Llama aldeas y provincias;
haz en ellas el recuento
¡y se vean las regiones
extendidas en tu pecho!

El anillo de la marcha
nunca, Madre, romperemos
en el aire de la América
ni en el abra de lo Eterno.
Al dormir tu procesión
continúe en nuestro sueño
y al morirnos la sigamos
por los Andes de los Cielos.

PATRÓN DE TELARES

Patrón de tejedores,
telar redondo:
a los talleres llegas
como un "Dios loco".

Tocas tu brazo,
alzas el torso,
¡y el Tejedor no quiere
ningún reposo!

Pedales, lanzaderas,
corren ansiosos.
Los pulsos arden
como jarros en horno.

Algodones, y lanas
lamen tu rostro,
y las devanadoras
apuran copos...

Dueño de los Telares.
brazo operoso:
no nos cansemos
como ruedas tornos;

¡no te faltemos
hasta el último soplo,
la sien desmoronada
y el telar roto!

VAGABUNDAJE

PUERTAS

Entre los gestos del mundo
recibí el que dan las puertas.
En la luz yo las he visto
o selladas o entreabiertas
y volviendo sus espaldas
del color de la vulpeja.
¿Por qué fue que las hicimos
para ser sus prisioneras?

Del gran fruto de la casa
son la cáscara avarienta.
El fuego amigo que gozan
a la ruta no lo prestan.
Canto que adentro cantamos
lo sofocan sus maderas
y a su dicha no convidan
como la granada abierta:
¡Sibilas llenas de polvo,
nunca mozas, nacidas viejas!

Parecen tristes moluscos
sin marea y sin arenas.
Parecen, en lo ceñudo,
la nube de la tormenta.
A las sayas verticales
de la Muerte se asemejan
y yo las abro y las paso
como la caña que tiembla.

"¡No!", dicen a las mañanas
aunque las bañen, las tiernas.
Dicen "¡No!" al viento marino
que en su frente palmotea
y al olor de pinos nuevos
que se viene por la Sierra.
Y lo mismo que Casandra,
no salvan aunque bien sepan:
porque mi duro destino
él también pasó mi puerta.

Cuando golpeo me turban
igual que la vez primera.
El seco dintel da luces
como la espada despierta
y los batientes se avivan
en escapadas gacelas.
Entro como quien levanta
paño de cara encubierta,
sin saber lo que me tiene
mi casa de angosta almendra
y pregunto si me aguarda
mi salvación o mi pérdida.

Ya quiero irme y dejar
el sobrehaz de la Tierra,
el horizonte que acaba
como un ciervo, de tristeza,
y las puertas de los hombres
selladas como cisternas.
Por no voltear en la mano
sus llaves de anguilas muertas
y no oírles más el crótalo
que me sigue la carrera.

Voy a cruzar sin gemido
la última vez por ellas
y a alejarme tan gloriosa
como la esclava liberta,
siguiendo el cardumen vivo
de mis muertos que me llevan.
No estarán allá rayados
por cubo y cubo de puertas
ni ofendidos por sus muros
como el herido en sus vendas.

Vendrán a mí sin embozo,
oreados de luz eterna.
Cantaremos a mitad
de los cielos y la tierra.

Con el canto apasionado
haremos caer las puertas
y saldrán de ellas los hombres

como niños que despiertan
al oír que se descuajan
y que van cayendo muertas.

ADIÓS

Adiós la tierra de dos años,
dorada como Epifanía
dulce de andar, dulce de ver,
y de tomar la vida mía.
De ti me voy, también me voy
aunque restar bien me creía.

Adiós la tierra de cinco años,
Provenza sin melancolía,
alegre del claro aceite,
de felibres y romerías,

aunque te quiero sol y viento
y como joya me bruñías
tu padre-río ya lo dejo
aunque su silbo ya fuese mío.

Liguria matrona y doncella
donde tan dulce se dormía,
donde tan dulce se marchaba,
y sin acidia se vivía:
también me voy, también de ti,
aunque fui tuya y eres mía.

DESPEDIDA

Ahora son los adioses
que por un golpe de viento
se allegan o parten;
así son todas las dichas.
Si Dios quiere vuelvo un día
de nuevo la cara,
no regreso si los rostros
que busco me faltan.

Así somos, como son
cimbreando las palmas:

apenas las junta el gozo
y ya se separan.

Gracias del pan, de la sal
y de la pitahaya,
del lecho que olía a mentas
y la noche "hablada".
La garganta más no dice
por acuchillada;
no ven la puerta los ojos
cegados de lágrimas.

EMIGRADA JUDÍA

Voy más lejos que el viento oeste
y el petrel de tempestad.
Paro, interrogo, camino
¡y no duermo por caminar!
Me rebanaron la Tierra,
sólo me han dejado el mar.

Se quedaron en la aldea
casa, costumbre, y dios lar.
Pasan tilos, carrizales
y el Rin que me enseñó a hablar
No llevo al pecho las mentas
cuyo olor me haga llorar.
Tan solo llevo mi aliento
y mi sangre y mi ansiedad.

Una soy a mis espaldas,

otra volteada al mar:
mi nuca hierve de adioses,
y mi pecho de ansiedad.

Ya el torrente de mi aldea
no da mi nombre al rodar
y en mi tierra y aire me borro
como huella en arenal.

A cada trecho de ruta
voy perdiendo mi caudal:
una oleada de resinas,
una torre, un robledal.
Suelta mi mano sus gestos
de hacer la sidra y el pan
¡y aventada mi memoria
llegaré desnuda al mar!

PATRIAS

A Emma y a Daniel Cosío Villegas

Hay *dos puntos en la Tierra:*
Montegrande y el Mayab.[1]
Como sus brocales arden
se les tiene que encontrar.

Hay dos estrellas caídas
a espinales y arenal;
no las contaron por muertas
en cada piedra de umbral.
El canto que les ardía
nunca dejó de llamar,
y a más andamos, más crecen
como el padre Aldebarán.

Hay dos puntos cardinales:
Montegrande y el Mayab.
Aunque los ciegue la noche
¿quién los puede aniquilar?
y los dos alciones vuelan
vuelo de flecha real.

Hay dos espaldas en duelo
que un calor secreto dan,
grandes cervices nocturnas
tercas de fidelidad.
Las dos volvieron el rostro
para no mirar a Cam,
pero en oyendo sus nombres
las dos vuelven por salvar.

No son mirajes de arenas,
son madres en soledad.
Dieron el flanco y la leche
y se oyeron renegar.
Pero por si regresásemos
nos dejaron en señal,
los pies blancos de la ceiba
y el rescoldo del faisán.

Vamos, al fin, caminando
¡Montegrande y el Mayab!
Cuesta repechar el valle
oyendo burlas del mar.
Pero a más andamos, menos,
se vuelve la vista atrás.
La memoria es un despeño
y es un grito el recobrar.

Piedras del viejo regazo,
jades que ya van a hablar,
leños al soltar la llama
en mi aldea y el Mayab:
sólo estamos a dos marchas
y alientos de donde estáis.
Ya podéis secar el llanto
y salirnos a encontrar,
quemar las cañas del Tiempo
y seguir la Eternidad.

---

[1] Montegrande, aldea del valle de Elqui (Chile). Mayab, nombre indígena de la península de Yucatán (México).

T I E M P O

AMANECER

Hincho mi corazón para que entre
como cascada ardiente el Universo.
El nuevo día llega y su llegada
me deja sin aliento.
Canto como la gruta que es colmada
canto mi día nuevo.

Por la gracia perdida y recobrada
humilde soy sin dar y recibiendo
hasta que la Gorgona de la noche
va, derrotada, huyendo.

MAÑANA

Es ella devuelta, es ella devuelta.
Cada mañana la misma y otra.
Que lo esperado ayer y siempre
ha de llegar esta mañana:

Mañanas de manos vacías,
que prometieron y defraudaron.
Mirar abrirse otra mañana
saltar como el ciervo del Este

despierta, feliz y nueva,
vívida, alácrita y rica de obras.

Alce el hermano la cabeza
caída al pecho y recíbala.
Sea digno de la que salta
y como alción se lanza y sube
alción dorado que baja cantando
¡Aleluya, aleluya, aleluya!

ATARDECER

Siento mi corazón en la dulzura
fundirse como ceras:
son un óleo tardo

y no un vino mis venas,
y siento que mi vida se va huyendo
callada y dulce como la gacela.

NOCHE

Las montañas se deshacen,
el ganado se ha perdido;
el sol regresa a su fragua:
todo el mundo se va huído.

Se va borrando la huerta,
la granja se ha sumergido

y mi cordillera sume
su cumbre y su grito vivo.

Las criaturas resbalan
de soslayo hacia el olvido,
y también los dos rodamos
hacia la noche, mi niño.

RECADO TERRESTRE

Padre Goethe, que estás sobre los cielos,
entre los Tronos y Dominaciones
y duermes y vigilas con los ojos
por la cascada de tu luz rasgados:
si te liberta el abrazo del Padre,
rompe la Ley y el cerco del Arcángel,
y aunque te den como piedra de escándalo,
abandona los coros de tu gozo,
bajando en ventisqueros derretido
o albatrós libre que llega devuelto.

Parece que te cruza, el Memorioso,
la vieja red de todas nuestras rutas
y que te acuden nombres sumergidos
para envolverte en su malla de fuego:
Tierra, Deméter, y Gea y Prakriti.
Tal vez tú nos recuerdes como a fábula
y, con el llanto de los trascordados,
llores recuperando al niño tierno
que mamó leches, chupó miel silvestre,
y quebró conchas y aprendió metales.

Tú nos has visto en horas de sol lacio
y el Orión y la Andrómeda disueltos
acurrucarnos bajo de tu cedro,
parecidos a renos atrapados
o a bisontes cogidos del espanto.

Somos, como en tu burla visionaria,
la gente de la boca retorcida
por lengua bífida, la casta ebria
del "sí" y el "no", la unidad y el divorcio,
aun con el Fraudulento mascullando
miembros tiznados de palabras tuyas.

Todavía vivimos en la gruta
la luz verde sesgada de dolo,
donde la Larva procrea sin sangre
y funden en Madrépora los pólipos.
Y hay todavía en grasas de murciélago
y en plumones morosos de lechuzas,
una noche que quiere eternizarse
para mascar su betún de tiniebla.

Procura distinguir tu prole lívida
medio Cordelia loca y medio Euménide.
Todo hallarás igual en esta gruta
nunca lavada de salmuera acérrima.
Y vas a hallar, Demiurgo, cuando marches,
bajo cubo de piedra, la bujeta
donde unos prueban mostaza de infierno
en bizca operación de medianoche.

Pero será por gracia de este día
que en el percal de los aires se hace
paro de viento, quiebro de marea.
Como que quieres permear la Tierra,
sajada en res, con tu río de vida,
y desalteras al calenturiento
y echas señales al apercibido.
Y vuela el aire en guiño de respuesta
un sí-es no-es de albricias, un vilano,
y no hay en lo que llega a nuestra carne
tacto ni sacudida que conturben,
sino un siseo de labio amoroso
más delgado que silbo: apenas habla.

E P Í L O G O

ÚLTIMO ÁRBOL

A Óscar Castro.

Esta solitaria greca
que me dieron en naciendo:
lo que va de mi costado
a mi costado de fuego;

lo que corre de mi frente
a mis pies calenturientos;
esta Isla de mi sangre,
esta parvedad de reino,

yo lo devuelvo cumplido
y en brazada se lo entrego
al último de mis árboles,
a tamarindo o a cedro.

Por si en la segunda vida
no me dan lo que ya dieron
y me hace falta este cuajo
de frescor y de silencio,

y yo paso por el mundo
en sueño, carrera o vuelo,
en vez de umbrales de casas,
quiero árbol de paradero.

Le dejaré lo que tuve
de ceniza y firmamento,
mi flanco lleno de hablas
y mi flanco de silencio;

soledades que me di,
soledades que me dieron,
y el diezmo que pagué al rayo
de mi Dios dulce y tremendo;

mi juego de toma y daca
con las nubes y los vientos,
y lo que supe, temblando,
de manantiales secretos.

¡Ay, arrimo tembloroso
de mi Arcángel verdadero,
adelantado en las rutas
con el ramo y el ungüento!

Tal vez ya nació y me falta
gracia de reconocerlo,
o sea el árbol sin nombre
que cargué como a hijo ciego.

A veces cae a mis hombros
una humedad o un oreo
y veo en contorno mío
el cíngulo de su ruedo.

Pero tal vez su follaje
ya va arropando mi sueño
y estoy, de muerta, cantando
debajo de él, sin saberlo.

ÍNDICES

ÍNDICE DE
PRIMEROS VERSOS

ÍNDICE GENERAL

NATURALEZA

TERNURA

CANCIONES DE CUNA

RONDAS

LA DESVARIADORA

CUENTOS

TALA

MUERTE DE MI MADRE

ALUCINACIÓN

HISTORIAS DE LOCA

MATERIAS

LAGAR

LOCAS MUJERES

NATURALEZA, II

DESVARÍO

GUERRA

JUGARRETAS, II

LUTO

NOCTURNOS

OFICIOS

RELIGIOSAS

VAGABUNDAJE

TIEMPO

RECADO TERRESTRE

EPÍLOGO

ESTA OBRA SE ACABÓ DE IMPRIMIR
EL DÍA 8 DE ABRIL DE 1998, EN LOS TALLERES DE
OFFSET UNIVERSAL, S. A.
Calle 2, 113-3, Granjas San Antonio
09070, México, D. F.

COLECCIÓN "SEPAN CUANTOS..."*

---

* **Los números que aparecen a la izquierda corresponden a la numeración de la Colección.**

PEMAN: Véase: **Teatro Español Contemporáneo.**
PENSADOR MEXICANO: Véase: **Fábulas.**

TENEMOS EJEMPLARES ENCUADERNADOS EN TELA

PRECIOS SUJETOS A VARIACIÓN SIN PREVIO AVISO.

EDITORIAL PORRÚA, S. A. DE C. V.

BIBLIOTECA JUVENIL PORRÚA

LAS OBRAS MAESTRAS ADAPTADAS AL ALCANCE DE
NIÑOS Y JÓVENES
CON ILUSTRACIONES EN COLOR

PRECIO POR EJEMPLAR $ 20.00

EDITORIAL PORRÚA, S.A. DE C.V.